海盜電臺

PIRATE TV

下集

克里斯豪斯　著

高寶書版集團

Film No. 003

Title 凝視深淵

Film No. UNKNOWN
Title 青山依舊

Film No. FUTURE
Title 尾聲之後

好評推薦

忍不住佩服作者的想像力，臺灣確實是適合誕生Caroline的獨特地方！

——班與唐・作家

向世界發送電波

何玟珒・小說家／Caroline地下粉絲

坦白說，翻開《海盜電臺》之前已經做好了抑鬱的準備，然而在閱讀的過程中，我逐漸發現，好像不用做太深沉的心理準備也沒關係，《海盜電臺》走的不是苦大仇深的路，作者體貼地將故事處理得易讀輕盈，滿滿生活感（看看Caroline的成員們在故事中吃了多少東西！），我想這種小小英雄的凡人感是有必要的，提醒無論在多麼艱困的環境下，人們還是要吃食、打鬧與認認真真談戀愛。《海盜電臺》的筆法並不壯闊，以較為輕盈的路徑回應沉重議題，鏡頭聚焦於真・普通人身上，如若一個世界只能等待一個英雄來救，那樣的世界也太絕望了吧！

此書定調為LGBTQ小說，但說的是比這些更多的事情，某些調查段落讀起來甚至頗有推理小說的感覺。關於威權、權勢壓迫的創作難寫，困難之處在於：寫得輕了有不莊重、視受壓迫者的苦難為無物之嫌；寫得重了，失去分寸，劍走偏鋒是將受苦的場景轉為獵奇驚悚的場面，引人注目之外，對曾蒙受傷害者而言，那些虛構卻與現實不謀而合的種種細節，都有可能是創傷的重召，寫作者開啟創傷的盒子，卻不一定能蓋上蓋子，徒留讀者獨自面對被意外開啟的創傷之盒。

當今是一個有諸多證詞的時代，社群媒體上有許多受傷的經驗，種種訴說都比虛構小說來得真實，當代小說的使命（如果有這種東西的話）是再現血淋淋的真實嗎？

《海盜電臺》大概不這麼認為吧？在真正會令人感受到「痛」的場面，作者都輕巧帶過、不渲染細節，溫柔地不讓讀者直面傷痛的二次展演，即便是寫結構中的惡人也多採取一種平視的視角，但從作者描摹角色的樣態與少少的幾句關鍵臺詞，讀者能確實地知道有一群人受傷了，「不說」比「說」更有想像空間和力道。故事中的每個角色幾乎都有傷口，且掙扎著想辦法帶著傷口活下去。

小說的故事背景雖然設立於藝文審查苛刻的半架空威權社會，但諸多線索照見現實，讀著、讀著會憶起臺灣本地的戒嚴時期，有時會莫名看向臺灣海峽另一端，連沒有其他政黨的這一點也很像呢……在那樣子表達的自由與基礎信任失卻的社會，在那樣子連幫忙都得迂迴的社會中，仍有一群人願意相信彼此、試著發聲。

聲音在此書中具有多重意涵，首先最能被辨識出來的應當是「電臺發聲」這個意象（雖然故事中Caroline主要是拍各式影片），再來是歌手許閔文的「失聲」與領袖鄭楚仁的「重聲／身」，以個人之身代指家國社會的主旋律和異音，指向結構中的複雜與曖昧。（被）噤聲與只有一種聲音同等危險，不被允許訴說的往往更加真實。無論如何，都不要忘記向世界發送電波。

最後，雖然與此推薦文的大體調性相差甚遠，且不知道會不會爆雷……但我還是想說：諸君！快來看跑酷大男孩（有夠帥）跟女裝大佬（有夠香）在談戀愛啦！他們偷偷調情！

Film No. 003
Title 凝視深淵

第 15 章

決心

「九之四到十之六街區的各位聽眾早安，我是大家最喜歡的主持人Sandy。今天是小週末星期三，各位是不是都已經等不及想放假了？上班日總是這樣，星期一還在哀悼假期的結束，星期二開始進入工作模式，星期三照理來說應該是生產力最高的時候，但已經到了一星期的中間點，內心只希望接下來兩天快點過去。

「說到這個，不知道大家記不記得很多年前的一部動畫片《洞穴歷險》？現在二十多歲的朋友當時應該是小學低年級，家長也許帶著你們去看過，花在製作的錢都呈現在畫面上了，就算是對劇情有意見的人，對美術和動畫也只有讚許。我還記得那時候自己因為故事的結局氣得要命，明明只差一點，主角就要成功通過考驗，但偏偏在最後跌了跤，只能回歸原來平凡的生活。

「那時候我只覺得這是太過說教的警世預言，不就是最後一哩路最容易失足的意思嗎？實在搞不懂那些推崇這個結局的人為什麼會說『這是關於成長最貼切不過的隱喻』。長大之後再去看我才明白，主角不是不小心，而是放棄了，他是故意跌倒的，這樣才有放棄成為英雄的藉口，才能告訴自己沒有其他選擇。

「如果能找到以前的光碟，或是電視上剛好重播，大家可以花點時間重看，也許會有不同的發現。接下來先給大家播首《洞穴歷險》的主題曲〈千里之行〉。」

這是想對他們說什麼嗎？許至清想，耳機傳來的是有點年代感但磅礡不減的歌曲，跑步時聽會讓人不小心加快步伐，要有意識地控制反而耗費心力，許至清便任由身體跟著音樂節奏稍稍加速。

吸氣、吐氣。他試著像往常那樣把注意力放在自己的呼吸上，可是不能稱之為雜念的擔憂不願放過他。從Caroline不得已暫時解散到現在不過才四天，許至清卻已經有種身體無法繼續盛裝情緒的感覺，像是這身草草縫合起來的皮囊隨時會迸裂，探視其他伙伴的時間是唯一支撐著他沒有崩潰的原因。

也許鄭楚仁會讓他照顧其他人其實是為了他，許至清需要Caroline的程度遠超過他們需要他的程度。

跑過洛基居住的公寓大樓，許至清藉著喝水的機會停下腳步，抬頭看向洛基家的陽臺，落地窗上今天用桃紅色的便利貼拼出了一個大大的愛心，一頭亂髮的洛基一邊打呵欠一邊靠著窗戶刷牙，在看見他時悄悄用另一隻手比了個小愛心。

接著是小小和Phi的住處，他們一起坐在對街的公車站等車，兩個人和前幾天一樣，看起來沒什麼精神。許至清慢慢跑到街口才穿越馬路，跑過公車站。Phi站在路線圖前，看似隨意地用手指順著要搭的公車路線移動。許至清沒有停頓地繼續向前跑，輕輕擦過他的肩膀，讓他知道自己明白了他的意思。

耳邊已經聽不見Sandy廣播的聲音，許至清關掉收音機，維持著穩定的速度原路返回，洛基已經不在陽臺，他繼續向前跑，直到回到公寓才慢下腳步。進門時管理員連頭也沒抬，一邊盯著手機螢幕一邊吃著早餐。許至清直接搭電梯上樓，在搬出去的幾個月，同一層樓偶爾會打照面的鄰居不知道是不是搬走了，這幾天都沒有遇到人，也沒有聽到聲音。

許至清走進門，他還在習慣這突如其來的陌生感，明明是和父母相伴度過最後幾年的空間，卻如同磨腳的鞋那樣時時提醒他有哪裡不一樣了。變的不是這個地方，而是他自己，幾個月的時間足以讓他變得貪心、變得不知足，失去原本已經成為本能，和孤獨共處的能力。

走進臥室第一個看到的是鈴鐺送的抱枕，占據著雙人床他不習慣睡的那側。Sue 送的盆栽擺在窗臺，鄭楚仁送的音樂盒放在床頭櫃，壓著洛基給的兌換券，抽屜裡收著 Phi 送的筆記本和小小做的項鍊。Sandy 送的專輯則是在主臥室，藏在父母結婚照的相框裡，不大的空間還藏著父親的日記本以及母親的手機。

但不夠，這不足以驅散他內心的空洞感，許至清寧可自己是被揭發的那個，也不想這樣守著滿腔的不安，等著壞消息上門。

許至清拿起擺在書桌上的智慧型手機，明明是用了好幾年的東西，拿回來時卻有點不知所措。他打開連鎖咖啡廳的網頁，登入後臺確認消費記錄。這是鄭楚仁給的聯絡途徑，他們各有一張禮物卡，綁在同樣的帳號之下。如果有事找鄭楚仁，就在咖啡廳用禮物卡買一杯咖啡，隔天鄭楚仁會在同個時間到咖啡廳見他，如果是鄭楚仁有事找他也是相同的道理。

餘額沒有變動，許至清不知道該不該鬆口氣，也許沒有消息就是好消息，但比起走穩最後一哩路，對他而言更加困難的是在不知道目標的時候繼續向前進。他甚至不知道哪個方向才是前進，這樣的無力感他永遠也無法習慣。

揉揉眉心，許至清先是迅速沖過澡，之後帶著關機的手機再度出門。

搭公車的人不少，許至清在被推擠著上車之後僵硬地站在駕駛艙旁邊，抬著下巴避免碰到另一個乘客的頭頂。他念大學時大眾運輸工具還沒有那麼人滿為患，不知道是開車的人變少，還是捷運和公車都減班了，抑或是其他不同的原因，現在尖峰時刻和尖峰路段的公車上，乘客總是這樣前胸貼著另一個人的後背，或者面對著面尷尬地錯開視線。

即便現在天氣還沒回暖，許至清還是被悶出了汗。他驀地想起洛基和Sue說他好聞的事情，嘴角悄悄彎起，能夠提起共同往事的人卻不在身邊。笑意來得突然也去得突然，他側頭看向車窗外，距離Phi的大學還有一段距離，貼著他站的陌生人壓著他的胸口，讓他無法好好呼吸，原本習以為常的小事都變得難熬起來。

終於到站時許至清下車的動作不能再更匆促，他深吸了口氣，讓自己冷靜下來之後才走進校門。從陪著小霜那次之後就沒有再來過Phi的學校，但他還記得跟Phi約好見面的系館在哪裡。

不知道是不是心理作用，整個校園的氛圍似乎比上次來時要多了分肅殺，路上學生三三兩兩，臉上都沒有笑容，之前可以看到學生一群群聚在一起聊天的活動中心還是有在吃早餐的人，但聽不到什麼說話的聲音。

許至清在資工系館後方的便利商店前見到了Phi，他坐在戶外用餐區邊緣的階梯上，眼底掛著些許陰影，表情同樣是沉鬱的，向下垂落的肩膀像是被看不見的重量壓著。

「啊。」Phi在看見他時揮揮手，「早安。」

許至清用手指比了比周遭，Phi點點頭，讓他知道這裡是能夠安心說話的地方。

「早安。」許至清還是壓低了聲音，「沒睡好？」

Phi歪頭看他，「你不也一樣嗎？之前從來沒看過你臉上出現黑眼圈。」

「看來我的超能力失效了。」

Phi的笑聲很微弱，但許至清聽進了心裡，糾結的情緒稍稍鬆開。

「你還好嗎，蝦仔？」

「不怎麼好。」

「嗯，我也一樣。」Phi靠上他的肩膀，「這幾天我跟好多人說了『我很好』，但一點也不好。」

「這幾天我沒有和別人說過話。」許至清摟住他，「不然大概也會這麼說吧。」

「一個也沒有？」

「一個也沒有。」但這不是談論他有多寂寞的時候，許至清主動說：「老大還沒有聯絡我。」

Phi的「喔」聽起來有點失望，接著嘆了口氣，「這次的事情好像真的鬧得很大，我在學校知道的人裡面就有好幾個被關切過。」

「為了違禁品？」

「據說是懷疑我們學校有人幫忙在校園流通違禁品，就算沒有查出什麼，也可以藉機打壓臺面下社團的活動。他們還祭出獎勵，有個同學就是被其他社員檢舉的，還好他一直很小心，家裡也有點關係。」

這也是一個壞預兆嗎？許至清不知道。對違禁品打壓的力度大致上反映了當局對這次走私案件的關注程度，不過鄭楚仁他們的身分已經被供出來了，張芯語和她的團隊不管被判得多重都和Caroline沒有關係——

別這樣想。許至清捏著膝蓋，緩緩吐了口氣。他知道不該對同樣試圖衝撞體系的人抱持著這樣的想法，但無法控制自己在心中對那幾個素未謀面的人產生怨懟，甚至是帶著一絲恨意。他知道他們也是體制下的受害者，知道他們面臨著艱困的選擇，可是已經造成的傷害收不回來，再怎麼充分的理由都改變不了結果。

「你呢？」許至清問：「有查到你這邊嗎？」

Phi搖搖頭，「我除了上課不怎麼來學校，跟同學也沒什麼課業外的深交。」

許至清放鬆了點，「不要改變平時的習慣，該上的課就上，該翹的課就繼續翹。」

「嗯，我知道。」Phi拍了拍許至清放在膝蓋上的手，「不用擔心我。」

許至清微微苦笑，「剛才不是才說你不好？」

Phi愣了一會，改口道：「可以擔心我的心理健康，不用擔心我的人身安全。」

許至清摸摸他的頭，接著揉亂他的頭髮。Phi立刻加倍回敬，兩手並用把許至清的頭髮揉到似乎都產生了靜電，嘴角咧起寬闊的笑容。

他們沒有再多聊太久便各自離開，Phi去找小小，許至清則是回到只有自己的家。必須得做點什麼，許至清想，他沒辦法再這樣漫無目標地走下去。但能做什麼呢？想要知道當局的態度，他沒有門路獲得消息；想要確認鄭楚仁、Sue和鈴鐺的安全，又怕會反過來拖他們下水。

自己還是太過依賴鄭楚仁了，仰賴他提供資訊，仰賴他指引方向。鄭楚仁的人脈中有些是許至清父母建立起的善緣吧，為什麼他從前從未想過要再次接觸那些人呢？在父親入獄那段時間，他確實是對他們之中許多人感到失望了，不過就算那些人無法被當作伙伴去全心信任，也許還是能夠作為協力者給予幫助。

在面對現實的脅迫之前，許至清曾天真的以為父母的朋友都是正義的伙伴，無論如何都不會拋下他們不管，之後才會感到如此失望。但也許這也代表在不會危及自己和家人安全的前提下，他們都願意成為助力。鄭楚仁就是這麼做的吧？只要求對方能給的，只給出自己能承擔的信任。

走進主臥室，許至清拿出藏在相框裡的日記本，翻開第一頁，讀著熟悉的字跡寫出他已經讀過無數次的句子，回想見過的那些面孔，回想他們歉疚的表情和勸戒。

他不想再次在家人受到威脅的時候什麼也做不了了。

鄭楚仁一直都知道會有這麼一天。

每一天的安然，每一次的成功都讓他心中的堅冰一點點融化。也許我們能繼續這樣走下去，他會這麼想，也許我能一直保護他們，直到他們決定放棄這份志業為止。但骨子裡他知道這不過是天真而徒勞的希望，不管再怎麼小心、再怎麼警戒，只要有一次失誤，只要有一個人承受不住壓力，只要有一個沒能補起來的漏洞，他所編織的保護網就會瞬間瓦解。

他見證過反言論審查運動的潰散，經歷過張芯語拍攝團隊的分崩離析，現在又因為過往的錯誤而有失去歸屬的危險。人人都說事不過三，如果真能奇蹟似地度過這一遭，他還能繼續讓其他人和他一起冒險嗎？如果無法全身而退，他能夠承受失去他們的重量嗎？

鄭楚仁看著往公寓大門開的警車，這些人總是喜歡在天色還沒亮的清晨或是半夜三更擾人清夢，抓準大多數人警戒心最低的時刻把人帶走。如果鄭楚仁想要，他可以帶著鈴鐺和Sue逃跑，但能逃到哪裡呢？這座島嶼並不大，人卻很多，處處都是監視設備和「熱心民眾」，除非離開這個國家，或是躲進鮮有人煙的地方，否則沒有哪裡是安全的。

但前者無法實現，後者除非逼不得已，他並不希望讓所愛的人們被迫接受那樣的生活方式。要是逃了再被找到，逃跑這件事本身只會被利用來佐證他們的罪嫌，也會成為加重刑責的理由。

警車已經在門口停下，只有兩輛車，畢竟他們只是來抓人問話，牽涉到的也不是什麼暴力犯罪。鄭楚仁起身走到門口，在四名員警下車時打開了大門，靠著門框等著他們走上前。三男一女，兩組搭檔都是資深和資淺的搭配，兩張年輕的面孔看起來和許至清差不多年紀。

他們在成為警察之前，想過自己會成為打壓自由的工具嗎？鄭楚仁的視線在他們臉上輪流掃過，年紀較長的兩位已經學會控制自己的表情，年紀較輕的男女一個明顯表露出緊張，一個眉頭深鎖。

「你是……？」年輕的男員警問，閃爍的視線望過鄭楚仁後方再回到他身上。沒有等鄭楚仁回答，他的搭檔便開口說：「鄭先生是吧？這麼晚了，您怎麼沒有在休息？」

「聽到了一些讓人困擾的傳言。」鄭楚仁瞥了眼他們的臂章，沒有單位名稱和編號，不過是沒有識別功能的裝飾品，大多數警察都有這麼一套制服，通常在這樣性質敏感的任務時穿，「你們有事要找我這邊的住戶？」

大概是注意到他的視線，年輕的男員警看起來更緊張了，如果可以，鄭楚仁真想建議他趁早轉換跑道。

「是，還請您配合。」

「他們這是牽涉到什麼案件，會需要你們以這身行頭上門？」

「抱歉，這個不便透露。」

鄭楚仁視線掃過兩位年輕員警的表情，「好歹也是我的租客，介意我跟著你們上樓嗎？」

「如果鄭先生願意替我們領路，那當然是再好不過。」

他們顯然沒有透露全名的意願，但鄭楚仁至少問到了四人之中領頭員警的姓氏。「敝姓林。」言行舉止都接近政客或商人的男人語調溫和地介紹自己，「鄭先生比想像中要更加年輕，能獨自支撐起家族事業真是了不起，要是我兒子能有您一半有出息，都該偷笑了。」

這樣的恭維鄭楚仁不是第一次聽見，不過他沒有任由自己放鬆下來，是不該，也是不敢。比起其他人的安危，他並不在乎自己的下場，但這還不是時候，他需要確定敵方的態度還有手中握有的資訊，才能計畫接下來該做的事情。

「在很多人眼中我可不是什麼好榜樣。」

「有些人只是仇富心態，您不用太在乎他們的想法。要我說，家庭經濟狀況也不過是其中一項先天優勢，和外貌、體格、才能沒什麼不同。嫉妒也許難免，但因此怨恨一個人就沒有必要了。」

「我想有些人針對的是我選擇為伍的對象。」

「雖然我個人接觸不到鄭先生您所在的圈子，不過也知道人以群分的道理，還有互利互惠的重要。」

「哦？就算我樓下住著你們的嫌疑人？」

「房客只是房客，您不能也不該為他們的行為負責。」

「『維繫社會穩定人人有責』，這不是你們前幾年一直在推行的標語嗎？就我所知你們幾個分局之間還會特別比較維穩案件的業績。」鄭楚仁加了一句試探的話：「如果沒記錯的話，四一分局一直都是業績王。」

對方的表情一點變化也沒有，「這個『有責』的程度也得看您和鬧事者的關係，親密的家人朋友犯錯是一回事，只是偶爾有點交集的鄰居是另一回事。鄭先生和周先生有私交嗎？」

「看你對私交的定義，周先生廚藝不錯，人也滿好相處的。」

「這樣啊，不過不知者無罪，我們不會為了業績這種理由為難無辜的人。」

「那就是有業績壓力的意思了，這個案子能讓你們加多少分？」

「功勞是很難量化的，我到現在還是沒能搞清楚績效評比的具體標準，不過這也不是基層員警需要煩惱的事情。」

這位林警官顯然深諳包裝廢話的藝術，從等電梯到上四樓的過程中沒有停過嘴，卻幾乎什麼也沒有透露，不過鄭楚仁並不是完全沒有收穫。

第一，基層員警並不知道鈴鐺和Sue具體來說到底涉及了什麼案件。

第二，警方並不清楚鈴鐺和Sue這幾年的動向，甚至連他們和鄭楚仁的淵源都不知情。

第三，他們把鄭楚仁當作簡家那掛和政界關係親近的商人，看起來不怎麼在乎他是從哪裡打聽到的消息。

和Caroline有關的線索調查速度竟這樣慢有些奇怪，是單純能力不足，還是另有隱情？鈴鐺和Sue是被以前的老伙伴供出來的，這是鄭楚仁自己下的結論，實際上他得到的消息是張芯語他們因為走私被逮捕，而其中有人透過提供資訊爭取到了輕判，還有鈴鐺和Sue上了本市的特別監控名單。要說兩者沒有關係，鄭楚仁不相信，但具體情況還有待查證。

「這邊是周先生的住處。」鄭楚仁在鈴鐺門前停下，對為首的林警官比劃了下，「要我幫你們喊他出來，還是你們自己來？」

林警官做了個請的手勢，「我們也不希望周先生太過緊張，這還只是例行問話，把人嚇出病來就不好了。」

鄭楚仁走到門前按下電鈴，一邊等一邊用眼角餘光繼續觀察幾位員警，直到鈴鐺前來應門。

「周先生。」鄭楚仁對著電鈴的話筒說：「抱歉這個時間打擾你，麻煩開個門好嗎？」

「……你身邊那是警察？」

「林警官他們只是有些事情需要確認。」

套房門打開，和林警官搭檔的年輕員警立刻上前架住穿著睡衣的鈴鐺，把他的手臂反剪在背後。鄭楚仁逼迫自己鬆開握緊的拳頭，扯著嘴角說：「周先生年紀也不小了，你們不用這麼緊張。」他和鈴鐺的視線短暫交會，在對方臉上看見了了然。

「這只是標準程序。」林警官迅速對鈴鐺搜了身，「周文哲先生，麻煩和我們走一趟。」

鈴鐺垂下頭，沒有試圖掙脫束縛，而是語氣輕緩地說：「我很願意配合，警察先生，但我不記得做錯過什麼事。」

「如果真是如此，你也不用擔心什麼，不是嗎？」林警官往門內看了眼，「稍後會有我們的同仁過來取證，您不會介意吧，鄭先生？」

「你們只是在做自己的工作，不過希望這件事別拖太久，否則我就得讓人把幾個預約要入住的短期租客安排到別的地方了。」

「我們會盡力而為。」林警官不置可否地笑了笑，「接下來是二樓對吧？」

Sue應門的時候同樣穿著睡衣，她冷靜地詢問是否能先換個衣服，林警官答應了，讓他們之中唯一的女性陪著Sue進門。等待過程中林警官走到一旁接了通電話，聲音壓得很低，而且背對著他們，就算鄭楚仁會讀一點唇語也沒有用武之地。

這是在防備他嗎？或者只是習慣動作？鄭楚仁回過頭，試圖和其他兩名員警搭話，但資深的那個不搭理他，扣著鈴鐺的年輕男人則是不敢理他。

「你還好嗎，周先生？」鄭楚仁將目標轉到鈴鐺身上，「這樣出去會冷吧？」

鈴鐺搖搖頭，「還好。」

「到了這個年紀不照顧自己可不行，如果整件事最後只是場誤會，我不希望少了個總是很準時交租金的房客。」鄭楚仁一邊說一邊脫下外衣，披在鈴鐺身上。鈴鐺的身形比鄭楚仁寬大多了，披著鄭楚仁的衣服看起來有那麼點滑稽，但他希望這至少能讓警方在問話時收斂一點，「幾位需不需要咖啡？我可以上樓倒一點給你們。」

「現在我知道鄭老闆事業為什麼能發展得這麼好了。」說話的是結束通話的林警官，他的兩位同事依舊沒有開口，「謝謝您的好意，不過我們都是補充過燃料才過來的。」

鄭楚仁捧場地笑了笑。換了外出服的Sue不久後便被女警領著出門，對方的態度比幾位同事要溫和許多，抓著Sue手腕的手並沒有施力。走過鄭楚仁身邊時，Sue動作隱晦地撞了他一下，顯然也意識到他幾天前對所有人說過的謊，還有昨天對他們兩個依舊隱瞞著的事實。鄭楚仁小心控制著表情，捏了下她的小指作為道歉。

跟著他們走到大門口之後，鄭楚仁遞了張名片給林警官，「大門和電梯的管制我會暫時關閉，方便你們同事出入，麻煩搜查的時候不要太粗暴了，不然我還得請人過來處理。另外如果有什麼能讓我知道的，還請隨時聯絡我。我明白你們的難處，也不需要你們透露跟偵查有關的細節，只是想確認周先生和林小姐是否問過話之後就會回來，或者短時間內不會被釋放，這樣我好讓人處理他們的租約。」

林警官收好名片，沒有答應也沒有拒絕，「謝謝您的幫忙，鄭先生，抱歉打擾到您休息了。」

「不會。」鄭楚仁退了一步，在確認對方在等他先離開時轉過身，壓抑住內心的擔憂，說了聲「辛苦你們了」之後便往電梯走去。電梯依舊停在一樓，沒有給鄭楚仁駐足的機會。他走進電梯，按的不是五樓而是二樓，門一開便匆匆跑向靠前門的空房，摸黑往陽臺的方向走，從牆壁後方看出去。

下方的街道上，鈴鐺正被按著頭推上車，Sue則是自己坐進了另一輛警車。林警官在打開副駕駛座的車門時突然停下動作，回頭看向公寓大門，接著抬頭掃視。鄭楚仁等到他也上車，兩輛車都開了一小段路之後才吐出屏著的氣息，退出套房之外，搭電梯回到他的樓層。

此時此刻，這整棟公寓只剩下他一個人，就像是他做過許多次的惡夢。

沒有人和他道晚安，沒有人和他說明天見，沒有人因為擔心他而主動跟到家裡。鄭楚仁一邊揉著眉心一邊走進臥室，拆下床腳邊的資訊面板，確認貼在裡頭的隨身碟還在。現在還不是時候，他得先確保能把其他人保出去，得選對談判的時機和目標。
那晚他沒有睡，坐在陽臺邊看著來來去去的警車一整晚，等待不知道什麼時候會回來的兩個伙伴。
隔天中午，鈴鐺是被Sue扛著進門的。

Film No. 003

Title 凝視深淵

第 16 章

人事已非

「羅哥今天又威脅要辭職了，說真的我有點擔心他哪天是不是會被我氣到中風，每次他指東我就顧著往西。我知道他是怕我出事，畢竟想打我這隻出頭鳥的人可不少，可是我還有什麼選擇呢？在這件事情上我不可能退讓。每次在同志遊行表演過後，都會有不少年輕歌迷跑來感謝我，很多都紅著眼眶，也有人哭到連話都說不清楚。這為什麼會成為一件需要被感謝的事情呢？我不過是作為一個歌手在臺上表演，不過是作為一個人表達了對現狀的不贊同。他們不該因為再自然不過的事情遭受非議，我也不值得因為理所當然的舉動被感謝。

「要是我由於主辦單位受到一點打壓就退卻，那些孩子會怎麼想？他們做出了太多讓步，限制人數、限制時間、限制路線、限制音量、限制穿著打扮。邀請到的來賓已經有好幾個退出，到時候真的到場的也許更少，沒有公權力許可，失去了企業界支持，現在更是連一直以來關係緊密的藝文界也自顧不暇。我無法為他們掃平障礙，但至少可以堅持立場，出一張嘴一把吉他陪著他們走完那一小段路。

「我知道自己的任性給羅哥帶來很多麻煩，也許是時候考慮解約了，現在我對公司造成的麻煩比帶來的利潤要大得多，他們大概巴不得我離開吧。不過想了這麼多，說不定再過不久我就會被全面封殺，也不用考慮自立門戶的問題了。也好，到時候就當個家庭主夫，好好陪亭文和至清，希望他們不會嫌棄我的廚藝。」

上次來這裡是什麼時候呢？好像是許至清小六那年的農曆新年，他們一家三口前來拜訪，一起吃了頓晚飯。那是父親第一次沒有被邀請參加新年表演，現在想想也是官方對他的態度正式轉向的一年，父親看起來並不怎麼在意，甚至因為可以在家陪他們過年而感到興奮，從買年貨到寫春聯到剪窗花，他們把過去其實根本沒做過的新年習俗都做了一遍。

「不過我確實是對不起羅哥。」父親難得在許至清面前嘆氣，「他在我身上付出的心血都白費了。」

「你做錯事情了嗎？」當時的許至清問：「羅叔叔不是喜歡咖啡？家裡有好多，你可以帶著去跟他和好。」

父親頓時笑了，把他抱到懷裡揉了好一陣頭髮。幾天後他們確實也帶著一罐咖啡豆上門，羅宇盛收下時一句話也沒說，只是盯著他父親看了好一會，默默退到一旁讓他們三個進門。不過一張臭臉在被妻子敲了肩膀之後立即破功，他當場用收到的咖啡豆泡了壺咖啡，和許至清的父親碰杯泯舊帳。

此刻應門的羅宇盛同樣板著一張臉，神色卻疲憊許多，眼角和額頭擠出的皺褶並非笑容留下的痕跡，花白的頭髮顯示出對老化的不在意，身上穿著的睡衣則是彰顯對訪客到來的漠視。他顯然第一眼就認出戴著口罩的許至清，並且對他不請自來感到驚詫，立即甩上了門。

許至清沒有再按門鈴，站在外頭耐心地等。門軸大概許久沒有上油，厚重門板再被緩緩推開時發出尖銳的嘎吱聲。羅宇盛向側邊退一步，許至清會意地進門。

印象中精心打理過的空間只剩下蒼白軀殼，四處都是灰塵，可以輕易看出哪些東西經常被使用，哪些則是已經擺著不顧了許久。牆上空著的相框蒙著一層厚厚的灰，電視櫃旁邊的盆栽只剩下木質化枯枝，長沙發中間的靠背已經失去支撐力，和羅宇盛一樣佝僂著腰。整個空間除了灰塵之外還算乾淨整齊，但處處都顯露出屋主的漫不經心。

「好久不見，羅叔叔。」許至清打破沉默。

黯淡的眼睛看了過來，羅宇盛伸出手，五指併攏遮住許至清的下半臉，嘴角扯出不熟練的笑容，「以前都沒有發現，你上半臉簡直和你爸是一個模子印出來的。」

許至清拉下口罩，「這樣呢？」

「鼻子和臉型像你媽。」羅宇盛拉開餐桌邊的椅子，「坐。」

坐下前許至清把昨天特地去買的咖啡放在餐桌上。羅宇盛在愣了一瞬之後拿起來端詳，「帕卡瑪拉。」

「我不懂咖啡，就買了跟上次一樣的。」

「看來你記憶力遺傳到你母親。」羅宇盛拆開包裝，「喝嗎？」

「一點點就好，謝謝。」

「我要沖就是沖一壺，喝多少你自己倒。」

他磨豆子的時候很認真，半掩著的眼睛盯著手看，像是除了手上的工作之外什麼也沒在想。許至清還記得第一次喝咖啡就是羅宇盛沖給他喝的——父親不菸不酒也不愛咖啡，這在演藝圈大概是異類中的異類。許至清對咖啡也沒有特別喜愛，只有在大學趕報告的時候會喝，不過他倒是很喜歡咖啡香，聞起來有種別樣的溫暖。

就算是這樣沒什麼生氣的空間也能因為咖啡的味道少了點黯淡，許至清看著羅宇盛把咖啡倒進素色的馬克杯裡，接著把濾壓壺和麋鹿頭的杯子放在許至清面前。許至清替自己倒了半杯，先是深深吸了口氣才小心翼翼地抿一口。

味道比想像中溫和，還帶著隱約的甜味，許至清有點意外。

「所以，」羅宇盛開口：「你今天是來做什麼的？」

「前幾天在收拾家裡，突然想知道羅叔叔你怎麼樣了。」

羅宇盛輕哼，「禍害遺千年，讓你失望了。」

「我沒有這麼說，也沒有這麼想。」

「那你和你爸一樣傻。」

他嘴巴移動的幅度很小，父親曾說這是經紀人一天得說太多話，才會養成這樣的習慣。許至清一直以為自己對羅宇盛的印象不深，走在路上若是沒有細看，也許都不一定能認出來。但從進門到現在，他已經找回許多曾以為早就遺失的記憶片段。

「我們這群人裡面沒一個好東西，為了避免受牽連什麼瞎話都能睜著眼睛說，『這都是許老師一意孤行』，『我們也只能在事後收拾爛攤子』，『他沒有和我商量過，我不知道他有什麼打算』，『我們在工作之外很少接觸』。但你爸是個不會說謊的人，不只不會說謊，對親近的人也藏不住話，學不會陽奉陰違，學不會自作主張，什麼事都不會向我們隱瞞。只是在下定決心之後攔也攔不住，再怎麼勸也沒有用。

「他是我們之中最好的人，但這個世界容不下那樣的好人，才會留著我們這些毫無忠誠心的孬種。」

許至清看著眼前的男人，羅宇盛口中說出的話他沒有一個字不同意，甚至這些都是過去他曾經在心中做出的評價。可是這段時間的經歷讓他無法再以「膽小」和「忘恩負義」兩個詞囊括羅宇盛，他為了許至清的父親居中斡旋很多年，只是在最後選擇了自己和家人。

許至清沒有面對過那樣的抉擇，在那一刻來臨之前，誰知道他是否會和父親一樣，義無反顧地選擇做正確的事情呢？

「爸爸說過如果沒有你，他根本連做出改變的機會也不會有。」

「鬼扯，要是沒有我，他還是會違法在街上唱想唱的歌，在有人需要幫助的時候想也不想地提供幫助。」

「但他不會有那麼大的聲量。」

「反過來說也不會變成這樣明顯的標靶。」

「可是再重來一次，他還是會做出同樣的選擇。」

「就像我說的，他傻。」羅宇盛嘆了口氣，「我不知道你來這裡真正的目的，但別誤會了，我不是什麼好人，也沒有資格把自己當你父親的朋友，我們從來就不是同一個世界的人。」

「我也沒有說你是好人。只是不一定只有好人才能做好事，就算你不是爸爸的朋友，我也還是可以找你幫忙。」

羅宇盛皺起眉，原本依稀可見的皺紋擠出明顯的痕跡，這顯然才是這張臉長年來習慣的表情，「你遇上麻煩了？」

「算是吧。」許至清知道羅宇盛誤會了，但他沒有進一步解釋，「如果想打聽警方的動向，羅叔叔你會找誰幫忙？」

羅宇盛的拳頭猛地緊握起來。他似乎是把原本想說的話吞了下去，一時之間沒有再次開口，眼睛緊緊閉上，緩緩吐出一口長氣。許至清看著他，心裡比預期的要平靜，他可以想像羅宇盛在父親被逮捕時、在母親前來尋求幫助時，也是這樣閉著眼睛，眉頭幾乎要黏在一起，聽著撕裂的自我在心中交戰。

「我沒有要把你牽扯進來。」許至清說：「我只是需要一個聯絡方式，爸爸說過在他最常跑警局的那段時間，要感謝某個警察的善意，在他被審訊或拘留時冒著被發現的危險帶零食和水給他，也曾經向他通風報信。但我不知道是誰，也不知道該怎麼聯絡。」

羅宇盛依舊沉默。

「除了爸爸之外如果有誰會知道這個消息，那就是羅叔叔你了。」

「……你爸以前曾經駐唱過的酒吧，他下班經常會去那裡，習慣坐最裡面角落的位置，但不會喝酒，每次都只點一杯氣泡水和一份薯條，額頭這裡有一條疤。」羅宇盛的手指從右邊太陽穴向前額劃，接著猶豫了半晌才繼續說：「我可以幫你聯絡，他看我不順眼，但他會見你的。」

「不勉強？」

「我好歹也當了二十幾年你爸的經紀人，不至於連這點小事也做不到。」羅宇盛自嘲地笑笑，「放心，不會讓人發現。接下來三天的晚上你抽得出時間嗎？我不確定他的班表，但三天下來應該至少會有一個晚上是空的。」

許至清點點頭，「讓他到時候注意一個穿著深灰色大衣，黑色長髮的人。」

「我會和他說，不過他不會認不出你。」

「好。」許至清喝完杯子裡的咖啡之後起身，「謝謝。」

「杯子你帶走吧，反正也是你爸買的，就當作生日禮物。」羅宇盛把馬克杯洗乾淨，塞進許至清手中，「我就不送你了。」

「嗯。」許至清走到門前時腳步一頓，轉頭輕聲說：「一直到離開前，爸爸都還是很擔心你。」

羅宇盛沒有看他，捏著鼻梁閉上眼睛。許至清拉起口罩走了出去，沒有再回過頭。

「鄭哥……？」

「你醒了。」鄭楚仁拿起床邊的水壺倒了杯溫水，撐著鈴鐺的背幫他坐起身。泛著血絲的眼睛還有些失焦，手臂上都是自己抓出來的痕跡。「慢慢來，多喝點水。」鄭楚仁轉過身，替鈴鐺從衣櫥裡找出一套寬鬆的衣服，「要止痛藥嗎？」

鈴鐺猛地搖搖頭，隨即發出一聲痛苦的喉音。「鄭──」他頓了頓，聲音染上一絲驚慌，「鄭先生，你怎麼會在這裡？」

「你不記得了？昨天你喝的有點多，我就幫忙林小姐照顧你了，畢竟她一個女孩子不太方便。剛才她回自己家熱剩菜，應該很快會回來。你們在警局沒吃什麼，回來之後你又睡了一整天，一定餓了吧。」

「你不用──」鈴鐺嗆了下，接著咳了起來，整個身體劇烈地搖動著，像是要把肺都吐出來。鄭楚仁拿走他手中的玻璃杯，把被水濺溼的棉被推到一邊。「鄭──咳咳──」鈴鐺眼中蓄起淚水，「你不用留下來，太麻煩你了。」

「不麻煩，我也不打算久待。」鄭楚仁拿起乾淨的衣服，「沖個澡換上吧，昨天我只幫你稍微擦了一下汗，你身上還有酒味。」

鈴鐺的眼神滿是不解，但鄭楚仁現在也沒辦法向他解釋清楚。經過一晚的搜查，鈴鐺的套房雖然沒有被粗暴地破壞，不過卻裝上了不少針孔鏡頭，只有浴室保有一點隱私。

就算他們在浴室裡裝監視器鄭楚仁也不會感到絲毫意外，但也許是覺得沒有那個必要，畢竟浴室門口在監視器的範圍內，鈴鐺的手機也完全在警方掌控之下，這才給了他們一些空間。

鈴鐺進浴室漱洗的時候鄭楚仁替他拆下枕頭套和床單，狀似隨意地放在床頭櫃上，擋住明顯被置換過的插座。他可以確定同樣被動過手腳的是梳妝臺上的鏡子，還有天花板的偵煙器。都是常見的監視手法，不過搭上裝在客廳裡毫無隱藏的監視器，很容易讓人相信其他地方就是安全的。

鄭楚仁背對著偵煙器坐在床頭櫃邊上，拿出手機查看禮物卡的餘額，確認沒有消費記錄之後開始回覆工作上的簡訊。不知道其他人怎麼樣了，Sandy和洛基他比較不擔心，小小和Phi有對方陪著應該也沒問題，至於許至清……鄭楚仁希望交代給他的任務能起到作用，不可能讓許至清完全不亂想，但希望能使他心情穩定一點。

他不知道這一次的風波會延續多久，也不確定警方先把鈴鐺和Sue放回來的做法是好預兆還是壞預兆。他們顯然是打算用這種方式蒐集更多證據，是算準了能錄到鈴鐺和Sue說出證明罪嫌的話？還是在尋找其他可能的同伙？

一次沒有用，還會有第二次、第三次。大多數人都無法承受長期下來的心理壓力，最後只能承認自己也許有做也許沒做的事情。他還不知道鈴鐺和Sue都被問了什麼樣的問題，鈴鐺又是為什麼會在戒酒兩年多之後突然破戒，但大概猜得出來。

鄭楚仁深吸了口氣，鬆開不知道什麼時候緊握住的拳頭。鈴鐺在這時打開浴室的門走出來，一邊揉著太陽穴，一邊用毛巾擦頭髮。鄭楚仁站起身，在鈴鐺把毛巾丟在床上時說：「你這邊洗衣機還能用嗎？」

「我自己洗就好了，謝謝你的好意。」

鄭楚仁點點頭，撿起毛巾放在拆下的床單和枕頭套上，隱匿地取走鈴鐺藏在裡頭的錄音筆。

「喔，林小姐回來了。」他看向房門外，「我就不打擾兩位了。保重身體，周先生，如果有什麼需要再和我說。」

鈴鐺點點頭，安靜地跟著鄭楚仁一起出房門，走到正把餐盒從環保袋裡拿出來的Sue身邊。Sue和鄭楚仁禮貌地打了聲招呼，接著便關心起鈴鐺的狀況，兩個人頭靠在一起低聲說著話。鄭楚仁並不想離開，想就這樣留下來，不再試圖掩飾他們的親近。但不行，不管接下來是否要把自己當成籌碼，他都得和他們兩個保持一定的距離。

等回到家，他才把錄音筆拿了出來，走進房間戴上耳機聽。在水聲的干擾下，鈴鐺的低語有點模糊，但不到聽不懂的程度。

「他們問我跟張芯語的關係，之後有沒有繼續跟她聯絡。我告訴他們我只是曾經幫張芯語的劇組化過妝，之後聽到有人被逮捕的事情覺得害怕，就沒有再跟張芯語的團隊來往了。」

鄭楚仁在床邊坐下。

「大概是不相信我的說詞，他們就提了……少彥，鄭哥你也知道我當時鬧出的麻煩都是有記錄的，一開始他們提了個交易，說如果能給他們有價值的資訊，就動用關係幫我調查校方是否有疏失，也許還有機會翻案。」

果然。鄭楚仁揉揉眉心，對警方的作法絲毫不感到意外。

「我說我不知道有什麼能給他們的，他們要我好好想想，之後先離開了一陣子，回來的時候帶著一個水瓶，要我喝水解解渴。

「我知道那是酒，也告訴他們我戒了酒，不過他們當然早就知道了，就是因為知道才會帶酒過來要我喝。我拒絕時他們還是繼續裝傻，其中一個人還喝了一口，說是白開水，要我好好補充水分，不然就得為了我的健康逼我喝下去了。我知道抵抗不了，又怕喝了酒會說出不該說的話，就多喝了一點。」

「一點」顯然是委婉的說法，鈴鐺回來的時候連自己站著都有困難，在Sue和鄭楚仁的攙扶下吐到本來就沒什麼東西的胃全被掏空，最後只剩下酸水。

「他們叫人來看看我的狀況，大概是覺得麻煩，問什麼問題又回不了話，就先放我回來了。他們讓我和Sue這段時間好好待在家，之後還有很多問題要釐清，很快就會再叫我們去問話。

「啊，審問我的不是之前那四個警察，是兩個年紀看起來跟我差不多的男人，沒有穿制服。其他警察好像滿怕他們的，抓著我的那個年輕人看到他們時很緊張，林警官倒是跟他們閒聊了幾句。其他的我就不知道了，抱歉，沒辦法幫上更多忙。」

基層員警只負責把人帶到警局，真正負責調查的是讓其他警察感到緊張的人……上頭直接派了人過來？保密是為了避免打草驚蛇嗎？如果真是這樣，為什麼還要把鈴鐺和Sue加入特別監控名單，透過基層員警做事？直接循線上門把他們一網打盡不是更好？

也許……也許握有這條線索的人基於某種原因需要保密，才無法調用足夠的人力。鄭楚仁把錄音筆收好，換了一身正裝之後提起公事包出門。

「林大小姐，你今天的妝好像不大一樣，有點讓人懷念。」

「別明知故問，這次的事情能告訴我多少？」

陳晏誠替鄭楚仁倒了杯茶，摩挲著眼前的茶杯轉了轉，臉上掛著一如往常的微笑。「噠、噠」，鄭楚仁的手指不知道什麼時候在桌面上敲了敲，他在意識到的瞬間把手收回大腿上。

「我可以告訴你一件事，你還有從這場風波抽離的機會。」

「我沒有心力跟你開玩笑。」

「我不是在開玩笑。」

「陳哥。」

過往熟悉的稱呼似乎讓陳晏誠愣了會，他在回過神之後嘆了口氣，「有人急著想要做出點成績，你那兩個伙伴的消息正好在這時候被送到眼前，他不會甘心於拿兩個顯然並非主謀的嫌疑人去交差，只是你的伙伴會需要受一點罪。」

「受一點罪？先是沒有止境的騷擾跟監視，接下來呢？他們會被送到看守所，會在看不見的地方被虐待，因為那些人相信受過苦的人才會說出他們想聽的話，就算是身心狀態健全的人都會在幾個月內被折磨得不成人形。你認識我很多年了，陳哥，你知道我不可能拋下他們不管。」

「就是認識你很多年了，我才得說這些話。」陳晏誠一直以來都微微上揚的嘴角拉成平直的線，「這時候自己送上門的大獵物絕對不會被放過，你會被生吞活剝，會被抹黑抹黃，過去留下的記錄都會被拖出來放大檢視。你會成為一隻昆蟲標本，被釘死在他們為你準備好的故事裡，真正的你只存在在和你親近的人心中，外界剩下的只有他們塑造出的鄭楚仁。」

那也夠了，只要他愛的人知道他是誰就夠了。不管在其他人眼中他變成什麼樣子，是從小就喜歡穿女裝的「變態」，是不受父母喜愛的壞孩子，還是荒淫無度的不肖子，那全都無所謂，他並不在乎。「我沒有說要把自己送上門。」

陳晏誠扯扯嘴角，「別裝傻，我還不知道你在想什麼？」

鄭楚仁沉默下來，視線落在杯中的茶水上。

他還清楚記得那個清晨，門外先是傳來一聲悶哼，然後是第二聲、第三聲，不同於電影中鈍器擊打在人體上的音效，現實中的暴力許多時候是安靜的，隔著門板就幾乎什麼也聽不見。「我們沒有反抗！」有道聲音這麼喊：「我們沒有反抗！」同時間鄭楚仁被陳晏誠拖著往廚房後方的儲藏室走，摀著他嘴巴的手力道很大，幾乎要掐進骨頭裡。

那時他早已成年，身高和陳晏誠差不多卻沒多少肉，掙脫不開陳晏誠的束縛，被同樣在腎上腺素影響之下的陳晏誠輕易推進了儲藏室，塞進牆壁裡只能容納一個人站著的隱藏夾層。

「別出聲。」陳晏誠在用冰櫃擋住牆之前說：「很快就會有人來帶你出去。」

鄭楚仁張嘴就要尖叫，被陳晏誠一臉無奈地摀住了嘴。「我本來不想這麼做的。」他說：「真拿我們的林大小姐沒辦法。」

要是平時他會揶揄地問陳晏誠為什麼封人嘴的動作那麼熟練，但鄭楚仁只聽得見不遠處傳來的叫喊和痛呼，還有重物落地的聲響。他們在砸什麼？有多少人被抓了？大家有沒有受傷？陳姊她還好嗎？寶寶不會有事吧？蕭哥呢？

他在黑暗中獨自站著，把耳朵貼在牆上努力聽著，掙扎地呼吸著。不要慌、不要慌、不可以慌，你要出去，要告訴他們你是鄭老闆的獨生子，要好好利用這個厭惡大半輩子的身分。但鄭楚仁其實是知道的，知道就算出去也做不了什麼，知道他連從這裡出去也做不到。

鄭楚仁曾經無比珍惜這些人對他的保護欲，在那一刻，他寧可他們對他沒有一點感情。

許老師找過來的時候鄭楚仁已經連眼睛都睜不太開，僵硬地站了不知道多久的雙腿幾乎像是沒有感覺的義肢。恍惚中他感覺到許老師把他背了起來，明明並不劇烈的晃動在腦中激起一波波黑霧，等他再度回過神時已經躺在被窩裡，眼皮上敷著溫熱的毛巾。

「陳哥。」鄭楚仁對上陳晏誠的視線，「當時大家那樣說謊把你保下來，你很生氣吧。」

陳晏誠的眼睛微微抽了抽，只是很細微的反應，但鄭楚仁已經認識他太久。

「你寧可當唯一被犧牲的那個，也不想成為唯二被保護的人。」

他們罵陳晏誠叛徒的時候眼睛卻在笑，他們對他揮拳的時候嘴裡卻含著對不起，他們質問他妹妹在天之靈會怎麼想的時候，實際上要說的卻是好好繼續生活，好好照顧蕭郁書。

匿名檢舉人的身分就這樣被冠在陳晏誠頭上，讓他免於牢獄之災，但一個人的災難是另一個人的解脫，他們的保護是陳晏誠最大的痛，鄭楚仁知道陳晏誠好幾次都差點就要讓應當負責的人一命還一命。

「我也一樣，我也是一樣的。」這是他選擇的戰場。「就算什麼都做不到也不可能袖手旁觀，更別說是有辦法保護他們的時候。」鄭楚仁挑起眉梢，「你現在沒辦法像當時一樣阻止我了，陳哥。」

陳晏誠涼涼地看了他一眼，「我就該把你關在這間包廂裡不讓你出去。」

鄭楚仁輕輕笑了聲，伸手和他碰杯。

Film No. 003
Title 凝視深淵

第 17 章

景物不在

「這是第幾次進警局了?十七?十八次?第五次之後我就沒有再繼續算下去,感覺沒什麼意義,畢竟只要那些人想要,他們隨時能找個理由讓我在警局待上一晚。在第一次被逮捕之前我其實已經有預感了,雖然做著過去一直以來都在做的事情,但周遭的紅線愈來愈多,自由的範圍愈來愈小,只要沒有按照那些不清不楚的規則把自己扳成他們想要的形狀,總有一天會碰觸到紅線。

「哈哈,這讓我想到至清以前最喜歡模仿的電影,叫什麼來著?《關鍵時刻》?《要命關頭》?原本電視上很常重播,現在也變成禁片了,還好家裡還有光碟可以看。小四的時候他常常關在房間裡學神偷躲避紅外線感測的橋段,還在牆壁上貼了好幾個鉤子來綁紅線,他好像到現在都還不曉得我撞見過他練習的樣子,其實他運動細胞真的很好,學得有模有樣,連倒立也難不倒他,難怪小時候那麼會到處亂爬。這個運動細胞也不知道是遺傳誰的,肯定不是我,大概也不是亭文。

「那時候我和亭文還得特別跟他強調電影是電影,現實中偷東西是犯法的,是不對的,不管有再好的理由都不可以。現在的我還能這麼肯定地對他說這樣的話嗎?我想是沒辦法了,合法非法不等於是非正義,是非正義又沒有絕對,每個人心中的正確都不同。我已經連該怎麼做才好都不明白了,二十歲的許閔文還能相信自己在做對的事情,三十九歲的許閔文每天都在質疑是不是做錯了。

「有機會真想再和S聊聊,不過就連被看到和我有接觸,對他而言都是太大的風險。真可惜啊，我想聽聽他的想法，他後悔成為警察了嗎？他到了現在還沒有離開，是因為離不開，還是相信這個體制有改變的可能？他覺得值得嗎？值得嗎？也許我只是想知道這個問題的答案。」

許至清依循著記憶找到了星火酒吧，原本這個地方並不好找，需要從狹長的燒臘店和日式小吃店之間的巷口走進去，拐個斜角的彎才能抵達，老闆試過在巷口擺放告示牌，試過乾脆請一位員工負責指路，但最後還是在父親被注意到之後，星火酒吧才脫離倒閉的危險。

現在街道經過重劃，街區經過整理，星火也從藏在深巷裡的祕密變成大街上就能看見的店面。店名從星火改成了Spark，室內的燈光也依照規定調亮許多，原本造就名氣的駐唱制度沒了，只剩下從喇叭撥放的輕音樂。許至清雖然沒有和老闆聊過，但多少可以猜到原因，要保留駐唱制度就得配合演唱者資格和演唱曲目的審查，還有被臨時抽查的風險。畢竟是曾和父親有關係的地方，前些年受到的關注不會少。

給漫不經心的門口保全看過假證件，許至清跟著前頭的顧客走進門。過往的榮景不再，不過酒吧畢竟還是酒吧，這個年頭能現場喝酒的地方並不算多，Spark的生意還是頗為熱絡，靠牆的座位都有人坐了，就剩下中間站著的桌位還有空位。高低語調不同的聲音混雜在一起，填滿整個空間，也淹沒了本來就沒什麼存在感的背景音樂。

許至清先是到吧檯點了杯調酒，穿過人群往最裡頭走。曾經的駐唱舞臺被改裝成半封閉包廂，許至清視線掃過左右兩個角落的座位，接著往右邊走去。

男人略長的頭髮刻意抓得有點亂，鼻梁有點歪，大概是曾經被重擊過，額頭的疤雖然長但不算明顯，正在把薯條送進嘴裡的左手食指也有縫線留下的痕跡。三十多歲，還是四十出頭？外表看起來比鄭楚仁大上不少，不過鄭楚仁本來就比較顯年輕。他在許至清發現之前就注意到他了，動作雖然沒有什麼變化，但也沒有掩飾自己的視線。

許至清對他笑了笑，沒等對方邀請便拉開椅子入座。

「好久不見。」許至清垂眼掃了下桌面，男人把關機的手機擺在他面前，用手指沾了杯子凝結的水，寫下「Clear」之後抹去。許至清還是又檢查了一遍座位周遭，之後才說：「S？」

男人勾了下嘴角，「『我們家寶貝』？」

許至清愣了會，耳朵頓時發燙起來，「他到底跟多少人說過我的事？」

「他跟誰沒有說過你的事？」男人把薯條往許至清的方向推，「晚餐有吃嗎？如果餓了不用客氣。」

許至清搖搖頭，「我吃過了，謝謝……S……？」

「許哥都叫我小謝，你想怎麼叫隨你。」他手撐著頭，眼神很清醒，「聽說你有消息需要打聽？說吧，我看我能做什麼。」

「可以先問你一個問題嗎？」

他比了個請的手勢。

「你為什麼還在當警察？」

大概是沒有預期到這個問題，男人先是愣了一瞬，接著笑了起來。在背景雜音的圍繞下，許至清聽不清楚他笑聲夾帶的情緒，但許至清看多了這樣源自於無助的憤世嫉俗。「是啊，為什麼呢？」男人搖搖頭，「你想知道的是我還能不能信任吧，我沒辦法向你保證什麼，但我從未做過傷害許哥的事情。」

許至清看著他，和剛硬的輪廓不同，他的眼睛在不瞇起時其實偏大偏圓，盯著人看時會帶來脆弱的錯覺。但這雙眼睛很快又瞇了起來，似乎是長久以來養成的習慣，變得銳利的眼神加重了彷彿是與生俱來的壓迫感。

「人都有可能會變。」許至清說。

「哈，確實。」他頓了頓，「我是四一分局的謝廷，過去十一年洩露過機密資訊，散布過假消息，銷毀過證據，但並不是每一次都是為了無辜的人做的。喔，對了，我也收過不少賄賂，光是查我的帳戶就能抓到不少把柄。」

「我以為收賄的人都知道要拿現金。」

「要是藏得太好，那些人發現不了怎麼辦？我不能是一個完全乾淨的警察，那樣吸引到的注意力太多，能做到的事情卻太少。」

許至清不知道該不該感到悲哀，父親在日記裡曾寫到S是個正直到固執的人，也因此招致高層的不喜和同事的排斥，若不是有人保他早就被當成麻煩人物處理掉。但寧折不彎的人在遠離權力中心的領域都會處處碰壁，更別說是淪為公權力爪牙的警界，不願低頭卻也不願離開，總有一天會被人硬生生攔腰截斷。

「你不用告訴我這些。」許至清知道對方的意圖，這是在把自己的把柄往他手裡送，「我會斟酌能跟你透露多少。」

謝廷笑得有些複雜，「那你倒是比許哥聰明。」

「你們一個兩個都這樣說。」許至清忍不住反駁，「如果一個人不過是信任朋友，不過是做認為正確的事情就是傻，那一定是這個世界對聰明的定義有問題。」

謝廷僵了下，緩緩吐了口氣，好半晌才開口：「真不愧是你父親養大的孩子。」

「父母。」

「父母。」謝廷輕笑，臉上的陰霾散去不少，「你需要知道什麼？」

他這樣的表情看起來倒是多了分熱血青年的恣意，若是在不同時空背景下，也許他能一直當個擇善固執的警察。許至清沒有咬著這點不放，不管這個世界有什麼問題，眼前的人做了什麼選擇，想法經歷過什麼改變，已經發生的事情都發生了，他努力想改變的是現在，想避免的是伙伴受傷的未來。

「這次違禁品流通的調查，你們分局有參與嗎？」

謝廷眉毛一挑，「當然，這次案件投入的人力可不少，我們局長不會錯過這個累積功勞的機會。」

「你對案子的負責人知道多少？」

「不多，不過有聽說一點小道消息，當時為了搶案好像引起不小的內鬥，負責分案的長官還換了個人。前期基層有很多由於上頭命令不一致或是刻意搶功造成的衝突，光是上游通路因為下游出事提前湮滅證據的例子，我自己知道的就有七八個。」

搶案……那麼獲得Caroline線索的是負責走私案的檢察官，還是另有其人？如果是前者，有了偵破走私案的功勞，調查鄭楚仁、鈴鐺和Sue的力度會不會小一些？鄭楚仁是否真的能夠如他所說，用自己的家世背景作為籌碼解決麻煩？如果是後者，他們三人是否會成為內鬥下的犧牲者？會有斡旋的空間嗎？

許至清對於權力鬥爭並不了解，也一直都不擅長這樣的心理遊戲，但還是努力整理了思路問道：「我聽說有很多大學也被牽扯進來，這個案子沒有設定一個界線嗎？要查到什麼程度才會告一段落？」

「沒有人會嫌業績高，也沒有人會嫌功勞多，如果現在有另一個曝光度更高或中央更重視的案子，那資源當然就會往那裡傾斜，不過目前為止，這次走私和衍生的非法流通案件還是最容易贏得上頭重視的途徑。」

「這段時間你們分局也一直都在查違禁品流通的案子？」

「除了一般社會案件之外？確實是這樣沒錯，我自己經手的九成都是走私衍生的維穩案件。」

「沒有其他值得注意的？」

謝廷偏過頭，「我幫幾個大學生把參與非法社團活動的案子搓掉了，但我猜你要問的並不是這件事。」

許至清皺起眉，就算一般民眾不一定知道Caroline，負責言論管控相關案件的警察不可能不知道，消息只在有限範圍內流傳，這是因為不夠重視還是太過重視？許至清還不確定這些資訊代表什麼，但總會有派上用場的一天。「你們監督特別監控對象的職責都是怎麼劃分的？」

「市警局分的，直接給各個分局負責的名單，我們有專門監視特別監控對象的分隊。」也許是猜到許至清想問的重點，謝廷接著繼續解釋：「通常除非有上頭命令，分局之間不會交換關於特別監控對象的資訊，有什麼發現都是向上通報。」

「怕搶功勞？」

謝廷點頭，「至於私底下能不能打聽到就各憑本事，我的消息還算靈通，你想知道哪個分局還是哪個派出所的事情？」

「……我暫時還不知道。」許至清緩緩吐了口氣，暗自責怪自己過去沒有想過要了解這些事情，在鄭楚仁告知他們壞消息時也不知道該問什麼，「負責走私案的檢察官，還有當時想搶案的都有誰，你能告訴我嗎？說你知道的幾個就好。」

謝廷盯著他看了好一會，濃黑的眉毛幾乎要擠在一起，最終沒有多說什麼，給了許至清負責人和另外兩個搶案失敗的檢察官的名字。

其中一個被擠下來的人許至清不能更熟悉，那個人曾藉著送父親入獄的功勞升官，之後又持續騷擾他們一家多年。許至清和他實際接觸的次數並不多，卻多次在惡夢裡看見那張令人憎惡的臉，他想像過如果再有機會同處一室，該如何咬斷對方的脖子。

他的內心一直都有恨，恨意的目標除了沒有面孔的體制，便是具體存在的那個人。吳謙仁，也許是寄託著期望用美德命的名，卻因為姓氏的諧音變了意思，反倒成了對名字主人再適切不過的描述。

「許先生。」

嚴肅的呼喚讓他回過神來，有意識地鬆開緊握著酒杯的手，沉默地擦拭灑出來的酒液。許至清曾以為自己已經比過去要冷靜許多，但有些傷痕並不是時間流逝就能癒合的。

「我不知道你問我這些想做什麼。」謝廷說：「但肯定不是為了報當時的仇白白浪費人生。」

許至清抿起唇，試圖笑了笑。「謝謝你的消息，我沒忘記自己要的是什麼。」一口飲盡杯中剩下的一點酒，他對謝廷微微低頭，鄭重地說：「也謝謝你過去提供的幫助，還請多加保重。」

謝廷眉頭依舊沒有舒展，「如果還需要什麼就來這裡找我，平日我來的時間不固定，但假日晚上都會在。」

「好。」許至清拉開椅子起身，順手拿了根薯條叼在嘴裡，「有機會再見，到時候請你吃健康一點的，聽說你喜歡韓式料理，我知道一家他一直想請你去吃的。」

謝廷抿成一條線的嘴角輕顫了下，揮手和許至清道別。許至清在夜風中跑了好一會才回家。

「據說你最近沾上了一點麻煩，鄭老闆。」

「簡先生消息很靈通。」

小時候鄭楚仁還曾在心中嘲笑父親像是大眾想像中典型的富商，再婚對象比自己要年輕二十多歲，出門在外表面功夫做得很好，閒暇時間總是在高爾夫球場度過。此時此刻，他卻同樣站在精心打理過的草坪上，和另一個人虛偽地閒話家常。

他其實並沒有那個心情，鈴鐺和Sue兩個小時前才再次被帶到警局，如果可以他都想直接追過去。在達成目的前他們也許不會做得太過火，但卻絕對不會善待鈴鐺和Sue，尤其是鈴鐺，他會因為往事被當作突破口，不斷被迫揭開自己的瘡疤。鄭楚仁不是沒有親近的人在看不見的地方受苦的經驗，不過這並沒有讓忍耐變得比較容易。

「恰好有認識的人注意到這件事，我只是有點訝異鄭老闆沒有果斷抽身，畢竟當時你和駱小姐都給了我同樣的建議。」

「只是覺得沒有必要罷了。」

「是嗎？在我看來，這件事可比我之前沾上的麻煩要嚴重多了。」

「我倒覺得這可能成為一個機會。」

「哦？願聞其詳。」

「簡先生也知道陳檢察官和吳檢察官、林檢察官之間的衝突吧？」

「我應該知道嗎？」

「簡先生是聰明人。」

「哈，鄭老闆消息也很靈通。」

如果是許老師和呂教授，他們肯定不會這樣逢場作戲吧，連謊言也難以說出口的人，做過最大的妥協就是為了兒子不再發聲。陳姊和蕭哥也都是寧折不彎的人，最後真的硬生生送了命，卻沒能改變什麼。鄭楚仁記憶中有許多面孔、許多名字，他們都抱持著宏大的理想，內心相信的正義比他要純粹得多。

鄭楚仁有他的理想，但最終最在乎的還是身邊人們的安危，為此他願意撒謊，也願意和立場相對的人做交易，唯一的底線只有不傷害到其他人。「到時候拿到了足夠的籌碼——」

「我可以為鄭老闆引薦，不過能不能談成，就要看鄭老闆自己了。」

「多謝。」

「舉手之勞。」

只是有些時候，他會有種靈魂和身體分離的錯覺，像是看著陌生人用陌生的聲音說著陌生的話，和厭惡的人相談甚歡。也許這是扮演太久，謊說太多的後遺症，也許這才是鄭楚仁需要Caroline的原因。但現在身邊沒了能夠真誠以待的對象，和最親密的伙伴也得偽裝成點頭之交，如果再不做點什麼，也許他才是第一個撐不下去的人。

這麼多年來一直以保護者的身分自居，他都要忘了自己並沒有堅強到哪裡去。

「不過鄭老闆，有時候我真覺得你不像是我們這個圈子的人，我在你身上感覺不到私欲。」

「有誰能沒有私欲？也許是我裝得比較好。」

「或是我看人的眼光失靈了？這可不是什麼好消息。」

「簡先生想多了，我只是經過家父訓練，比較會隱藏自己而已。」

「怎麼個訓練法？我家不成材的弟弟在這方面很欠教訓。」

「只要狠得下心懲罰，沒有什麼是學不會的。」

流於表面的笑拉扯著臉部肌肉，聲音下意識壓得比平時都要低，背部打直、肩膀打開，回想站姿不夠標準時尖銳的電流，火燒的疼痛彷彿讓全身骨頭都顫抖不止。當時還年幼的鄭楚仁沒有想過那些被硬生生刻進身體裡的習慣有一天會派上用場，讓他能壓抑住擔憂，繼續扮演著一直以來無比厭惡的身分，和壓根不認同的對象相談甚歡。

就連握手也是被訓練過的技能，該握多久、該多用力，面對權力關係對等或不對等的對象時，該怎麼做出適當的反應。這不是他，不是許老師的逃家少女一號，不是陳晏誠他們的林大小姐，不是Caroline的領導者。但他需要鄭老闆這個身分帶來的特權，才能繼續當他們的老大、鄭哥、鄭叔叔。

「和鄭老闆相處依舊很愉快，下個月三號我們有場酒會，鄭老闆有沒有興趣？」

「我何德何能讓簡先生親自邀請，確認過時間會再給簡先生答覆。」

「誰叫你合我眼緣呢？希望到時候酒會見。」

「改日再見，簡先生。」

開車的不是已經很習慣載他的鈴鐺，不是這段時間一直堅持不放他一個人的許至清，只是偶爾會叫來的司機。鄭楚仁回到公司便逕自進辦公室，換了一身打扮之後獨自從另一個門離開，開著登記在他人名下的車。腦中已經研擬出四五套上門打探消息的辦法，半路上收到的訊息卻讓他頓時腦袋一片空白，連車子都差點開到人行道上。

酒精中毒入院……他們怎麼敢？但他知道這不是真正的問題，擁有權勢的人沒什麼不敢，沒有底線的破壞總是比在道德約束下的保護要容易。回過神時鄭楚仁已經在開往醫院的路上，他不能且不該在這時候出現，不管這時候用什麼身分都有被盯上的危險。Sue會照顧他，鄭楚仁告訴自己，但無法讓自己轉向，無法阻止自己往急診的方向走。不要衝動，這樣只會被擋下來，承受苦果卻連人也見不到。他在門口終於停下來，回頭盯著路上來往的車流看了好一會。

他深吸口氣，過了三秒之後再吐出。許至清刻意撞上黃庭安父母的車時在想什麼？不能讓大家被發現，我要保護好他們？不過是認識幾天的人，怎麼就能做得這麼過火？要是許至清此刻在場，也許真會跑出去再撞一次車，撞出足夠被送進急診室的傷勢，好混進去找到鈴鐺。但鄭楚仁一沒有確保不會被撞成重傷的能力，二還沒確定鈴鐺身邊有多少人，三他扮演著禁不起推敲的身分。

他抹抹臉，想像許至清用控訴的語調念他雙重標準，許至清撞個慢車都要被罵，他卻想著來個真車禍，到底是誰天天都在強調安全第一了？跳到喉頭的心臟回到胸口，呼吸也漸漸穩定下來，鄭楚仁無聲地笑了會，給自己三分鐘的時間好好整理思緒。

二十分鐘後他跟著送慰勞品過來的外送人員一起進了急診室，光是等床位的病人就已經有不少，更別說還得加上家屬和忙碌的醫護，大概是床位不足，走道兩邊擺著幾張推床，作為額外的觀護區使用。應該說是幸運吧，鈴鐺被Sue攙扶著坐在其中一張推床上，左手背上了點滴，旁邊站著一位女警。

鄭楚仁握緊拳頭又緩緩鬆開，還好，至少不像是幾年前鈴鐺把自己喝到昏迷那次，還得插管和洗胃。鄭楚仁轉過身，即便雙腳並不想往外走，即便視線就像是被黏住一樣難以從鈴鐺身上撕開，他留下來除了讓自己感覺好一些，對他們並沒有幫助。他該離開了，他——

「麻煩妳回家拿錢或是去領錢，我們掛號費是要先繳的。」

「可是晚一點我媳婦會過來——」

「不可以，情況不危急的病患都必須先繳費完成掛號，如果妳媳婦真的會過來，就等她過來再掛號。」

「不能先讓醫生看嗎？我真的，真的很不舒服，剛剛——」

「這是規定，麻煩妳配合。」

「可是以前——」

「媽。」鄭楚仁大步走上前，從錢包裡抽出幾張鈔票來。上了年紀的女人身形佝僂，花白的頭髮有些稀疏，上衣袖口被磨得發白，指甲很整齊，但處處都是溼疹和破皮的痕跡。鄭楚仁對上她惶然的視線，安撫地笑了笑。「我記得以前沒有先繳掛號費這個規定。」鄭楚仁接著問：「一直以來不都是最後和診療費一起繳清嗎？」

「……規定是去年改的，麻煩下次記得。」櫃臺的語氣好了不少，不知道是鄭楚仁付了錢，還是他看起來不大好惹的關係，「請在候診區稍坐一下。」

鄭楚仁沒有為難她，帶著臉色不大好的女人找了個位置坐著，小心翼翼地支撐著對方的背，「是傷到腰了嗎？還是撞到哪了？」

「剛剛在家裡摔了一下……我媳婦是真的會過來，只是她從比較遠的地方趕過來，等等就把錢還給妳，真是不好意思，太麻煩妳了。」

女人兩隻手無措地握在一起，頭壓得很低，眼睛不敢向上看，像是怕會冒犯到他。鄭楚仁有意識地彎下習慣性打直的背，湊到女人耳邊輕聲說：「其實我只是需要一個藉口待在這裡，妳願意幫我這個忙嗎？」

女人困惑地看了他一眼，視線接著掃過一個個座位和走廊上一張張床，在發現不遠處的女警時頓了一會，用更輕的聲音問：「妳被找麻煩了嗎？」

「不會牽扯到妳的，不用擔心，如果覺得不自在，可以拒絕沒關係。」

女人搖搖頭，「是我應該謝謝妳幫忙。」

和其他傷患或病患比起來她的狀況並不緊急，不會那麼快輪到她看診。鄭楚仁一邊和女人說話，一邊注意著鈴鐺和Sue的狀況。看起來應該是吊一晚點滴，等酒精代謝掉就沒事了，Sue看起來精神不大好，但還是勉強讓自己保持清醒，一隻手按著大腿，一隻手抓著鈴鐺的下臂。

一旁的女警對她說了些什麼，Sue搖搖頭回話，暗自擰了大腿一把。之前鈴鐺住院的時候他們還能輪流顧著他，現在可以陪在鈴鐺身邊的卻只有Sue一個人。

Phi和小小如果知道了會很擔心吧，明明這麼努力才戒掉的酒癮，就算沒有人刻意破壞都有很高的機率破戒，更別說是這樣被強行刺激的狀況下。周少彥……即便是鄭楚仁也很少聽鈴鐺提起兒子，那是一道也許永遠不會癒合的傷口，不該被當作讓人開口的籌碼。

他第一次見到鈴鐺就是在醫院，不知道是幸還是不幸，鈴鐺是看著兒子走的。沒來得及成年的男孩最終被氣喘奪走了性命，背後卻潛藏著人禍，潛藏著成年人的偏見和無知。那是鄭楚仁第一次清楚意識到一個父親對自己的孩子應該抱有什麼樣的情感，理智上他一直都是明白的，也見過在祝福下誕生長大的孩子是什麼模樣，但當時鈴鐺帶著憤怒的哭喊還是深深撼動了他。

憤怒在了解到真實狀況之後演變成對罪魁禍首的恨意，恨意在不斷碰壁之後轉向為針對自己的怨憤，以及無力的絕望。那是鄭楚仁所不熟悉的父愛，卻是再熟悉不過的自厭。

遇到Sue是兩年之後的事情，同樣是在醫院，不過她卻是在被父親打傷之後自己走進醫院的，在那個時候就已經展現不得已培養出的堅強和自立。失去孩子悲痛的父親，長期被父親傷害的女兒，在父親默許下遭受虐待的兒子。人性的面向何其多，不過是因緣際會相遇的三個人，就已經體現出「父親」這個角色如此不同的可能。

如果當時鄭楚仁沒有主動接觸他們，他們是不是就不用受這個罪了？他看著Sue警戒的表情，像是隨時準備好撂倒潛在的威脅，包含身邊的警察。有很長一段時間，Sue就連在家裡也是這副模樣，睡覺前得鎖門關窗，檢查衣櫃和床底，因為對她而言黑夜裡的怪物從不只是故事，而是成長過程中的現實。

他從不想在Sue臉上再次看見這樣壓抑的恐懼，但此刻也只能盡所能地還他們一個相對正常的人生。

「對不起。」鄭楚仁對身旁被他當作掩護的女人說：「我不是單純想幫忙而幫妳。」是從什麼時候開始的？他在幫助別人之前得先思考後果，無法像很小的時候那樣，單純有人跌倒了就把人扶起來。

「現在不像以前，大家都很辛苦。」女人一邊搖頭一邊說：「剛剛那位小姐也是，不能通融是因為醫院規定，醫院規定會改說不定是很多人看診之後不付錢，很多人會這麼做……就跟剛剛沒有人敢幫我一樣……」她沒有繼續說，但鄭楚仁明白她的言外之意。信任在這個社會裡太過奢侈。

「這只是假設，但如果我今天幫妳付這筆錢，卻害妳明天被警察盤問，妳會不會寧可我從來沒有幫過妳？」

「啊……但說不定我這樣回家，會在路上昏倒或是出什麼意外。」女人頓了頓，語氣再度緊張起來，「真的可能被警察盤問嗎？我不想給媳婦惹麻煩。」

鄭楚仁輕輕笑了聲，「不會的，請妳放心。」

他就這樣陪著女人看病、留院觀察，直到她真正的媳婦從外地趕來。然後鄭楚仁接受她們的好意，又在急診室待了好一會，雖然沒能等到鈴鐺完全清醒，但至少足夠讓他安定下來。

離開之後，他到咖啡廳用禮物卡買了一杯熱可可，一邊喝一邊走到距離最近的公園，繞了一圈之後才動身回家。

Film No. 003

Title 凝視深淵

第 18 章

道別

「七之七到十之十之十一街區的各位聽眾早安，我是大家最喜歡的主持人Sandy。又到了一週的開始，不過很幸運地剛好是除夕，是不是有種多賺到幾天假期的感覺？不知道大家除夕夜都打算怎麼過，要跟親友一起去餐廳吃飯嗎？還是在家準備年夜飯？當然我也知道有些聽眾因為工作的關係無法過節，真是辛苦你們了，希望等工作結束之後，各位能有機會和所愛的人相聚。

「說起來其實這幾年農曆新年愈來愈冷清了，大多數年貨大街都由於衛生和社會秩序方面的規定停辦，只剩下一般店面，有幾個市場還算是比較熱鬧，不過也沒有以前那種百花齊放的感覺了。也許有些人覺得實現『現代化』、『秩序化』、『文明化』這些標語是好事吧，我想每個人都深知公共衛生的重要性，但看見這些習俗被以『進步』為名掃蕩排擠，還是讓人覺得有點可惜。

「說到這個，這邊想提一下呂亭文教授為《中央藝術大學學報》撰寫的論文〈劇場未來的窄巷〉，不要聽到『論文』兩個字就被嚇跑了，呂教授寫的東西其實很多都很平易近人，比起學術界內部交流的文章，更像是教科書那樣面向學生的寫法。呂教授在一開頭提到了到偏鄉小學和孩子們一起改編和表演《人民公敵》的經驗。

「為了避免讓班導惹上麻煩，故事背景被搬到奇幻世界，其餘的呂教授並沒有更動太多，原本本地說出市鎮為了經濟不顧浴場水源汙染，反倒將發現問題的醫生視為全民公敵的故事。於是市長變成國王，醫生變成法師，浴場變成實際上後患無窮的魔法許願池。幾個孩子對這個故事有很多疑問，『不用髒水不就好了嗎？』、『醫生好笨喔，為什麼不去找受害者幫忙，要找做錯事的人呢？』、『市長跟市民說謊，不能跟國王檢舉嗎？』整個故事似乎變得不同了，但核心價值卻還是相同的。

「無論再怎麼試圖禁止，再怎麼試圖抹滅，也許同樣的故事總是會有再被說出來的一天，以不同的姿態重生。」

除夕夜，原本許至清還在暗自期待也許今年的農曆新年能夠和伙伴一同度過，但就和父親被帶走的那年相同，他沒能像是這個時節每個人掛在嘴邊的祝福那樣，安穩地過個好年。前一天許至清跑了趟市場，接著花一整個早上的時間包了八人份的水餃，分裝之後冷凍。他內心不是不焦慮，不過這是他的一點私心，就算不能一起過年，希望能用這種方式和大家聯繫在一起。

包的時候還不確定能不能把鄭楚仁他們那三份送出去，然後他在傍晚看見了禮物卡消費的記錄。許至清心臟差點就要撞破胸膛，不知道到底該喜還是該憂。

今天許至清如同往常起得很早，距離約定的時間還有大半天，便先出門送了三趟外送。他沒有直接和四個伙伴碰面，而是透過門口的對講機通話之後把保冰袋留給管理員，至少還能親口對他們說「新年快樂」，這樣許至清已經很滿足了。

他其實想見他們，他當然想，但這份寂寞和他們的安危比起來微不足道，在一切塵埃落定之前，他得保持好距離。

接下來的幾個小時他都在家裡反覆翻閱父親的日記，還有母親的手機。他對吳謙仁的記憶雖深，了解卻不多，當時不過十四歲的許至清只知道是這個人奪走了父親，成年之後沒有再見過吳謙仁本人，只是經常從被派來問話的警察口中聽見這個名字。

吳謙仁起訴他父親時列出了許多罪狀，光是違反《藝術從業人員評級法》有刑責的規定就有好幾條，還得加上更加嚴重的資助反政府勢力，以及顯然是為了抹黑父親形象的通姦罪——沒有實質證據，只有聲稱和父親發生過關係的「粉絲」。

「看在許先生對我國藝文界的貢獻上，檢方已經十分寬容。」許至清還記得吳謙仁曾在接受採訪時這麼說，臺面上裝得冠冕堂皇，臺面下卻一次次威脅母親不要繼續製造麻煩，在深夜派人闖進他們家中搜查。許至清是害怕的，但他不想讓父親被捕之後就沒有一晚好眠的母親憂心，那是他演過最長的一場戲。

如果是吳謙仁……許至清揉揉眉心，是不是其實都一樣，不是嗎？能爬到這個高度的人沒有一個是好對付的。鄭楚仁知道多少？應該比許至清要多吧，他到底有什麼打算，到底在計劃什麼？晚點就能當面見到鄭楚仁，但許至清有預感不會得到想要的答案。

他在約定時間前兩分鐘抵達咖啡廳，遠遠地便認出鄭楚仁的背影，像是母親葬禮時那樣坐著輪椅，微鬈的黑色長髮散在肩上，皮膚比平時要更加蒼白，正試圖推行上人行道有點高的路緣。許至清和鄭楚仁對上視線，意識到對方意圖的他匆匆小跑步上前，問道：「需要幫忙嗎？」

鄭楚仁抬頭看著他，眼底下的陰影透露著明顯的疲憊。不過才一星期的時間，他看起來卻清瘦了不少，原本就稜角分明的顴骨銳利得像是會穿透皮膚。許至清有意識地控制著呼吸，對鄭楚仁露出友善但陌生的笑容。鄭楚仁微微垂下眼，「麻煩你了，平時我可以自己推上去的，但昨天手受了傷，不是很好施力。」

「不麻煩。」許至清把輪椅推上了人行道，「你要去哪呢？」

「來買杯咖啡，接下來我可以自己走。」

「我正好也要買咖啡。」注意到鄭楚仁掩飾不住的晦暗情緒，許至清接著補上，「不是覺得你很漂亮想搭訕，我是真的來買咖啡的。」

冷凝的表情融化成不明顯的笑意，鄭楚仁搖了搖頭，「是搭訕也沒有關係。」

進門時有幾雙眼睛看過來，但很快便為了避嫌而移開。許至清點了杯美式，鄭楚仁點了拿鐵，和他們平時的習慣相反，兩個人交換一個心照不宣的笑容。

「你等會有急事嗎？要不要一起走走？」

鄭楚仁點點頭，「正好天氣還不錯。」

「對吧？我早上看到就想洗棉被，可惜上星期才洗過。」

「那麼人代替棉被曬曬太陽也好。」

「哈哈，不過人大概曬不出同樣的味道。」

「說不定可以。」

沒有一點實質意義的對話，卻是他們兩個都想要也需要的，在即將消逝的陽光下，許至清推著鄭楚仁走到附近公園，或者應該說是鄭楚仁在引路，許至清只是把手搭在輪椅上，遇到段差和路緣時幫忙施點力。最後他們在一處空曠的草皮停了下來。在這樣視野沒有遮蔽的地方，監視器材總是比較少，不知道是沒有人想過需要隱瞞的對話會在這樣的場所進行，還是單純地想節省開銷。

許至清輕輕嘆口氣，在輪椅邊坐了下來，「老大。」

他不需要問出問題，鄭楚仁便開口解釋：「我找到辦法了，很快就會有結果，說不定還能趕上洛基的生日。」

洛基的生日是情人節，距離現在還有兩個星期的時間。許至清有些詫異，他很少聽到鄭楚仁用這樣肯定的語氣說一件不完全在他們掌控中的事情，鄭楚仁可是連「明天見」也不會輕易說出口的人。

「什麼辦法？」

「敵人的敵人不一定是朋友，但可以利用。」

「你要和哪個檢察官做交易？」

鄭楚仁扭過頭看他，驚訝的情緒沒有在臉上停留太久，便被染著暖意的無奈取代。「我早該猜到你不會安分地等我消息。」他說：「看來照看其他人的責任不夠消耗你的精力。」

「畢竟我每天都會晨跑嘛。」許至清開玩笑地說：「我就只有體力還算不錯。」

「套一句洛基會說的話。」鄭楚仁挑起眉，「如果你只有體力還算不錯，世界上絕大多數人就只剩死後為植物提供養分的價值了。」

「這種話你說起來有點可怕。」

鄭楚仁勾起嘴角，回答他先前的問題：「在查鈴鐺和Sue的並不是走私案的主負責人，而是想爭功勞的另一名檢察官，為了不讓他如願，主負責人會幫忙證明他們的清白。」

許至清皺起眉，「這樣真的就夠了嗎？」

「當然還需要一些籌碼。」鄭楚仁語氣輕鬆地說：「他們現在會忙著搶功勞，是因為上頭就要任命高檢署的檢察長了，我可以許諾他一些好處。」

「你們家……」

「矯正中心和矯正官制度是我祖父幫忙建立起來的，一直到父親那輩都還在提供營運上的協助。雖然在父親過世後我有意賠掉一些資產，斷了這方面的合作，不過能說得上話的人還在，他們在司法體系裡的聲量不小。」

許至清不可置信地看著鄭楚仁，下意識抓住他的手，就和他說起過去時的語氣同樣平穩，感覺不出一點動搖。反倒是許至清自己的手控制不住地顫抖著，壓抑著翻湧的情緒。「可是——」許至清清楚記得鄭楚仁說過的話，「那他還——」

「他對繼承人有一定的期待，而我並不符合他的期待。鄭大老闆工作忙碌，也不知道怎麼教養孩子，所以找了一個『專家』，告訴對方他希望我成為的模樣。在把我交給矯正官的時候，他說『該罰就罰，不用看在我面子上放水，我知道這孩子有多固執。』」鄭楚仁聳聳肩，「要是能看到我後來都做了些什麼，他大概會死不瞑目吧，真是可惜了。」

他搖搖頭，露出自嘲的笑容，「其實我本來有機會把矯正制度這顆毒瘤拔掉，當時就該加深和他們的合作，藉機蒐集證據之後公諸於世。可是當時的我不夠成熟，只想著要跟這些噁心的制度和噁心的人斷絕關係，要再恢復合作就很難了。之後有了大家，Sue和Phi都曾經提議過要做這個主題，不過我一直沒有同意，能夠達到的效益和風險不成正比。」

許至清握緊他的手，說：「那不是你的錯。」

「我知道，我不會為做不到的事情責怪自己。」鄭楚仁微微苦笑，捏了下他的手指之後輕輕抽回，話鋒突然一轉，「接下來幾個星期很關鍵，看好大家的工作就交給你了，我知道乾等的感覺很難熬，但不希望更多人被牽扯進去。」鄭楚仁接著抽出錢包裡的禮物卡交給許至清，「這個看你要拿給誰用，我還是會定期查消費記錄，只是應該暫時沒辦法跟你見面，如果本人到不了，我會找可以信任的人幫你。」

許至清連忙推拒，「你留著，我有跟其他人約見面的辦法。」

「留在我這邊我也會銷毀，畢竟沒辦法保證不會被看到，看到之後不會循線查到我們是怎麼約碰面的。」鄭楚仁把禮物卡直接放進許至清外套的口袋裡，「別忘了照顧好自己，等這一切結束之後再見。」

鄭楚仁推著輪椅就要離開，許至清想也沒想便伸手攔住，一時之間卻不知道想說些什麼。他只是莫名驚慌，不願就這樣放鄭楚仁走。突然想起本來要交給對方的東西，許至清從背包裡拿出包在紙袋裡的水餃，放在鄭楚仁蓋著外套的腿上。

「我昨天包的，想說沒辦法一起過年有點可惜，也不知道你們這幾天有沒有好好吃飯，我——」他再次抓住鄭楚仁的手，「大家都需要你。」

鄭楚仁失笑，撥了下許至清的頭髮，答道：「也不是不會見面了，怎麼突然說這些？」他打開紙袋瞥了一眼，「謝謝，今晚我會和他們一起想著大家守歲的。」

為什麼？為什麼之前連再見也不願說，現在卻一次次承諾未來的重聚？許至清不明白，他從鄭楚仁的表情和肢體語言都看不出端倪，連之前習慣性在焦躁時敲打的手指也放鬆地搭在膝蓋上。他想就這樣跟上去，卻又顧忌著自己的身分可能帶來麻煩，他不希望在鄭楚仁已經有解決辦法時打亂計畫。

他並不懷疑鄭楚仁確實有計畫，卻不確定鄭楚仁準備付出的代價是什麼。

「我得走了，至清。」鄭楚仁抱了他一下，「新年快樂。」

「……新年快樂。」

許至清待在原地一直到鄭楚仁離開為止，回家路上不斷回想鄭楚仁剛才說過的每一句話，眉頭深深鎖著。走到半路，他猛地停了下來，內心隱隱的不安凝聚成實體，剛才鄭楚仁提到查案的人時說的是「查鈴鐺和Sue的人」，並不包含自己。

不對，許至清從一開始就該注意到了。如果鄭楚仁也是嫌疑人，他根本不會和許至清見面，只會像之前逕自前去尋找線索時那樣，做好獨自承擔風險的打算。也許鄭楚仁是有了點改變，也許他是在他們的堅持下開始會報平安，開始會事先徵詢意見，但鄭楚仁還是鄭楚仁，他說「安全第一」時指的從來就是他們幾個的安全。

被過去同伴供出來的只有鈴鐺和Sue，鄭楚仁是主動把自己牽扯進去的。

握緊被塞進口袋裡的禮物卡，許至清深吸口氣，壓抑住直接上門質問的衝動。敵人的敵人可以利用，許至清一邊放慢腳步往家裡走，一邊梳理滿頭的亂麻。等回到了家，他腦中只剩下一個想法——不可以讓大家失去他。

「……鄭先生？」

「晚餐一起吃吧，周先生。」鄭楚仁拉起鈴鐺的手，朝著他身後看了過去，視線恰好對上客廳裡的監視鏡頭，「林小姐呢？」

鈴鐺沒有回答，膽怯的腳步就要退回門內，和他劃清界線。但鄭楚仁伸手環住他的肩膀，像是對老朋友那樣一邊拍他的手臂一邊說：「難得除夕夜，我不想一個人過，剛好我收到了朋友自己包的水餃，你和林小姐陪我吃一頓吧，不然也可惜了人家的心意。」

他們認識快十年了，也確實是老朋友。

「鄭——」

「別拒絕我，就當還之前照顧你的人情？」鄭楚仁逕自拉著鈴鐺進門，直直地往臥室的方向走，勾起手指敲門。鈴鐺要甩掉鄭楚仁其實並不困難，但他顯然因為突如其來的造訪無比失措，連該怎麼反應都搞不清楚。鄭楚仁沒有解釋，又敲了一次門，微微提高聲量喊：「林小姐？妳在嗎？要不要一起吃個晚餐？」

房門很快就被打開，Sue抬頭拋過來的眼神銳利得能讓絕大多數人膽顫，不過鄭楚仁從來就不在其中，還能維持著鮮少在他們面前使用的得體笑容，「剛起床？晚餐多少還是吃一點吧，不然對身體不好。」

Sue不需要說出口，鄭楚仁也能從她的神色中看出質疑，但他當作沒有看見，拇指指著門口，「跟我上樓？我剛好也有幾個問題想問問兩位。」

Sue用口型問他「你在搞什麼」，鄭楚仁只是揚起下巴，示意她同行。事到如今他們再拒絕邀請也於事無補，反而可能更顯可疑。鄭楚仁知道他們也意識到這點，從開口提出邀請時，就已經主動招惹了監視者的注意。不管是出於什麼心態，是擔心兩位鄰居，還是有意打探這個案件的內情，那些人都會探究他的意圖。

藉這個機會和兩個伙伴好好談一次話，是鄭楚仁的私心。

搭電梯上樓之後來到自己門前，這是鄭楚仁和Caroline每個人都走過上百上千次的路，每次計畫結束後他們都會來到他家銷毀證據，不管是慶功、慶生還是慶祝節日，也都會聚在他家。如果不是消息走漏，他們現在就會八個人一起吃著年夜飯，聽洛基嚷嚷芋頭融在火鍋裡的好，聽Phi和小小一邊包水餃時的拌嘴，看Sue和Sandy湊在一塊研究調酒，看許至清和鈴鐺在廚房裡忙進忙出，勒令他下廚可以，動刀不行。

鄭楚仁摩挲著貼在掌心的人工皮，稍早和許至清說的並不完全是謊言，他的手確實有傷，昨天切菜的時候沒有出事，洗刀子時卻不小心劃傷了手。他在流理臺邊站了好一會，愣愣地看著血順著手指滴在水槽中，回過神時五指都是鮮紅色，好在傷口不算嚴重，處理後很快就止住了。

「請進。」鄭楚仁退一步讓鈴鐺和Sue先進門，「把這當自己家。」

房門一關上，Sue就怒目瞪過來，但沒忘記先捏了下耳垂，確認房裡沒有監視設備。鄭楚仁沒有發現外人進過門的跡象，不過還是從客廳到臥室一路把每個房間都檢查一遍，對她比了個安全的手勢。然後Sue把他推到牆邊，帶著怒氣質問：「你搞什麼？」

站在她身後的鈴鐺則是頓時紅了眼眶，「鄭哥，是我拖累你們了。」

鄭楚仁伸出手，把他們一同攬進懷裡。鈴鐺幾天沒刮的鬍渣刺在鄭楚仁脖子上，比他壯實不少的身軀遲疑地靠著他，Sue則是用力地抱上來，比外表看起來有力的手臂緊圈著他的腰，額頭狠狠地撞了下他的肩膀。

她的頭還是跟以前一樣硬，鄭楚仁想，不合時宜地有些想笑。她曾經瘦得一身都是骨頭，抱在懷裡像是抱著一具骷髏，攻擊性強，力氣卻不大，用頭撞人時倒是很痛。現在她養出一身肌肉，身高也長了一點，這個習慣卻沒有改變。

「你到底——」注意到自己聲音的顫抖，Sue猛地吸口氣，「你到底想做什麼？你到底又要為了我們做什麼？」

鄭楚仁沒有回答，對他們說過一次謊已經很夠了，他在太多人面前都是謊言多過真話，他不想用同樣的方式對待自己最重視的人。

「你早就準備好了。」Sue控訴地說，才剛穩定下來的語氣再度出現裂痕，「你早就準備好要在這種時候丟下我們，你沒有把我們當成真正的伙伴過，真正的伙伴應該要一起面對困難，不是像你這樣自作主張。」

鄭楚仁想到洛基和許至清的玩笑，他們是Team，是團隊，是伙伴。他並不是不明白團隊的意思，也曾見過革命伙伴共同面對外敵的模樣，但他是被許多人一起保下來的，明明有作為交易籌碼利用的價值，卻被當作他們的一分子善待，最後祕密藏了起來。如果多數人能為少數人犧牲，他一個人為他的家犧牲幾年光陰又算什麼呢？

鈴鐺禁不起更多折磨，幾次進警局的經驗已經足以抹消他過去幾年的努力，要是真的入獄也許就回不來了；Sue健康狀態比鄭楚仁都要好，但她需要身邊的人支持，骨子裡還是那個夜晚會因為惡夢尋求陪伴的女孩。無論是拘留所還是監獄，鄭楚仁知道那都是些什麼樣的地方，就算所聽聞的只流於表面，Phi和小小告訴他的故事足以補全他的了解。

不是為了教化而存在，甚至不是真的為了懲罰過錯，只是為了折磨，為了威脅，為了除去可能讓社會「不安定」的一切因子。制度混亂、資源不足、腐敗嚴重，吸毒者被迫用毒，弱勢者受盡欺凌，無論性別都可能成為洩欲工具，成為標明價碼的商品。

鄭楚仁曾在惡意折磨之下存活下來，也忍受過孤獨的時刻，而且看在家世背景的分上，他也許不一定會好過，但至少人身安全能獲得一定保障。這是鄭楚仁幾年前就已經得出的結論，是在衡量過風險之後最好的決定，也是情感上唯一能接受的選擇。大概也是軟弱作祟吧，他不想再當被留下來的那個人了。

「我把你們當成家人，舒雅。」鄭楚仁低聲說：「不是單以血緣關係決定的親屬，而是真正的家人。」

「我不知道你是什麼意思。」Sue回：「我沒有家人。」

「你們是我最重要的人。」

「騙子。」

「我愛你們。」

Sue顫抖了下，鄭楚仁感覺到肩膀些許的溼意，他沒有提起，只是拍了拍她的後腦。「文哲。」他轉向鈴鐺，「抱歉，當時沒能幫少彥討回公道，現在又把你拖進這場爛攤子。」

鈴鐺一邊搖頭一邊啞聲說：「如果不是你我根本活不到現在，是我欠你的，我欠了你好多。不要出頭，鄭哥，我們可以撐下去的，你不要出頭。我不能接受，我真的不能接受。」

鄭楚仁依舊沒有正面回應，把他們又往懷裡拉近了點。這不是能不能撐下去的問題，問題在於苦撐之後沒有否極泰來的可能，有些人想要功勞，就會用盡一切手段得到這份功勞。

「蝦仔包了水餃。」他說：「一起吃吧。」

Caroline成立快要六年了，一開始成員就只有和張芯語拆伙的他們三人，還有被藝術大學退學之後加入的Sandy。當時他們還不確定Caroline該往哪裡走，若要和過去的團隊一樣以虛構故事為重心，首先遇到的就是找不到演員的問題，要改變呈現的形式，也沒有適合人選。不久之後鄭楚仁在酒吧撿到洛基，尚未成形的計畫暫時擱置，不過在幫洛基討回公道的同時，他們也找到了自己的方向。

遇到Phi和小小是隔年的事情，他們七個人就這樣陪伴著彼此度過接下來的時間，鄭楚仁對他們只有定下兩個規矩，一是以自己和伙伴的安全為最優先，二是不要給彼此自己的「現實」資訊。

但久而久之，他們從原本只和鄭楚仁有聯繫的個人成了無比親密的伙伴，原本虛構的代號變得比法律上的真名都要貼近真實。鄭楚仁知道他們每個人的名字和身分，不過在他腦中，鈴鐺和Sue也取代了周文哲和林舒雅，他則是他們的老大和鄭哥。他們搬進這個基地，這個鄭楚仁忍不住建立起的家，即便鄭楚仁經常不在，需要在外頭當虛偽的鄭老闆，他總是有地方回去，讓他能卸下偽裝。

這是他們這幾年來第一次沒有一同度過除夕夜，鄭楚仁有點惋惜。許至清一定很難受吧，他父親遭逮捕和Caroline解散都恰好在過年前發生，至少他們好好替他過了次生日，鄭楚仁只希望他不要太埋怨自己才好。

「好吃。」鄭楚仁細細咀嚼著口中的水餃，打破了被刻進骨子裡的規矩，一邊吃一邊說：「我應該跟他要一下水餃餡的食譜。」

鈴鐺和Sue都很沉默，一個還在責怪自己，一個既憤怒又委屈。這還是鄭楚仁第一次成為餐桌邊話最多的人，但他知道這是自找的。

「別人都是想家時看著同樣的月亮，虧他能想到要我們吃著同樣的水餃過年。」鄭楚仁分別和他們兩個面前的茶杯碰了杯，「不知道洛基會不會把水餃皮都煮破，他的廚藝真的不是普通的糟。」，他一口飲盡有點燙嘴的熱茶，「對了，等等你們拿一些茶包走吧，還有可可粉跟棉花糖，在我這邊放著也是放著。」

Sue握緊拳頭就要敲在桌子上，在碰到桌面之前硬是拐了個彎，無聲地砸向自己的大腿。「你真的是——」她低吼：「連商量的空間都沒有留給我們，你就不怕我直接認罪？」

「那我也只能付出更多代價把妳帶出來了。」鄭楚仁聳聳肩，「比起你們，拿集團老闆開刀的效益高多了，可以逼我交出資產，還可以藉機調查其他家世顯赫的人，藉以打壓政敵的勢力，聰明人都知道怎麼選。」

「鄭楚仁！」

「好久沒聽到妳喊我名字了。」

挫折以不成文句的吼聲宣洩出來，本來就泛著紅的雙眼再度滿溢著淚水，她還是和以前一樣，傷心痛苦的時候不一定會哭，生氣時卻容易控制不住淚腺。鄭楚仁起身到她身邊，在她粗暴地揉去眼淚前抹了下她的眼角，嘆口氣。「會好起來的。」他說：「我沒有要拋棄你們，大家會再聚在一起的。」

曾經他是個連明天見也不願意說的人，但現在需要相信即便真的深陷囹圄，也有再見到他們的一天。畢竟他還是個凡人，也會感到害怕。

「鄭哥。」鈴鐺一臉希冀地看著他，不斷握緊再鬆開的手不明顯地顫抖著，「就沒有其他辦法了嗎？」

當然不是，但總會有人需要犧牲，這個代價是鄭楚仁唯一能夠接受的。「快吃吧。」他說：「水餃涼了就不好吃了。」

鄭楚仁坐在一樓門邊的座位，看著逐漸靠近的車燈，這次連警車都不是，車門打開之後出現的身影沒有穿著制服，而是一身便衣。等對方走進大廳燈光的照射範圍內，他才看清對方的臉，是之前見過的林警官。

對方在開門之前就對鄭楚仁笑了笑，看起來並不感到訝異。「鄭先生。」他拉開門，在門口停下腳步，手臂畫了個半圓，好似他不是警察，而是鄭楚仁的專屬司機，擺出十二萬分的尊敬姿態請他上車。

也許沒有開警車也沒有穿制服不是為了規避責任，而是在事態明朗之前對鄭楚仁釋出的好意，他一直都明白財富和特權在這個國家的影響力，卻還是會感到驚訝。

「林警官。」鄭楚仁點頭招呼，姿態放鬆地走向停靠在路邊的黑頭車。不用詢問該坐哪裡，林警官便替他打開後座的門，甚至手按著門框免得他不小心撞到頭，比許多鄭楚仁叫過的車都要服務周到。他扯了扯嘴角，在林警官關上車門之後靠著右側坐定，車內沒有其他人，林警官是獨自過來的。

「麻煩——」在駕駛座坐定的林警官看向他，話說到一半頓了頓，對鄭楚仁露齒一笑，「您習慣真好，不用我說就繫上安全帶了，反而是我們那邊的年輕人，有時候連當駕駛時都不一定會遵守規定。」

鄭楚仁不帶笑意地彎起唇，「有些法律還是值得遵守一下的。」

「哈哈，就算我現在沒穿制服，這種話還是不能裝作沒聽見。」林警官回頭啟動引擎，從後照鏡和他對上視線，「不過規定是死的，人是活的，我們警察也不是那麼不通人情，有些灰色地帶存在是有意義的。」

所以導致鈴鐺兒子死亡的教師沒有被追究責任，所以Sue的父親和手足能夠肆無忌憚地傷害她，所以Sandy的家人不得不離開，所以小小和Phi的父母被迫用毒品慢性自殺，所以許至清才會在公權力的壓迫下長大成人。

規矩是死的，人是活的，但在沒有是非道德的獨裁統治下，這句話成了許多悲劇的源頭。

「希望等會我見到的人也有和你一樣的想法，林警官。」

「當然。」像是突然想起這件事，林警官補上一句，「啊，對了，您需要聯絡律師到場嗎？」

鄭楚仁別過頭，掩飾住自己的嘲諷，「不用，不是什麼大事。」

這次問話對「鄭老闆」而言確實不是什麼大事，但這並沒有讓他覺得好受一點。

他沒有被帶到派出所，而是被帶到了距離有些遠，轄區內有許多高級住宅區的分局。進警局的時候鄭楚仁依舊是自己走進去，沒有像鈴鐺那樣被束縛住雙手，甚至沒有像Sue那樣被近距離看守著，比起嫌疑人更像是來視察或探訪的貴賓。

雖然是除夕深夜，但整個警局看起來依舊忙碌，來來往往的年輕面孔不少，坐在電腦螢幕前打公文的人更是多。林警官看起來並不是一般的制服員警這麼簡單，幾乎每個人都會停下來和他打招呼，恭敬的多，緊張的不少，畏懼的也有，不知道是因為個人背景，還是職務性質。若他是維穩組的人，那據鄭楚仁所知，確實大多都有裙帶關係。

他沒有被帶到偵訊室，而是上樓到了看起來有些冷清的辦公室，開燈的時候還有幾排燈不會亮，雖然有一些雜物，但沒有什麼個人物品，桌子上倒是擺著兩個酒杯和一瓶酒。

「您稍微坐一下。」林警官客氣地說，幫他拉了張椅子，「需要水或是咖啡嗎？」

鄭楚仁搖搖頭，把椅子拖到牆邊，背對著牆壁坐下，「不用了，謝謝。」

「好的，我就在門外，有什麼需要就喊我一聲。」

鄭楚仁又道了聲謝，看著門打開再關上，然後是門鎖轉動的聲音。

哈，也不算是太寬容。視線系統性掃過整間辦公室每個角落，沒有看到明顯的監視鏡頭，但是否有裝設針孔和竊聽器就不一定了，鄭楚仁大概可以猜到得在這裡等一段時間，不過沒有關係，這種時候他一向很有耐心。

他曾聽大家聊過這個問題——如果有天入獄了，最不能忍受的是什麼？那時許至清加入沒多久，他們正在工作室的客廳吃飯，等著下午開會，也不知道是誰先開始的，鄭楚仁進門時已經聊開了，但他可以猜到大概是Phi或小小，其他人不大會主動在他們面前提跟監獄有關的話題。

氣氛並不嚴肅，沒有人說起真正可怕的折磨，而是不著邊際地羅列出尋常的小麻煩。Sandy說床單不乾淨會過敏，小小說吃喝拉撒都在一起太噁心，Phi怕沒事情可做太無聊，鈴鐺說伙食肯定很難吃吧，Sue攬著Sandy說一個人睡太冷清了，洛基問他該去男子監獄還是女子監獄，前者怕被欺負，後者怕嚇到人，自己一間怕寂寞。

許至清說只怕出獄的時候沒有人接他，然後他們轉頭看向鄭楚仁，卻沒有開口，不知道是不敢還是覺得他不會回答。不過許至清是例外，他直接地問：「老大你呢？」

他想了一會，搖了搖頭，「如果只有我都還好。」

被帶來問話的是鈴鐺和Sue時，鄭楚仁多等一分都覺得太長，現在自己坐在上鎖的房間裡，卻不怎麼心急。他沒有帶手機，不過手腕上戴著錶，從進門以來過了差不多二十分鐘。

他想到某一次閒聊時，Phi用一貫興奮的語氣說起的研究——被關在除了電擊器之外什麼也沒有的房間裡，有不少受試者會選擇電擊自己來避免無聊的折磨。在這間辦公室裡最顯眼的地方放著酒，這是希望鄭楚仁會因為無聊而開喝嗎？

如果是，他們這些心思就用錯對象了，他被關過浴室、關過衣櫥、關過鐵櫃、關過陽臺，還被關過一次後車廂，這樣的辦公室對他而言十分寬敞，也足夠明亮。

又過了十分鐘，門「喀噠」一聲開了，接著兩個符合鈴鐺跟Sue敘述的中年男人走了進來，一個面無表情，一個嘴角帶笑。前者一身筆挺的三件式西裝，連袖釦和領帶夾都沒有漏掉，看起來像是剛從正式宴席走出來；後者連襯衫領子都沒翻好，捲起的袖子露出覆蓋整個前臂的暗色圖騰刺青。鄭楚仁沒有站起來，只是稍微打直身體，等著對方先打破沉默。

「鄭先生。」笑著的那個坐上辦公桌，開酒斟滿了兩個玻璃杯，「您不渴嗎？」

他的同伴默默站到身後，看不出情緒的眼睛落在鄭楚仁身上，走動時露出了點接在領帶夾上的黑色傳輸線，西裝外套的內袋似乎放著什麼東西。是鏡頭，鄭楚仁自己也戴過這樣的針孔。

「應酬的時候喝多了，平時不怎麼碰酒。」

「可惜了。」男人拿起酒瓶端詳，「這是公賣局最頂級的高粱，平時要買還買不到，上次周先生來的時候我都捨不得開，原本是特地帶來招待您的。」

鄭楚仁維持著放鬆的姿態，連呼吸也沒有變化，「如果早知道會見到像你這樣懂酒的人，我就把家裡的珍藏帶來了，我父親留下好幾支老酒，到現在還在尋找有緣人。」

「鄭先生說得我都嘴饞了，可惜除非查案需要，我們在結案之前不好和嫌疑人私下接觸。」

鄭楚仁揚起眉梢，「你們倒是比幾個前輩有原則。」

「過獎了。」男人一次喝了半杯酒，「鄭先生確定不喝嗎？」

「不了。」鄭楚仁瞇起眼睛，「不告訴我這是水，讓我多喝點嗎？」

男人的笑容沒有變化，「鄭先生是什麼意思？」

「你們『招待』周文哲喝的也是高粱嗎？就我所知，戒酒一段時間的人酒精中毒的風險會更高。」

「啊，周先生原來戒過酒嗎？那時候只是看他太緊張，想讓他放鬆一點，沒想到會喝得這麼凶。」

「你們經常請嫌疑人喝酒？」

「周先生看起來是個老實人，而且就算是嫌疑人也得先假定無罪。」

「現在呢？你們也假定我無罪嗎？」

「當然，畢竟鄭先生只是嫌疑人的鄰居，一起吃了頓飯，除夕夜嘛，可以理解您不想自己過的心情。」男人頓了頓，「鄭先生似乎和親戚關係不算親近，繼承家業之後也很少和家族的老朋友接觸了，不知道您除了公司的事情都在忙些什麼？真的沒有想到您會住在這麼普通的公寓，和這樣的人成為鄰居。」

「只有暴發戶才會急著證明自己高人一等。」鄭楚仁嘲諷地笑了聲，「至於少和『老朋友』接觸的問題，只是那段時間忙於接手父親留下的工作，而且不想仰賴他的人脈而已，我有自己的合作伙伴。」

「那周先生和林小姐？」

「我把公事和私生活分得很清楚，你不會想在工作和應酬之外還看著同一張臉吃飯吧？」

男人嘖了聲，「私生活？」

「就算我和每個租房子的人都睡過，」鄭楚仁笑著說：「也和你們沒有關係，不是嗎？」

從進門之後就沒有過變化的笑臉透露出一絲厭惡，左眼不明顯地抽了抽。鄭楚仁並不感到訝異，什麼樣的體制就會吸引怎麼樣的人。

「好了，也差不多該進入正題了。」男人收拾好情緒，對身後的伙伴比了個手勢，「介意我們搜個身嗎，鄭先生？之前有過嫌疑人私自錄音錄影的狀況，還請您諒解。」

鄭楚仁翻開雙手，「請便。」

他站起身，配合地脫下外套，卸下手錶，翻出口袋裡的錢包和鑰匙。市面上對於錄音錄影設備管制很嚴格，尺寸最少要大過一般隨身碟，不能做成其他物品的樣子，連銷售管道都有限制。不過 Caroline 一直以來用的都是小小自行拆手機和其他電子產品做出來的東西，陳晏誠也有門路，鄭楚仁不缺容易隱藏的監看或竊聽設備用。

他也考慮過被發現的可能，但一是機率不算高，二是他總能裝傻裝作不知情，三是就算他們不相信其實也沒關係，他在來之前就做好了準備。最終除了手錶被收走之外他們沒發現什麼，鄭楚仁坐回椅子上，雙手交握在一起。

男人拖了張椅子到鄭楚仁面前，椅背對著他，反向跨坐在椅子上，下巴枕著交疊在椅背的雙手。「這個年代只有有祕密的人才會出門不帶著手機。」男人說：「你的祕密是什麼？」

「明明知道來到這裡手機會被收走，還把這麼重要的東西帶在身上不就太蠢了？」

「喔，跟老林說的一樣，你消息很靈通。」每一個音節都拖著尾巴，「消息靈通的鄭先生，知道你的私生活牽扯到什麼麻煩了嗎？」
「不就是張大導演的走私案？」
「你們曾經是同學，對吧？」
「查個學籍就能查到的事實，你還問我做什麼？」
「哈，有人說過你說話很酸嗎，鄭先生？還是這只針對我們警方？」
「這只針對我不喜歡的人。」鄭楚仁壓著嘴唇微笑，「你可以問問『老林』，我平時還是很和善的。」
男人微微瞇起眼，沒有繼續這個話題，「我們和幾個你的高中同學談過，你和張導演在當時似乎不怎麼熟，或者應該說你和班上同學沒有太多接觸，之後幾次同學會也都沒有參加。」
等對方停頓了好一會，鄭楚仁開口：「嗯？所以你的問題是什麼？」
男人的眼角又不明顯地抽了抽，「多年之後跟張導演有交集的兩個人恰好成了你的租客，讓人很難不懷疑你其實一直和她有聯繫，但因為某種原因沒有讓其他人知道。」
「張導演交友廣闊，和她有交集的沒有幾萬也有幾千人。」
「可是當他們兩個的名字從同一個人口中說出來，情況就不一樣了。消息靈通的鄭先生，知道張導演在被收編之前都在做什麼嗎？」
「當時新聞報這麼大，消息再不靈通也不可能不知道。」
對方大概是希望他會心虛而說不知情，不過鄭楚仁還不至於落入這麼明顯的陷阱。

「其實我們一直有在懷疑他們是否包庇了幾個成員，像是能夠為他們提供金錢上援助的人，畢竟大家都知道拍片有多燒錢，就算所有人都願意無償工作，也有器材的花費需要考慮，張導演當時的作品看起來成本並不算低。」

「就連我也知道張芯語家裡經濟狀況很不錯，買點攝影器材不在話下。更何況只要站在對的位置，多的是會把需要的東西送到面前的人。」

「你這是在暗示她的父母當時其實知情，而且也為她提供了協助？」

鄭楚仁聳聳肩，「我沒有這麼說，但誰知道會不會有人想透過她買通她的父母？從小到大多的是想透過我接觸我父親的人。」

男人接著又問了許多和張芯語有關的問題，還有他從高中到現在的經歷，鄭楚仁沒有說謊，只是挑著能說的真話說。撇除和陳晏誠他們以及Caroline有關的一切，他的過往和許多富家子弟並沒有太多不同，只是父親早逝的關係，比其他同輩的人要更早繼承家裡的產業。沒有被逮捕的記錄，沒有惹過官方知情的麻煩，臺面上有交情的絕大多數都是商業上的合作伙伴，許多和政界人士私交甚篤。

如果他們能讓張芯語說實話，或是找到當時的矯正官，就能得知一部分的真相。目前聽起來，這兩位調查員所屬的派系大概連接觸張芯語的機會都很少，也沒能從她伙伴那裡得到鈴鐺和Sue之外的資訊，鄭楚仁要讓他們調查自己，大概需要從那折磨了他許多年的矯正官下手。

不過這件事畢竟不光彩，沒有幾個人知情，需要給他們一點線索，讓他們將調查資源往這個方向傾斜。

「……我再問一次，鄭先生，你帶周先生和林小姐上樓之後都說了些什麼？」

「只是閒話家常幾句，看看他們有沒有什麼需要託付其他人照顧的東西，不過他們都說沒有什麼親友，也沒有寵物，最多就是養了幾盆花草。」

「所以只是出於好心？」

「如果因為幾天不在家，原本長得很好的盆栽都枯死了，那不是很可惜嗎？更別說是寵物，或者是仰賴他們的人了。」

「你這是想到自己了嗎，鄭先生？你會繼續關心他們也是這個原因？」

鄭楚仁輕哼，瞥了面前的人一眼，「問這些沒有意義的問題只是在浪費雙方的時間，如果你們真的對我的過去這麼好奇，大可以去問其他人，我那繼母現在也沒比我老多少，神智很清醒，怎麼不去找她聊聊？」

男人皺著眉看他，像是想從鄭楚仁臉上找到什麼解答。鄭楚仁平靜地和他對視，直到對方恢復笑容，起身又倒了兩杯酒，其中一杯湊到鄭楚仁面前，「多謝鄭先生配合，希望下一次能夠喝到您父親的珍藏。」

這一次鄭楚仁接過了酒杯，「如你所願。」

一回到家，鄭楚仁便注意到有人闖入過的痕跡，門口原本整齊對準地磚接縫的地墊歪了，用鞋帶隔出一條縫的鞋櫃門被完全關上，一直以來都沒掛好的室內電話話筒被擺正。鄭楚仁緩緩吐了口氣，此時此刻，他知道失去了最後一個不需要隱藏自己的地方。

「簡先生？這麼晚了還沒睡？」

他一邊接起電話，一邊往裡頭走，這通電話來的恰好，心裡有鬼的人自然會看見鬼影。

「好的，當然，我會準時到。」

許久以來第一次，他在沒有沖澡的情況下躺在床上。

「太謝謝你了，明天見。」

這一夜，他睡得很好。

Film No. 003

Title　凝視深淵

第 19 章

補償

許至清早有預感來到咖啡廳和他見面的不會是鄭楚仁，但認出最初加入Caroline有過一面之緣的面孔時，他還是心臟一沉，幾乎要忘了怎麼正常跳動，喉頭被糟糕的預感堵得死死的。

那是一張讓人看了就忍不住覺得親近的臉，是一張判斷不大出年齡的臉。像是個許久不見的長輩，男人和他寒暄了幾句，說「你都長這麼大了」，說「你大概不記得我了」，問「最近過得怎麼樣」。許至清聽見了，卻沒有聽進去，彷彿在水底看著一個個口型組成失真的詞語。

怎麼能這樣，許至清下意識握緊拳頭，他一直都知道鄭楚仁為了其他人願意做出什麼事，卻沒有真正想像過沒有他的未來。

「是不是不大舒服？」男人的聲音很溫和，和他的面孔一樣看不出稜角，「走走吧？曬曬太陽，呼吸一下新鮮空氣，會好起來的。」

許至清說不出話，夢遊般跟著男人走到了同樣的公園，坐在同一片草坪上。

前兩天晚上他都去了星火酒吧，第一晚撲了空，昨晚才見到謝廷。雖然是初二，但酒吧沒有歇業，客人比平時要少一些，大多是沒有親朋好友一起過節的散客，在和陌生人共享的空間裡尋求一點陪伴。謝廷見到他時似乎有點驚訝，不知道是沒有想到會這麼快又見到，還是沒有想到他會在這樣的節日出現在這種地方。

許至清只是心急，急著想要知道鈴鐺和Sue怎麼了，急著想要確認鄭楚仁到底做了什麼。可是再次見到謝廷時，許至清能問的問題依舊少得可憐，籠統得可悲。

問不出有意義的問題就得不到有意義的答案，許至清只能從鄭楚仁的反應猜到鈴鐺和Sue應該被審訊過，卻不知道他們是不是出來了、有沒有事、被帶走過幾次，遑論會被帶到哪個轄區，又應該打聽哪個分局的消息。

最後負責走私案的檢察官陳忠義，還有搶案失敗的吳謙仁和林正明，透過調查Caroline爭搶功勞的人應該就在吳謙仁和林正明之中。對於這兩名檢察官謝廷都不算了解，只能大概說出幾個他們過去負責的案件，其中吳謙仁的私生活完全是祕密，林正明則是有個和他關係不好的女兒，謝廷會知道只是因為她曾經時不時衝上門和父親吵架，八卦傳著傳著，首都的檢警圈子大概都知道了。

許至清用最笨的辦法搜尋能找到的所有新聞和討論，在不同的討論板和論壇爬文。三人之中在親官方媒體占最大版面的是吳謙仁，從起訴他父親的時候起就不時會有破獲非法組織的新聞，或是讚頌他辦案能力的專論和訪談，另外兩個人相對來說低調許多。

不過許至清從一個朋友名單連到另一個，最終找到了林正明女兒的社群帳號，個人版面上除了旅遊照片之外便是沒有具體細節的心情抒發，這段時間有許多針對家人的抱怨。然後許至清在留言區看見了一個熟悉的名字：黃庭安。畢竟是差不多圈子的人，她們會認識似乎也不大讓人意外。

他接著在曾經常常造訪的私人論壇看到關於檢察官升遷的討論，**「不就是需要ㄍㄒ或ㄏㄌ嗎？」**，**「不是男人不用想了」**，**「都是踩著別人往上爬啦，像那個ㄨ某某」**。ㄨ某某，許至清接著點開回應中的討論，有點意外地看見幾個人提及父親，他們沒有把許閔文三個字打出來，而是用蠟燭的表情符號代替——在父親名字成為禁語之後，許多人開始用不同的方式規避自動審查，用注音、用不同綽號，最後是來自〈燎原〉的火苗成了最常見的代稱，在「火苗老師」也成為禁語之後便改用表情符號。

「像是🔥那樣的案子是可遇不可求的機運，要是能抓緊，就能像ㄨ某某那樣一步登天」，還有**「比起該怎麼查案，選對查的對象比較重要，搞掉🔥能夠打擊到很多人，雖然後續還是引起一點麻煩，不過利遠遠大於弊」**，然後是**「先不管🔥人怎麼樣，他的歌是真的好聽」**。接下來的留言都在勸這個人最好不要對身邊的人說這樣的話，就算是親友也不行。很可笑，但也很現實。

從其他討論看起來，吳謙仁似乎用爆料醜聞的方式解決掉不少競爭對手，很符合許至清對他的印象。他還不知道這幾份資訊該如何拼湊在一起，但也只能盡所能地往所有可能的方向調查。

他一整個晚上都盯著螢幕看，接著一早到了咖啡廳，見到不想見到的人——不是對對方有什麼敵意，只因為自己的糟糕預感成了真。帶著涼意的空氣和溫煦的陽光，這本該是許至清最喜歡的天氣，他卻無心享受。

「希望你不要太責怪林大小姐。」男人說：「他會這樣是有原因的。」

他對鄭楚仁的稱呼讓許至清不禁看了過去，男人臉上依舊掛著親和的笑容，但更像是一種習慣，而非真實心情的反應。許至清回過頭，焦躁的雙手撫過被曬得溫暖乾燥的草地，用因為熬夜而低啞的聲音說：「我只記得你姓陳。」

「陳晏誠。」男人乾脆地回應：「普通上班族兼茶館老闆。」

許至清點點頭，想到了鄭楚仁不時會造訪的茶館，陳晏誠會喊他大小姐，顯然是來自鄭楚仁不為他們所知的過往。

「你知道他的打算嗎？」

「知道。」

「你會告訴我嗎？」

「不會。」

「他為什麼讓你知道，卻對我們有所保留？」

許至清的語氣染上一點憤怒和委屈。陳晏誠頓了頓，笑著嘆了口氣，「因為我沒有立場阻止他。」

「這和立場有什麼關係？單純不希望他受更多苦，這個理由還不夠嗎？」

「你怎麼知道哪個選擇對他來說更為痛苦？」

許至清其實是明白的，在這方面他和鄭楚仁並沒有太多不同。

「那麼會因為失去他而感到痛苦的人呢？」

「沒有什麼痛是習慣不了的。」

「那他也能習慣吧。」看著陳晏誠額頭擠出的皺紋，許至清垂下眼睛，嘴角微微翹起，緊接著說：「可以和我說說他以前的事情嗎？」

多可惜啊，他一直都想再和鄭楚仁好好聊一聊，聊他父母，聊他們的過去，聊除了Caroline之外有什麼想做的事情。只是鄭楚仁總是很忙，又不習慣談論自己，許至清只能從鄭楚仁偶爾透露的片段拼湊出不完整的故事。

「你想知道什麼？」

「你們是怎麼認識的。」許至清問：「那段時間他過得快樂嗎？」

陳晏誠看過來的視線沉甸甸的，「有些事情我不確定他想不想讓你知道。」

「如果是矯正官的事情，他告訴我了。」

陳晏誠顯然有點驚訝，過了好一會才開口。

「我妹妹是在他從矯正官那逃走之後遇到他的，穿著不合身的長裙，戴著的假髮也不適合。那時候他比現在更瘦，一點也不像有錢人家養出來的孩子，腿上還鎖著個拆不掉的電擊項圈。我妹妹帶他回家之後，是直接用鋼剪把項圈剪斷的。

「他沒告訴我們發生什麼事，待一晚就離開了，之後再見到時是他正要把謝禮交給我們大樓的管理員，卻因為戴著口罩，被懷疑是不是真的來送禮的。這次撞見他的是我，把他帶到我妹妹的家，我妹夫注意到他臉上好像有傷，讓他脫了口罩，才看到被人甩過巴掌的痕跡。

「這次他沒有隱瞞，說是打工被積欠薪資，找老闆理論時被打的。其餘的他不願意多說，也不願意接受金錢上的幫助，我們就介紹開店的朋友給他，至少不會被人坑錢或虐待。」

陳晏誠搖搖頭，「他很要強，不願意被當孩子照顧，我們就嘴上說是忘年交，在他能接受的範圍內盡可能幫忙。後來過了差不多半年吧，他還是被家裡找回去了，不過之後依舊經常逃學逃家，我們其實也不願意把他牽扯進來，但他一旦下了決定就沒有人能改變。」

陳晏誠微彎的眼睛看了過來，許至清會意地笑了笑。

「他和你父母也是那時候認識的，原先我們還不知道收留的逃家少年和逃家少女是同一個人，後來他開始幫忙摺傳單做布條，怕連累我們就每次都變裝之後才過來。」

「要說他過得快不快樂，我大概沒辦法幫他回答，而且你也知道，他笑起來都淡淡的，就翻白眼的時候表情最生動。」陳晏誠一邊搖頭一邊說，眼神很溫暖，「不過至少在我眼中，他看起來是自在的。」

許至清的心臟又重重地敲起胸膛，在心中勾勒出少年時期的鄭楚仁。他可以想像鄭楚仁更為青澀的外貌，卻想像不出鄭楚仁並非領導者的樣子。許至清微微苦笑，大腦自作主張地想像年少的鄭楚仁站在桌子上對一群成年人發號施令的畫面，他作為Caroline老大的形象實在是太深植人心。

他還記得大家都喝了不少酒的那個夜晚，感覺像是一輩子之前的事情——鄭楚仁唱歌的嗓音、說起過往友人的神態，明明年紀不算大，長相更是年輕，卻彷彿已經比許多人要多活了一輩子。「那時候我只是需要一個目標。」鄭楚仁是這麼解釋加入張芯語團隊的原因，許至清不用問也能猜到發生什麼事，算算時間，他對當時的大規模逮捕也有些印象，那是鄭楚仁的第一個Caroline吧。

年少時的避風港，徬徨時走上的路，然後是現在的他們。其他人一輩子也許就經歷過一次的冒險，他卻重來了三次。

「〈晚安，祝好運〉是寫給你們的嗎？」

陳晏誠點點頭，「抱歉，某種程度來說你父親是被我們拖下水的。」

「他本來就已經被盯上了。」許至清搖著頭說，想到父親日記裡那些他曾經不確定該如何解讀的文字，「『有些橋燒掉了才遇到需要的時候，我真希望自己以前沒那麼不圓融』。他不後悔幫你們，只後悔沒辦法幫上更多忙。」

陳晏誠嗓音多了點啞意，「八面玲瓏的許老師就不是許老師了。」

「我媽以前都說我爸的周哈里窗少別人一個第三象限。」

「不愧是呂教授。」陳晏誠笑了聲，「調侃老公都這麼學術。」

每次母親這麼說，父親總是會不好意思地抓頭，只有一次他回道「我少第三象限，妳少第一象限，我們天生一對」，整段話說得流暢又得意，顯然事先演練過好幾次。母親聽了忍不住笑出來，難得主動摟住父親，兩個人親密地貼著臉說起悄悄話。

剛進入青春期的許至清一邊吐嘈肉麻，一邊偷偷羨慕他們感情之好。他沒有想過有一天，父親會用變得孱弱的身體抱著他，說：「如果你們沒那麼愛我就好了。」

但他和母親不可能不為父親牽掛，現在的他也不可能不在乎鄭楚仁，不去想沒了他其他人該怎麼辦。「其實也不難猜。」許至清抱著膝蓋說：「他打算自首對吧？他要用自己換我們，也已經這麼做了。」

陳晏誠沒有回答，許至清也不是真的需要他承認。

「可以幫我一個忙嗎，陳先生？」

陳晏誠沒有猶豫，「你說。」

「你不會告訴我這次的事情。」

「不會。」

「如果我只是需要一個安全的會面地點呢？」

「可以來我這。」

「那就先謝謝你。」許至清站起身，把陳晏誠也拉了起來，「也拜託你幫忙照顧他了。」

「……你想做什麼？」

想做什麼？現在許至清腦中暫時只有模糊的雛形，他畢竟不是鄭楚仁，不是彷彿總是有計畫的Caroline老大。

「等我知道的時候你和他大概也知道了。」許至清說：「再見，陳先生，如果會再見的話。」

他得抓緊時間了。

看著不遠處被隨扈和攝影記者包圍的市長和市長夫人，許至清心情有點矛盾。這對和他有一面之緣的夫婦表現出的和善形象依舊無懈可擊，雖然浩浩蕩蕩地帶著一大群人拍攝到育幼院發紅包和物資的行程，卻在門口讓隨扈和記者不要跟進去，免得嚇到小孩子，彷彿他們真的只是出於善意，帶著保鑣是不得已，記者會跟來也並非他們所願。

在見過院長和其他工作人員之後，他們也沒有立即離開，而是仔細視察各個生活空間，接著和幾個孩子說起話來，一個直接跪在地上，一個拉了張椅子，確保孩子不用仰頭看他們，看起來一點架子也沒有。在這些孩子眼中，在育幼院的人眼中，他們大概都是沒有缺點的大好人。

也許他們是出於真心，真的在乎這些孩子的現在和未來，至少不是全然不在乎，否則他們的演技未免太過沒有破綻。許至清一直都知道，同一件事情由不同人做出來，或是看在不同人眼中，本來就會有全然不同的解讀。

他因為小霜的關係早已認定這對夫婦是偽君子，那麼他們不管做什麼，許至清都難以相信他們的善意。父親被起訴後也有人挖出他資助清寒學生的事，惡意揣測他是否意圖影響未成年人的價值觀，或是有什麼更不堪的心思。

「啊，弟弟，這幾臺暖氣麻煩幫我拿到二樓。」

「二四六八家各一臺嗎？」

「六家已經有暖氣了，大臺的拿到活動中心吧。」

「好。」

許至清瞥了拉長著臉站在一旁的黃庭安一眼，一手扛著一臺電暖器往樓梯間走，在經過黃庭安時低聲說：「知道小霜怎麼樣了嗎？」

沒有等對方回應，許至清帶著電暖器快步上樓，可以聽見急躁的腳步聲立刻跟了過來，幾秒之後有意識地放緩，像是擔心引起不必要的注意。

二樓的左側是餐廳和活動中心，還有第二和第四家，或者應該稱之為給學齡孩子住的六人宿舍，第六和第八家在走廊右側，到底再往更右方走是圖書館和諮商室。監視器裝在走廊兩端，臥室裡面沒有看到鏡頭，大概只能算是活動室的活動中心裡也裝了一臺，從門口往裡頭照。

臥室裡還有幾個孩子在，他們沒有跟其他人一起在樓下迎接市長夫婦，許至清進門時就像怕生的貓一樣跳到床頭邊，烏黑的眼睛追著看他把暖氣放在門口。他確認能正常運作後拔掉插頭，留給育幼院的人教孩子怎麼安全使用。

他下樓之後再搬了臺暖氣到第三間房間，這時有個包著棉被的女孩湊過來，把自己種在暖氣前就不願動作，不知道是比較大膽，還是比較怕冷。許至清回頭看向一路跟著他的黃庭安，「我去搬剩下那臺大的，可以麻煩妳看著她嗎？」

黃庭安恍然地點點頭，許至清跑了最後一趟，把最笨重的葉片式暖氣搬到活動中心，之後回到黃庭安所在的房間。一大一小的頭湊在一塊，兩個人小聲地聊了起來，或者應該說是女孩嘰嘰喳喳地在說，黃庭安心不在焉地應和。
「大姊姊妳好高喔，我以後也想像妳長這麼高，可是我不喜歡牛奶。」
「嗯。」
「我知道挑食是壞習慣，可是我喝牛奶都會肚子痛。」
「這樣啊。」
「老師她們說多喝幾次就好了，不過真的很不舒服。」
「真糟糕。」
「如果每次都很不舒服還是要跟老師說。」許至清開口，在黃庭安旁邊蹲下，「不是每個人的身體都適合喝牛奶。」
黃庭安扭過頭正想開口，許至清對她比了個稍等的手勢，繼續說：「妳知道過敏嗎？有些人不能吃蝦子，不能吃花生，這不是壞習慣，要聽自己的身體對妳說的話。哥哥我喝牛奶也會不舒服，不過還是長這麼大了，同樣的營養可以用別的辦法吃到。」
女孩疑惑地歪頭，「可是大家都吃一樣的東西，院長他們已經很辛苦了。」
「如果有人生病了他們會更辛苦，不是嗎？」
女孩想了想，應了聲。
「吹暖氣最好不要靠太近。」許至清接著提醒，抬頭看房裡其他兩個女孩子，「我把暖氣移到裡面吧，蹲久了腳會麻。」

「謝謝大哥哥。」女孩裹緊棉被起身，小跑步回到自己的床窩著，和同伴交換了一個笑容。許至清把暖氣抬到幾張床之間，插上插頭之後重新啟動，退回門邊看著戒心比較強的兩個女孩湊到暖氣旁，被裹著被子的小大人拉到一旁，模仿許至清的語氣說：「吹暖氣最好不要靠太近。」

許至清嘴角彎了彎，終於對上黃庭安的視線，她比許至清記憶中的要削瘦了一些，精神倒是看起來不錯，只是滿臉寫著焦慮和不耐。他在心裡對小霜說了聲抱歉，這樣濫用她的名頭吊著她不願再產生交集的人的注意力，只是他不知道還有什麼能拿來和黃庭安做交易，只能確保不透露可能讓黃庭安找到小霜的訊息。

「她和家人一起在不會被打擾的地方。」許至清壓低聲音說：「妳想知道她過得怎麼樣嗎？」

「你——」她顯然沒有認出許至清，畢竟當時他是顧門的，現在又對自己的五官動了點手腳。不過知道她們過去的人也沒幾個，她不難猜到許至清和Caroline的聯繫。「你是來找我的？」她問：「你想要什麼？」

「妳認識林洛雨。」

黃庭安遲疑了一瞬，「那又怎麼樣？」

「我想和她談談，希望妳能幫忙牽線。」

「談什麼？」

「攸關自由的問題。」

意識到他顯然不會給一個明確的答案，黃庭安抿著唇說：「我和她是有私交，不過我們的家庭背景都比較敏感。」

「妳要是怕被牽扯進來，可以假裝被我騙了，對妳來說應該不難。」

最後一句諷刺原本沒有打算說出口，但積累起來的負面情緒讓他一時沒控制住自己。許至清緩緩吐了口氣，動了動僵硬的手指。黃庭安的反應比他預期的要平靜，雖然下意識瑟縮一下，不過很快便恢復過來，嘴角泛起苦澀的笑，「我可以幫你約她出來，她……會願意和你談的。」

許至清眉梢一挑，「妳知道她和她父親關係不好的原因嗎？」

「就是你想的那樣。」黃庭安含糊地回答：「時間地點？」

「下星期一開始我都會在柒拾茶館，她只要在營業時間到場，跟服務生說要找呂先生就好。」

黃庭安點點頭，「小霜她——」

「到時候我會請林小姐轉告。」

「……好。」她頓了頓，「我該回去了。」

許至清看向排排坐在同一張床上的三個女孩，說了聲「多謝」，聽著黃庭安開門離開，腳步聲消失在樓下。他也差不多該回去繼續幫忙搬東西了，年後育幼院收到不少捐贈，今天市長夫婦也送來一批物資，這幾天育幼院因為人力短缺在招低薪臨時工，許至清便是以志工名義直接上門的。

他先找了育幼院的人，讓對方知道有個房間的暖氣是開著的，接著回到一樓，幫忙把米和罐頭搬到廚房裡。黃庭安和她的父母還沒離開，二十多個小一小二年紀的孩子在院長的指示下排成一排，按照順序到市長夫人面前領紅包，市長本人站在她身側，黃庭安則是在離他們稍微有點距離的地方，躲避幾個工作人員舉著的手機鏡頭。

真聰明啊，由育幼院的人自發幫他們宣傳的效果好多了。許至清可以聽見其他人在低聲談論市長夫婦，說他們是政治人物中的清流，說他們不像其他人那樣喜歡作秀，說他們不管對誰都很親切，電視上和現實中的形象完全一致。許至清默默搬著東西，幫忙檢查有效期限和歸類，心中悶著不知道是憤慨還是無力的情緒。

如果當初他們對小霜做的事情被直接揭露，會怎麼樣呢？他們是會如同其他許多統治階層的人一樣，成功地粉飾太平，還是成為棄子，一夕之間變成被攻訐的對象？

在一開始被迫成為擋箭牌揭發其他惡行的時候，他們身邊確實爆發了幾次醜聞，收賄貪汙、出軌騷擾，還有辦事不利對公眾造成傷害的，每次負責的下屬都被乾脆地切割處理，阻止野火燒到自己身上。許至清不知道實際上他們的勢力受到了多少傷害，但臺面上他們依舊是深得民心的父母官，長期經營出的親善形象並未染上汙點，反倒強化了公正不阿的形象。

不在乎是非的人總能找到辦法捏造更多謊言，許至清似乎比當時要能夠理解鄭楚仁的選擇，現在的他也只考慮得到伙伴的安危。

「太謝謝你了，一個人搬了這麼多東西，晚上要不要留下來吃飯？」

等市長一行人離開，該收拾的東西也差不多收拾完了，院長笑盈盈地對他發出邀請。許至清接過對方遞過來的水，輕聲道了謝。「沒關係。」他接著說：「那樣太麻煩你們了。」

面貌和藹的女人搖搖頭，「怎麼會？只是多煮一人份，而且這幾天收到的生鮮食材有點太多了，剛剛還拿到一袋活蝦，反而需要人幫忙消化。你沒有領薪水，至少讓我們請你一頓飯吧？」

許至清考慮了一會，「可以讓我幫忙嗎？」

「你還會煮菜啊？」

「多少會一點，至少切菜還算熟練。」

「哇，不得了，有愛心又能幹，還會下廚。」院長自來熟地拍拍他的肩膀，帶著他往廚房走，「弟弟有女朋友了嗎？要不要阿姨幫你介紹？」

腦中莫名浮現鄭楚仁裝扮成林小姐的模樣，許至清短促地笑了聲。

「看來是名草有主了？」院長揶揄地說，領著他往廚房走，雖然才不到四點，裡頭的兩個人已經開始備料，「剛好陳大哥和小林明天初六才回來上班，今天人手比較少，不過做大份量的食物很累喔，不習慣不用勉強，本來你也不是來當烹飪志工的。」

「沒關係，我想幫忙。」等待過程中他也不想閒下來，「有什麼是我能做的？」

接下來一個小時便在洗菜和切菜中度過，連院長也留在廚房幫忙，時不時和許至清聊天。許至清不動聲色地把話題往育幼院的方向帶，聽她說起這幾年下來遇到的困難，還有讓這些困難都顯得值得的回饋。

好幾次她都繞過了話題中的大象，沒有說希望孩子未來不會落入矯正中心，而是說希望他們年紀到了之後，能順利被青少年的收治中心接手；沒有明確批評矯正中心的手段，而是說相信懲罰並非最好的教育方法，就算要懲罰也要合乎比例；沒有直說曾有矯正中心的人向她施壓，而是說這次市長夫婦的拜訪幫他們解決了一些鄰里紛爭。

也許是許至清想多了，她只是期許孩子們有個美好的未來，所謂的鄰里紛爭和幾條街之外的矯正中心一點關係也沒有。許至清打斷沒有意義的揣測，他來當志工的目的已經達成了，育幼院的真實狀況和他無關。

但是在吃完晚飯，院長又一次道謝，送了他一份年糕之後，許至清還是提起大概有乳糖不耐症的女孩的事情，說了自己以往的經驗。就當他多管閒事吧，他們都是因為某些人多管閒事，才能一路走到這裡的。

Film No. 003
Title 凝視深淵

第 20 章
前路

他們似乎還沒有放棄用類似的手段給他一個下馬威，鄭楚仁想。不過這次桌上放的不是酒，而是一壺咖啡和一瓶蜂蜜，看來他們不只和他繼母談過，也找到當初他父親請來的矯正官。效率高了不少啊，原先負責查鈴鐺和Sue的人被調過來查他了吧，這樣鄭楚仁現階段一部分的目的也達到了，接下來就等著和陳忠義見面再談。

原本他今天是該和陳忠義見面，不過約定時間兩個小時之前，林警官便突然上門帶他離開，回到相同的警局，相同的棄置辦公室。如果不是巧合，那就代表陳忠義身邊有內鬼，鄭楚仁也算是親身替他們試出這個可能了，也難怪陳忠義明明才是走私案的總負責人，得到鈴鐺和Sue這條線索的卻是別的派系。

不過陳忠義的人要找到他也不難，畢竟剛才他把名下門號的手機開著機留在林警官車上，調個定位資料對他們而言只是小事一樁。

「鄭先生。」這次進門的依舊是同樣的兩人組，負責說話的也還是同一個人，手上拿著鄭楚仁剛才交給林警官的酒瓶，「多謝割愛，要來一杯嗎？還是您比較想喝點咖啡？」

這個人一開始總是會對他用敬語，進入正題之後再改變說話的語氣，大概是審訊時控制對話氣氛的技巧吧，雖然鄭楚仁感受不到實際效用，也感受不到落差，畢竟對方口中說出的寒暄也帶著試探的刀刃。

「早上喝過了。」鄭楚仁說：「這陣子我儘量不一天喝超過一杯。」

「鄭先生自制力真好。」男人咋了下舌，「我自己是沒有喝咖啡的習慣，不過比較貪杯，如果要我酒一次只能喝一杯可做不到。」
他和上次一樣拉了張椅子跨坐在鄭楚仁面前，他的伙伴則是倒了杯咖啡，往裡頭擠了些蜂蜜。鄭楚仁隱晦地舔了下上顎，被甜到嗓子發乾的經驗沒有那麼容易遺忘，不過要說是陰影有點言過其實。
「咖啡和酒不好類比。」
「您說的是。」男人彎起笑容，「我很多同事都靠著咖啡過活，不過我就是沒辦法忍受那種苦味，真要提神寧可多喝點茶。要我說，喜歡咖啡就跟受害者喜歡上加害者差不多。」
「真正喜歡咖啡的人聽到都要和你拚命了。」
「所以您不喜歡嗎？」
鄭楚仁沒有陪他玩下去，「我知道你們和誰談過，也不打算浪費時間裝傻。是，我不喜歡咖啡。是，雖然有點誇大，但你可以用斯德哥爾摩症候群形容我和咖啡的關係。是，我會說自己是那位前矯正官的受害者。怎麼樣，你們打算在這麼多年之後幫我討回公道？」
男人頓了會，「和上次一樣，介意我們搜身嗎？」
鄭楚仁聳聳肩，起身讓男人依舊一言不發的搭檔確認身上沒有竊聽或錄音設備。等鄭楚仁坐回椅子上，男人的搭檔也退回到他身後，他把椅子拉得離鄭楚仁更近了點，幾乎要碰到鄭楚仁的膝蓋，接著繼續說：「你的說法和蘇先生有點出入，他用的是『管教』這個詞。」
「你們相信嗎？」

男人沒有回答這個問題，「你對矯正制度似乎有很多怨言，有沒有想過要利用手邊的資源做點什麼？像是……拍一部影片揭露你眼中的真相。」

「你們局裡都這麼教審訊的？」鄭楚仁放鬆地靠著椅背，右腳翹在左腿上，「如果我是你，就會假意批評矯正制度的存在，試圖讓我相信你是站在我這邊的。不過你不敢吧，有些話身處你們這種位置的人就連假意說出口，都得擔心會不會被懷疑發言出於真心，或是被有心人士利用。」

「想像力很豐富。」男人微微瞇起眼，「身處你這種位置的人都是這樣滿腦子陰謀詭計嗎？」

「哪種位置？」

「你說呢？」

「商場如戰場。」鄭楚仁嘴角微勾，「如果現在的我對很多事情抱持著懷疑的態度，那正是我父親把獨生子送給別人折磨時想達成的效果。」

「『折磨』，要不從你的角度說說蘇先生都做過什麼？在聽過兩邊的說詞之前，我們也不好下結論。」

「這和我被帶過來的原因沒什麼關係吧。」

「那也不一定，了解動機在任何調查中都是很重要的。」

「喔？」鄭楚仁拉長了語氣，「我以為動機都是定罪的時候才想出來的故事。」

「你怎麼會這麼想？」

「以前電視上都這樣演的，不是嗎？」

「這就是為什麼我們需要審核制度。」似乎是專注於觀察的關係，男人眨眼的速度明顯緩慢許多，「免得造成民眾對公權力產生誇張的誤解。」

鄭楚仁哼笑，「你說是就是吧，我一個商人懂什麼？」

「鄭先生不必妄自菲薄。」男人的手伸進口袋裡，接著記憶久遠但依舊熟悉的警告聲便從他後方響了起來，他的搭檔手中握著一個黑色的塑膠項圈，眉尾稍稍揚起。「三年前有間幼兒園被踢爆虐待兒童，用的就是這種電擊項圈，爆料人沒有把私自查到的證據交給當地教育局，而是用非法手段公諸於眾，鄭先生知道這件事嗎？」

鄭楚仁點點頭，揚起下巴示意對方繼續。

「那麼你知道接下來幾年，同一伙人又多次違反相同法規嗎？」

「如果你是想問我知不知道Caroline，我確實知道。」

「哦？」

「在東城酒店那件事之後，這個圈子大概沒幾個人沒聽過Caroline，畢竟先是有陳部長千金出面指證，之後東城集團旗下的飯店不知道連續倒了幾家，不少人趁機賺了一筆。」鄭楚仁彎了下嘴角，「我們中部的旗艦店就是用當時搶下的地皮開的，你們沒有查到嗎？」

男人回以浮於表面的微笑，壓響左手從食指到小指的關節，接著換右手，大概是某種穩定情緒的習慣動作。他回過頭和搭檔交換一個眼神，從對方手中接過電擊項圈，狀似隨意地套在手臂上，另一手再次伸進口袋按下遙控器。

結實的肌肉收縮了一下，「倒也不是很痛。」他一邊說一邊動著手，大概是在調整電擊的強度，「用在幼兒園小孩身上是比較過分，不過再長大一點……其實就和打手心差不多吧，小孩總是需要管教，得把壞習慣矯正過來，體罰也是為了他們好。」

鄭楚仁知道對方是想激怒他，他當然知道，不過有些情緒反應大概還是很難完全隱藏，男人似乎注意到什麼，臉上的笑容多了份真實。

「我從小也經常被祖父母打，鄭先生知道被熱熔膠條抽的感覺嗎？說實在比想像中要痛，以前我不懂事還經常跑給他們追。等他們過世之後犯錯也沒人處罰了，才意識到他們的苦心，只有在乎你的人才會懲罰你。」男人瞇起眼睛，「話說回來，林舒雅小姐的父親也說過會動手是因為女兒沒有女孩子的樣子，又不懂得尊重長輩，其實我還滿能理解他的。當然最後他是有點用力過猛了，不過一個做父親的，管教女兒說實在沒有不對。」

「要我說，他當時其實應該把林小姐送到矯正中心，由專業人士進行教育，說不定林小姐今天就會和鄭先生一樣年輕有為……」

男人笑得更深了，「啊，我是不是不小心勾起不好的回憶了？抱歉啊，鄭先生，只是一想到有許多師長和矯正官也許就像我祖父母一樣，明明是為了孩子好，卻被冠上虐待的罪名，就忍不住囉嗦了一點。我們和你繼母談的時候她也說了，她相信當時的管教對你的未來會有幫助，從結果來看確實沒錯。」

對他的未來有幫助？他今日的成功是因為過往遭受的虐待？鄭楚仁扯出一抹笑容，可以感覺到額頭跳動的血管。多麼熟悉的說詞，他幾乎可以聽見同樣的話從打從心底不認可他的父親，從因為利益背棄他的繼母，從曾經恨不得掐死的加害者口中說出。

現在的他確實是過往經驗的產物，從說話方式到飲食習慣，作為鄭老闆的言行舉止，在最信任的人面前也必須有意識才能放下的心防，無論他願不願意，那都是無法分割的一部分。但如果沒有遇到過善意，如果沒有真正愛他、在乎他的伙伴，鄭楚仁也許會成為自己最討厭的那種人。

其實沒什麼好生氣的，這些廢話有多少是出於真心並不重要，鄭楚仁會坐在這裡不是為了改變誰的想法，不是為了在唇槍舌劍中勝出。說謊也好，完全不說話也好，對他的目標都不會有影響。

「如果你沒有什麼有意義的問題想問，」鄭楚仁說：「那就別浪費我的時間了。」

男人神色一沉，伸手把他從椅子上扯起來按在牆邊，項圈內側的電極壓進他的脖子，用輕柔的語氣說：「鄭先生，你也許習慣當你有錢有勢的大少爺，但公權力不容挑戰，若你不願意配合調查，我們有的是辦法讓你改正態度。」

鄭楚仁表情沒有變化，「我哪裡不配合？你問的問題我不都回答了？」

「我以為鄭先生不想裝傻。」

「我不會讀心，不知道葉調查專員對我有哪裡不滿。」

壓在脖子上的手多用了點力，「你怎麼——」

突如其來的敲門聲讓男人鬆了手，在林警官的聲音隔著門板傳來時退後幾步。「抱歉，打擾了。」林警官說：「有人來找兩位的客人。」

「我們兩個都不在這裡，哪來的客人？」男人在厲聲回答之後深吸口氣，很快便平復好情緒，「來的是誰？指名要他？」

「李事務官，帶著幾位調查員來要鄭楚仁鄭先生。」

男人罵了聲髒話，看了鄭楚仁最後一眼之後把人往林警官的方向推，「送到她那裡，你知道要怎麼交代。」

「鄭先生是我的客人，很抱歉造成他們的麻煩。」林警官扶了下被推得踉蹌的鄭楚仁，語氣再自然不過，「這邊請，鄭先生。」

鄭楚仁撥開對方的手，自己站穩了腳步。林警官就和之前一樣沒有做出控制他的舉動，看起來甚至連注意力都不在他身上，彷彿他真的是請鄭楚仁來作客的。等他們和先前的辦公室拉開一點距離，林警官動作隱晦地把什麼東西塞進鄭楚仁手中，鄭楚仁立即認出了自己的手機。

「沒想到鄭先生也和平凡人一樣會掉這麼重要的東西。」

「多謝。」鄭楚仁答道：「我也是平凡人，忘個手機再正常不過。」

林警官安靜了會，「說的也是，每個人都有健忘的時候。」

鄭楚仁被帶著下樓，大門邊站著五個穿白色襯衫和黑色西裝褲的年輕人，還有一名穿著套裝的高挑女性。林警官和李事務官又說了點場面話，用的是剛才的說詞，表示自己不恰好在這個時候帶鄭楚仁來作客，耽誤陳檢察官的工作實在抱歉。

鄭楚仁一邊聽他們廢話，視線一邊掃過在場的每個人，幾個調查員看上去都只是來撐場面的，目不斜視地看著他們的長官到明顯刻意的程度，太過規矩的站姿反倒顯得青澀。李事務官則是鄭楚仁所知陳忠義信任的下屬，同時也是自家姪女，和林警官說起話來就像兩隻笑面虎隔著安全距離在繞圈子，偶爾試探地對對方揮爪，最後兩邊都沒有得到什麼好處。

「久等了，鄭先生，外面請。」李事務官終於結束對話，揮別林警官之後對他點點頭，「您脖子這裡有兩道印痕，顏色滿深的。」

「沒什麼，只是壓了一下。」鄭楚仁回答得隨意，跟著她走向黑色廂型車，「要上銬嗎？」

「您還不是嫌犯。」她指了下後座，「不過要麻煩您和這幾個年輕人擠一下，車程不會太久。」

鄭楚仁應了聲，從敞開的後門矮身進去，兩排座位貼著車身兩側，看起來是突襲用的車，他被夾在兩個調查員之間，對面坐著另外兩個人。空間其實很充裕，會用「擠」來形容只是因為左右兩邊的人坐得很近，對面的人則是只沾了三分之一的坐椅，膝蓋和鄭楚仁的抵在一塊。

窗戶都被遮擋住，和前座又被隔開來，鄭楚仁看不到車子行進的方向。他乾脆閉上了眼睛，在蔓延的沉默中耐心等待。車程就如李事務官所說的不算久，大概半小時後車子便停了下來。鄭楚仁被帶進一棟高級公寓，一路上遇到的人都穿著同樣的白襯衫和黑西裝褲。鄭楚仁心中有點疑竇，等進了頂層房間才恍然大悟。

寬敞的客廳裡坐著個讓他陌生卻又熟悉的身影，張芯語在轉頭看見他時雙眼一顫，幾乎要從沙發上跳起來，在最後一刻制止了自己。鄭楚仁輕笑，還真是久違了。

記憶中的張芯語沉穩而得體，即便是高中時作為違禁品大盤商的她，也從未像是其他衝撞審查體制的青少年那樣，表現得張揚恣意，滿腔熱血鋌而走險，不知道自己面對著怎麼樣的未來。她從來就是理智的，至少和身邊年齡相近的人相比要理智許多。

「我做過實驗。」她在很多年之後曾和鄭楚仁這麼說：「一次能拿多少，要選擇什麼時機，頻率多高會被發現，被發現了能用什麼說詞撇清責任。在這個時期，都還能用未成年人的好奇心當藉口，只要我撇清父母的責任，他們就會看在父母的分上放過我，最多是要求他們不要為了方便把審核作品帶回家，帶了也要藏好，免得對我造成不良影響。」

高中畢業之前張芯語出借違禁品的行為確實也被發現了，她攬下全責，說已經好奇了許久，加上學業壓力太大，才會被違禁品中荒誕不羈的情節吸引，犯下私藏甚至散布違禁品的錯。由於她認錯態度良好，又自願轉到更為嚴格的特別監控班級，定期接受問話輔導，那次事件也就這麼不了了之。

當時鄭楚仁和她並不相熟，自己先是受到矯正官折磨，接著又度過一段逃家自立的日子，心思都放在給予他許多幫助的陳晏誠一家人和他們的革命伙伴身上，和同學沒有太多深入接觸，但張芯語的敢做敢當讓他對她多了分欣賞。真正和她成為朋友是在陳晏誠他們被逮捕，接著父親過世以後的事。等他終於在兵荒馬亂中安頓下來，張芯語對他發出了邀請。

在拍攝出一部部短片，透過鑽漏洞或違法的方式發布出去的過程中，鄭楚仁彷彿找回了幾年前幫忙製作宣傳文宣，偷偷跟著上街抗議的自己。他自認除了兩隻手能數清的朋友之外一無所有，即便表現得不明顯，卻是團隊中最為反骨的成員，或者應該說是固執己見。

回頭去看，他會和張芯語分道揚鑣也是遲早的事情，他能接受為了安危而逃避，甚至同樣做好為伙伴扛下責任的準備，卻不能接受他們主動向敵人投誠的選擇。但張芯語一向是理智的，她的妥協為自己和身邊伙伴保留了一定程度的人身自由，同時獲得許多創作者沒有的特權，以及相應的箝制。

聽到她趁著出國拍攝和參與外國影視活動的機會都做了什麼，鄭楚仁是訝異的，張芯語不會想不到這麼做的風險，也不會不知道要是被發現不會有退路。但她還是做了，和團隊一起重操高中時期的舊業，從利用父母帶來的資源變成利用自己的職務之便。鄭楚仁一直都想問她為什麼冒這個險，即便多少能夠猜到答案，沒想到會在這樣的情況下獲得這個機會。

他似乎沒有在張芯語臉上見過這樣的驚慌。「妳看起來像是見鬼了。」鄭楚仁說：「需要幫妳叫人來嗎？」

把他帶過來的事務官和調查員沒有跟著進來，而是在外頭關上並反鎖房門，不過鄭楚仁毫不懷疑此時他和張芯語的一舉一動都在監視之下。他先是走進廚房兀自倒杯水，緩解被關了好幾個小時的渴之後坐到張芯語對面的沙發上，看著她閃躲的視線、雙眼之下的陰影、緊握在一起的雙手、被啃到露出嫩紅皮肉的指尖。看起來她並未受到身體上的折磨，卻受到自己內心的拷問。

她知道多少？是陳忠義告訴她的嗎？壓在她身上的罪惡感源頭是什麼？

「……好久不見。」張芯語說：「你說話還是一樣不留情面。」

「有需要的時候我還是會裝裝樣子，不過在妳面前裝沒什麼意義。」

「因為我見過你年少輕狂的時期？」她歛起表情，「你怎麼會在這裡？剛剛門外那些是調查局的人？」

「陳檢察官在嗎？我原本應該在中午和他碰面，但出了一點意外。」

張芯語搖搖頭，「他前天來過一次，跟我說老毅逃跑了，之後就沒見過他。」

鄭楚仁眉梢一挑，看來是林正明交換資訊用的條件，不過曾經的伙伴比他預期的要不聰明，若是單純以爭取減刑為條件還有幾分可信，幫助這種重大案件的嫌犯逃跑是不可能的，沒有人會願意承擔這樣的責任。

「我剛剛從警局被帶出來，沒想到會見到妳。這幾年我看到妳和幾個老同學的新聞都是娛樂版面，怎麼突然就成為社會頭條了？」

「說來話長。」

「在陳檢察官滿意之前我還有時間聽妳說話。」

張芯語微微皺眉，抬眼看向鄭楚仁背後的監視鏡頭。她以前臉上皺紋有這麼深嗎？鄭楚仁想，上次見到是將近六年前的事情，之後再看到都是在螢幕或照片中，歲月流逝的痕跡被徹底修飾遮掩。鄭楚仁沒有想過有一天會用「老了」來形容張芯語。即便她的實際年齡和他相同，眼神看起來卻已經沒有光。她曾是個多麼熱愛電影和故事的人。

「其實也沒什麼特別好說的，我只是對當『新生代女導演張芯語』這件事覺得膩了。」她垂下眼，嘴角微微翹起，「拍拍小清新的校園故事，上節目宣傳自己沒有熱情的作品，每天和同樣的人為伍，有時候我會覺得自己的生活比打卡的上班族還要沒有變化，兩年多過去就開始考慮轉行了，但工作邀約總是不間斷的到來。」

也就是說三年多前她就想退出了，可是上頭好不容易找到創作審查體系下浪子回頭的「模範生」，要退出沒有那麼簡單。

「出國拍攝總會遇到當地的電影人，雖然劇組人員管控嚴格，但偶爾還是會有由於突發狀況，需要尋求當地技術人員幫忙的時候。和他們談起創作，會讓人更清楚意識到自己已經成了一灘死水，回國之後我也不是沒有試圖改變過，卻處處碰壁。」

她不被允許改變，改變會讓人懷疑她是否起了不該起的異心。

「同時間周遭都還是讚揚的聲音，說得好像我為影視圈做出了什麼了不起的貢獻。這已經不只是冒牌症候群的範疇，因為我清楚知道那是虛名，是人工製造出來的支持和喜愛。」

那是她的配合換來的「獎勵」。

「同一個故事我重複說了五年，楚仁，整整五年。有一次我去幫堂姊帶孩子，她問我導演是什麼，我告訴她導演是說故事的人，但是在她要我說故事給她聽的時候，你知道我腦子裡只能想到什麼嗎？一群對未來迷惘的青少年在求學過程中找到自己的道路，他們之間可以有青澀的曖昧，但要等學成畢業之後才能有實際關係。角色性格可以有小缺點，可是不能有可能成為錯誤示範的表現，學習環境雖然嚴格，但相當公平，只要願意努力就能獲得好成績，能被身邊的人善待。」

若是在不同的脈絡下，她鏡頭中烏托邦般的校園就會是對現實的諷刺。

「我可以列舉上百上千條規則，卻說不出故事，我不是導演，只是個確保大家不會越界的糾察隊。在比我更要有才華的人被消音時，卻是我的陳腔濫調一次次霸占了大眾的關注。」

和受到迫害的人、備受折磨的人、失去性命的人相比，她的處境算什麼呢？但這不是比賽，痛苦不會因為其他人更慘而少一些，更別說是罪惡感。

鄭楚仁想說「我警告過妳」，但在不確定陳忠義知道多少之前，他還沒有打算透露太多，張芯語也不需要聽他說出口。「我記得妳以前很討厭輪到當糾察隊。」

張芯語笑了聲，眉頭還是皺著的，「在校門口罰站，抓服裝儀容、抓男女關係太親近，做得不認真被老師罰，做得太認真被同學排擠，這種事有誰喜歡？」

「我好像沒有在妳的電影看過這種情節。」

「鄭大老闆還有時間看我的電影？」她自嘲地說：「我劇本寫過，但連那也被刪了。」

鄭楚仁輕哼，「因為妳是新生代女導演張芯語。」

她的沉默就足以表達萬千雜緒。在她的位子上，連那樣無傷大雅的評判也不好向大眾表達出來。

鄭楚仁能感覺到她有話想說，卻因為在監視之下無法開誠布公，最終只用口型說了「對不起」。幾年前的自己也許想聽到她說這句話，他曾對她有過怨懟，不是聽著在乎的人放棄自己的厭棄，不是收到陳姊和蕭哥死訊時結霜的恨意，那是久違被信任的人背叛的感覺。

理智上他明白每個人身上都背負著不同的重量，張芯語當時還有父母需要考慮，團隊其他成員也有幾個已經有了家庭，某種程度來說，當時的張芯語和高中時的她並沒有太大不同，她在創作之外從來就不是個理想主義者。

她和鄭楚仁根本的動機就是不同的，她只是在自由創作的過程中衝撞了審查體制，而非像鄭楚仁那樣將作品當成衝撞體制的媒介，進而演變成Caroline這樣的團體。

現在他已經不需要張芯語的道歉，也不覺得她必須道歉，如果真要說她對不起誰，那也只是對不起自己。「妳在這裡都吃什麼？」鄭楚仁開口問：「我一整天沒吃東西，現在也快到晚餐時間了。」

張芯語愣了一會才回過神，一邊起身一邊答道：「會有人固定去補貨，其他的我自己想辦法解決，冰箱還有不少東西。」

「妳這段時間都自己下廚？沒把廚房燒了也是有進步了。」

「那只是一次家政課，你記別人黑歷史都記得這麼清楚嗎？」

「我記憶力好。」鄭楚仁跟在她身後進廚房，下方的冷藏庫裡按照形狀整齊擺著各種蔬菜，像是在玩俄羅斯方塊一樣恰好填滿隔層，她這個習慣倒是一直延續到現在。「我來吧。」鄭楚仁逕自挑了幾樣菜，接著打開冷凍庫翻找，「有什麼不吃的？」

「……沒有。」

「那我就怎麼方便怎麼來了，畢竟不知道貴客什麼時候上門。」

「你——」她吞下太過明顯動搖的聲音，默默站在流理臺邊幫忙洗菜。

從櫥櫃裡翻出麵條和調味料，鄭楚仁裝了鍋水開始煮，把抽油煙機開到最強。想到用過這個辦法和林紹翔父親談話的許至清，鄭楚仁臉上閃過笑容，其實也沒什麼特別的原因，但這段時間光是想到他和其他伙伴，似乎都能讓鄭楚仁感到些許寬慰。

「妳和阿毅在被捕之後就沒見過面了？」鄭楚仁一邊小心翼翼地切菜一邊問，盡可能地控制住嘴巴的動作，免得被監視器拍到口型。

雖然距離游擊戰般拍戲的日子已經過了很多年，張芯語還是很快反應過來，繼續幫忙備料的同時同樣壓著嘴唇說：「我們每個人都被分開問話，我不知道……我沒有想過他會出賣你，他不是忘恩負義的人，我們六年前都說好了，雖然不同意你的想法，但絕對不會真的背叛你。」

「被背叛的不是我。」鄭楚仁說：「但我寧可他背叛我。」

鈴鐺和Sue當時完全是為了鄭楚仁加入的，或者應該說是鄭楚仁阻止未果，兩人堅持要幫他的忙，不管他在做的到底是什麼。他們和其他人雖然不到有隔閡的程度，但私下交流確實不多，就像是一般劇組那樣，製作期間會談工作也會寒暄，製作結束之後卻不會特別維繫感情。

Sue和張芯語倒是接觸比較多，雖然她沒有承認過，不過鄭楚仁看得出來當時她對張芯語抱持著崇拜和憧憬。在拍想拍的作品時，張芯語是個很有領袖魅力的人，對自己想要什麼很清楚，但也願意聽其他人的想法，在凝聚一致美學的同時讓每個人都覺得有貢獻。若生在正常的國家，她會是個出色的導演。

大概也是因為這樣，當時Sue義憤填膺的程度幾乎都要超越了鄭楚仁，若不是他們不好留下和張芯語相識的證據，鄭楚仁懷疑Sue會把張芯語的照片貼在牆上射飛鏢——也許她這麼做過，只是鄭楚仁不知情。

「那你……」張芯語頓了頓，「是阿毅不夠了解你。」

「畢竟都要六年了，六年可以讓一個人變得面目全非。」

「你？你可是我認識最固執的人。」

「我當然也會變，但有些東西如果放棄了，就不再是自己了。」

張芯語吐出只有氣音的笑，再一次說：「對不起，楚仁，真的對不起……還有，你的警告是對的。」

鄭楚仁微微苦笑，從包裝裡拿了兩份麵出來，「妳和以前一樣吃變態辣嗎？」

她也不需要鄭楚仁的原諒，他們如今的處境都源於自己的選擇，只能把選擇的路走完。

等待的人一直沒有出現，鄭楚仁便在沙發上睡了一晚，睡得比平時都要更不安穩，事實上他連自己是否真的有睡著過都不確定。大門打開的時候他立即就反應過來，攀著沙發坐起身，在微曦中看向推門而入的身影。是簡家的大兒子，像是幾個世代之前的僕從那樣，退到一旁讓主人通過，接著一邊鞠躬一邊後退著離開，輕巧地將門關上，幾乎沒有發出一點聲響。

來人有些稀薄的頭髮向側邊梳，相較之下眉毛濃密許多，向上的弧度收在尾端較陡的銳角，搭著方框眼鏡和深邃的眼窩，看起來天生便帶著正義凜然的氣質。鄭楚仁站起身，整理好衣著和頭髮，等著對方先打破沉默。

「久等了。」陳忠義開口道：「小簡說你有筆生意要找我談？」

生意。鄭楚仁無聲哼笑，點了點頭，「打擊敵人的機會，陳檢察官有興趣嗎？」

Film No. 003

Title　凝視深淵

第 21 章

家

柒拾茶館在這個城市算是數一數二大的店面，一進去就會有服務生來帶位，有保密需要的客人直接從旁邊上樓，進入二樓包廂。一路上許至清沒有遇到服務生以外的人，二樓有另一個樓梯直接通往店面側邊的出口。原本只從鄭楚仁口中聽說過標榜隱私而建立的各種措施，這下他終於親身體驗到了。

黃庭安的效率比許至清預期的要好，或者林洛雨見他的意願比想像中要高，他星期一一早來到茶館，傍晚林洛雨便在服務生的引領下進了包廂。她本人和許至清想像的不大相同，看起來身形嬌小又面目溫和，望過來的神情甚至有點羞怯，看不出是社群媒體上那些尖銳文字的作者，更不像是會在大白天闖進父親的辦公室，在大庭廣眾之下大鬧一番的人。

「林小姐。」許至清示意她坐下，溫聲詢問：「喝茶嗎？」

林洛雨有點緊張地點點頭，壓著裙子在許至清對面跪坐下來，手臂緊緊收在身側，像是想讓自己看起來更小一點。「呂先生。」她清清喉嚨，「庭安說你是……」她打斷自己，東張西望一番，拿出手機大概是在確認這裡確實沒有訊號，接著還是不放心地關了機，手伸往桌子底下摸了好一會。

許至清失笑，「沒有竊聽設備，就算有，訊號也傳不出去。」

「我……有聽說。」林洛雨舔了下嘴唇，「庭安只說你和Caroline有關係，你是誰？」

「我是想幫他們的人。」許至清替她斟了杯茶，「林小姐呢？」

「你知道多少？」

「我知道林小姐和妳父親有很多立場相左的地方，還有妳有段時間很常上他的辦公室和他吵架。他最近似乎又做了什麼讓妳特別不滿的事情，是因為他手上的案子嗎？」

林洛雨皺眉，「庭安告訴你的？」

「我有獲得消息的方法，妳藏得也不是特別好。」

她一副被冒犯的樣子，讓許至清有點想笑，也有點感慨。也許是身分特殊，讓她在和父親價值觀衝突的同時依舊被保護得太好，才會連最基本的安全問題都沒有考慮——社群媒體頁面沒有限制存取，即便沒有寫明細節，還是清楚表達出父女兩人的矛盾，和父親在半公開的場合爭吵，也讓這件事傳到了許至清耳中。若有對她抱有惡意的人，她也許連被利用了都還不知情。

「回到正題，林檢察官這陣子都在查Caroline，對吧？」

這只是他二選一的猜測，不過林洛雨很配合，露出驚詫表情的同時脫口而出：「這你也知道？」然後在許至清聳聳肩時嘀咕：「喔，你有獲得消息的方法。」

「妳父親從走私案的調查中得到消息，鎖定了兩個嫌疑人。」

「嗯……他一直在說釣到大魚了，不過魚太大不好收網，需要多一點籌碼。」林洛雨抿了抿唇，「他就喜歡用這種老派的比喻，剛才又在罵獵物被人截走，到底是誰工作沒做好，這麼容易被找上門。」

許至清拳頭緊了緊，這是在說鄭楚仁吧？他是被陳忠義帶走的吧？他們的談判進行到哪裡，還來得及做什麼嗎？

「原本的兩個嫌疑人呢？」

「我不知道，沒有聽他提到過。」

「他和陳檢察官關係怎麼樣？」

「陳檢察官……以前陳叔叔滿常來家裡作客的，不過最近幾年都沒看到人了。」

「發生了什麼事妳知道嗎？」

林洛雨皺著眉，低頭想了好一會，「我不確定，不過我爸……他以前是不碰維穩案件的，對外他不會表現出來，不過在家裡，他曾說過最初當檢察官，並不是為了追查誰在哪裡說了什麼上頭不喜歡聽的話。可是大概在五六年前，他打破自己的原則，先是『破獲』了一個禁書走私集團。」

她一邊說一邊比了對引號，表情明顯帶著不苟同，「之後是帶頭進行地下創作的教授，然後是社運團體、私人論壇、網路媒體、演藝人員。他從不碰維穩案件的檢察官，變成專門辦理維穩案件的檢察官。他愈是升遷我愈是不認得他，即使不到成天花天酒地的程度，但也差不了多少。」

林洛雨搖搖頭，「不過在那之前他已經罵升遷標準不公平的事情有一段時間，說不定就只是那麼簡單，他想往上爬，自然就得做討好上頭的事情。」

「和陳檢察官不再拜訪你們的時間是相符的嗎？」

林洛雨遲疑了一下，「差不多吧，我也記得不是很清楚。」

聽到林洛雨說起自己父親的變化，許至清既訝異也不訝異，訝異的是爬到這個位置的檢察官原來曾有這樣的堅持，也許因此影響了女兒的價值觀；不訝異的是他在這樣的環境中自願或非自願拋下了過往的自己，一個人的改變有太多可能的原因。他和林正明有交易的空間嗎？

「如果有條大魚主動找上妳父親，妳覺得他會有什麼反應？」

林洛雨困惑地看向他，沒有反應過來這是什麼意思。

「你父親丟了一個嫌疑人，但其實還有個更好的逮捕對象，只要他答應一個條件，那個對象就願意配合承擔責任，妳覺得他會接受這個交易嗎？」

「你的意思是……」林洛雨有點遲疑，「會吧……？他們辦維穩案的時候本來就不是很在乎證據跟真相，重點是最終達成的效果，還有上頭的人喜不喜歡這個答案。」

許至清點點頭，「如果我需要和妳父親談話，妳能幫我和他見到面嗎？」

「你……你說更好的逮捕對象——」

許至清不置可否地笑了笑。

「我可以帶你回家，或是到他的辦公室找人，不過這樣……」

「就當作是我騙了妳吧。」許至清打斷她，「我和妳說自己是妳父親起訴的嫌疑人的家屬，想申冤卻找不到任何管道，這時正好看到要去找父親吵架的妳。」許至清笑了聲，「妳看我可憐，就幫我混進司法大廈了，妳也不知道我原來是在利用妳。」

林洛雨張了張嘴，「我、我可以……你不用這樣替我掩飾，如果你是想幫Caroline，我也想幫你。」

「為什麼？」

「因為他們沒有做錯什麼，因為……因為做錯事的人只要身分對了，就能夠大事化小小事化無，受害人只有身分對了，才可能為自己聲張正義。能不能起訴、會不會勝訴，最後只是在比誰的拳頭大而已，主任檢察官的女兒贏得過很多人，但比不過檢察總長的獨生子。」

繃緊的嘴唇扭成苦澀的笑容，「每天都在發生吧，連一點補償都得不到，反而受到更多傷害的人一定更多吧？如果連……連擁有特權的人都不敢做對的事情，絕大多數人能做什麼呢？如果連那個人都曾想過『要是那時候有Caroline就好了』，即便自己在他們眼中也許是不值得同情的『共犯』，他們對其他人來說一定更加重要吧？」

許至清啞然，緩緩吐了口氣，原先清晰的立場亂成一團麻，想當然耳的預設被全然推翻，也許那不是天真的抱怨，而是難以壓抑的情緒宣洩。

「那也是五六年前的事嗎？」

他在林洛雨臉上看見了答案。

先是困惑，再來是緩緩降臨的不可置信，她不停地搖頭，哆嗦地說：「可是他、他那時候明明──」喉頭被鎖住的聲音，她掙扎地吸了好幾口氣，「他說接受道歉吧，說這件事到此為止，他說、他說──」

「這還只是猜測，答案需要妳自己去問他。」

「他說這就是現實。」林洛雨的聲音變得很小聲，像是在對自己說話，「他做不了什麼，我們都做不了什麼。」

現在的她看起來和想到陳羽心時壓抑著哭聲的樓筱雯，和說起方老師時整張臉都寫著心碎的蘇寧褘並沒有太大的不同，受過傷的人都是這副模樣嗎？無論是什麼身分，無論成長於什麼環境。

那麼想保護至親的人呢？有多少願意為此傷害素不相識的陌生人？彷彿變體的電車難題，一般人也許不願意為了拯救沒有關係的乘客，把誰丟出去擋住失控的車，但如果乘客之中有至親至愛的人，做出這個選擇似乎就沒有那麼困難。

如果父母還在，如果他不像現在這樣沒有包袱，還能冒著把他們牽扯進去的危險，為了Caroline犧牲自己嗎？

「不管發生在誰身上，錯誤的事情就是錯誤的。」許至清緩緩地說：「我也希望對每個人都能說出這樣的話，但也許是做不到的吧。不過至少……現在我眼前的這個人，我會和她說她本應得到為自己聲張正義的機會，說Caroline不會因為她的身分忽視她受的傷，說如果當時有Caroline在，如果她被看見了，他們會想幫她一把。」

看著對方清秀的臉皺成一團，許至清突然覺得有點疲憊。他一直以來都知道應該對抗的是體制本身，而非體制下的人，但人類就是如此不理智的動物，他無法不把心目中體制的化身視為頭號公敵，視為投射仇恨的對象。可是有多少人真的是全然的惡、全然的自私呢？他不知道，他已經不知道該如何去想、如何去感覺。

至少他知道自己想保護誰，至少現在的他有不傷害他人也能保護他們的辦法。

「照我說的說謊吧。」許至清稍稍彎起嘴角，「在這個情況下，也不差一個欺騙檢察官家屬的責任，而且我得確保妳父親能贏過陳檢察官，不要送對方一個把柄了。」

「你……為什麼能做到這種程度？」

許至清沒有回答。

離開茶館時許至清被一輛露營車擋住去路，他下意識找好了逃跑的路徑，但在看見從車窗伸出的手時停下動作，那隻手腕上掛著纏繞好幾圈，被當成手鍊戴的項鍊，在夕陽下閃著微光的吊墜是一個彎月般的C。

車門敞開的同時他便鑽了進去，車子立刻再度往前開。

「蝦仔！」

許至清聽見四道不同的聲音同時這麼喊，然後洛基熟悉的臂彎抱了上來，把他拖到駕駛座後方的座位區，和駕駛座上的小小以及副駕駛座上的Sandy隔著一張小桌子，**Phi**則是從後上方的臥室空間跳了下來，扶著車門側邊狹窄的流理臺踉蹌地走到許至清身旁。

他一直忍著沒去找他們，沒想到他們卻在這時找到了他。

許至清很小的時候曾經和父母住過一次露營車，沒有這麼大，設備也沒有這麼齊全，只是民宿為了吸引遊客設置的賣點，說實在不過是個氛圍特殊的臥室，但已經足以震撼當時的許至清。他一直以來都以為車子不過就是個交通工具，是目的地與目的地之間暫時的中繼點，從沒有想過原來「車子」也可以是「家」。

然後父親名氣愈來愈大，愈來愈常在電話裡說「對不起，這個假日又回不了家了」，還有幾次的「對不起，生日那天回不去，但工作結束後我會儘快回家」。許至清失望過，也曾經生過父親的氣，有一次甚至還趁著母親還沒從大學去接他偷偷溜走，把母親嚇得差點報警。好不容易找到人的時候，他在距離學校有十多站公車站的車行，正纏著一個業務詢問「房車」一輛多少錢，那時他不知道房車並不是可以當房子的車，只是想知道得存多久的錢，才能帶著「家」去找父親。

事後母親狠狠罵了他一頓，又在聽到他哽咽的解釋時難得紅了眼睛，不過哭得最慘的還是當晚透過電話得知整件事始末的父親。隔天清晨他便突然出現在家門口，抱著許至清又哭了好久好久。

等年紀大一點，許至清才清楚意識到重要的不是家，而是人，只要和母親去找父親，父親就「回家了」。就像此時此刻，他人不在度過大半輩子的公寓，也不在過去半年讓他找回安全和歸屬感的 Caroline 基地，但他短暫找回了自己的家，或者應該說是他的家回到了身邊。

「蝦仔？你、你怎麼了？」

「不舒服嗎？Sandy，面紙！」

「桌子下面的抽屜！」

沒什麼，許至清不能再更好了。洛基捏著一團衛生紙，像是在卸妝時那樣一手捏著他的下巴，一手輕輕柔柔地替他拭淚，Phi則是在晃動的車子裡努力維持平衡，從狹長流理臺旁的小冰箱拿出一瓶檸檬水，艱困地倒在玻璃杯裡遞給許至清，之後慌慌張張地拿擦手巾把灑出來的水擦乾。

「怎麼辦怎麼辦？蝦仔他水龍頭壞掉了！」

「你這什麼爛比喻，說的好像他漏——」

「姊！」

小小頻頻透過後照鏡拋來擔憂的眼神，Sandy則是默默看過來，臉上似乎帶著了然。許至清揉揉眼睛，抱了洛基一下，接著是Phi，然後不滿足地把兩個人同時拉進臂彎中，把臉埋進洛基的領口。不知道是不是他的錯覺，他們似乎都瘦了一點，抱在懷裡能更明顯地感覺到骨頭和關節。

「你們，」許至清終於能說出話來，「是不是沒有好好吃飯？」

整車子的人都靜默了一會，接著Sandy輕輕笑了聲，回答他的則是洛基。「你哭成這樣，說的第一句話就是這個？」

「我有盯著我姊吃飯，不過洛基跟Sandy就不知道了，你也知道他們。」

「你別造謠啊，小Phi，我還是懂得照顧自己的，最多就是沒吃早餐，但我懷疑Sandy根本整天都在弄她的廣播，沒時間像我們凡人這樣定時攝取養分。」

「我好歹還是有曬一下太陽。」

「然後行光合作用嗎——唉唷，蝦仔，你這樣眼睛會瞎掉的！」

「不、不會。等一下就好，不用浪費衛生紙。」

洛基敲了下他的腦袋，「浪費個頭，人家衛生紙能達成使命很榮幸好嗎？還說我們沒好好吃飯，你一看就沒好好睡覺，而且最近都沒晨跑吧？好像一個星期沒看到你了。」

「我們都很擔心喔。」Phi接著說。

「小Phi每天都要問一次『蝦仔怎麼了』。」小小補充，「前幾天他還哭了，說很懊惱一開始你天天來看我們的時候，怎麼沒有問你到底住在哪裡，該怎麼去找你。」

「本來就是嘛。」Phi努著嘴說：「就算是老大要蝦仔看著我們，我們本來也不該單方面——」

這一次蔓延的沉默更久也更重，許至清鬆開下意識握起的拳頭，看著車上每個人黯淡下來的表情。他曾見過他們消沉的模樣，卻未曾從他們身上感受到這樣全然的慌亂。聽到陳羽心死前錄音的時候，知道方老師出事的時候，甚至是鈴鐺和Sue的消息走漏的時候，他們至少還知道能做什麼，就算找不到方向，鄭楚仁也總會站在最前方，替他們領路。

不是想單方面仰賴鄭楚仁，只是他在他們心中的地位畢竟是不同的。

「是妳把大家集合起來的嗎，Sandy？」許至清把手蓋在洛基手背上，然後摸了摸Phi的頭，「是不是發生了什麼事？」

Phi殷切地看向副駕駛座，看來對現況還不知情，洛基靠著他的身體則是有一瞬間僵硬，不知道是知道什麼，還是猜到了什麼。許至清對上Sandy的眼睛，雖然她板著一張看似平靜的臉，沒有表現出明顯異樣，許至清不知怎麼地就是能看出她的動搖。也許是經常猜測鄭楚仁想法訓練出的能力吧，有時候他覺得鄭楚仁比自己要像是個演員。

「等開到停車的地方再和你們說。倒是蝦仔，你為什麼在茶館那裡？」

「你們怎麼會知道要去那找我？」許至清問。

「你知道老鄭也給了我聯絡他的方式，但我約到的卻是他的朋友，他說自己是茶館老闆的姪子，今天早上聽說你進了他們店裡。」

許至清點點頭，「我去問關於老大的事，上星期我也約了老大，但他沒有出現，就想到他去過很多次的茶館。」

這好像還是他第一次對他們說謊，許至清一直以來雖然不喜歡謊言，卻很擅長在短時間內想出合理的虛構故事，之後面不改色的說出來。擅長即興演出的人大概都是天生的騙子，他甚至不用多花一秒思考，便混合虛實給了Sandy這個答案，配合著彷彿努力掩飾住的勉強。

「他說了什麼？」

「大概和妳要跟大家說的一樣。」許至清輕聲說。洛基扭頭看向他，Phi的視線則是在他和Sandy之間游移。

「你們別再拐彎抹角下去了。」小小插話，似乎是注意到下意識踩深了油門，車子在短暫超速之後慢下來，「我們也不是第一天認識老大，如果他放了妳跟蝦仔鴿子……他去把責任攬下來了吧？」

「我有……打聽到一些消息。」洛基的語氣是許至清沒有聽過的冷，彷彿不這樣割去習慣性展露的情緒，就會控制不住勉強維持的冷靜。

Sandy沉默好一會，最後揉著眉心說：「基本上可以確定，他把我們送他的一些東西託人轉交給我了。」

「是什麼時候的事？」許至清連忙問。

「今天一早。」

許至清咬住下唇，鄭楚仁做事一向周延，要把東西還給他們，就不會讓他們在得知他的意圖後有機會阻止。林洛雨也說鄭楚仁不久前被帶走了，他一定是打算向陳忠義自首吧。他還有多少時間？一天是否足夠？

「……他覺得這樣我們會開心嗎？」

「我們一直以來太依賴老大了，他才會覺得必須替每個人扛下責任。」

「責任？可是Sue和鈴鐺會怎麼想？」

「鈴鐺的狀態如果被關……老大一定也是想不到其他辦法了。」

「可是——就算是這樣也不該——啊，我不知道，與其這樣被他不講道理地保護，我寧可一起進去吃牢飯。」

「你？你進哪個監獄都是被針對的分，真的要選也應該是我吧，至少我在國外還有親戚，可以多少出一點力來保證我的安全。」

「安全？前幾年被逮捕那些真正的外國人哪個出來過了？更何況妳只有這裡的國籍，要是鬧得更嚴重，被當成叛國間諜怎麼辦？」

「我年紀最小，如果我——」

「不行！你成年沒多久，怎麼可能讓你在那種地方過上幾年？」

「那你們就可以嗎？老大就可以嗎？」

等許至清回過神，車上其他四個人已經因為誰最適合頂罪吵了起來，洛基語氣難得激動，Phi全身都在發抖，後照鏡中的小小臉上滿是淚水，但沒有挪出手拭淚，Sandy則是別過頭揉著太陽穴，濃黑的眉毛擰在一起。

許至清用力拍響了手。「就算你們想替老大頂罪，」在他們倏地停止說話的空檔，他穩著語氣說：「你們能拿出比他更多的證據嗎？」

沒有人說話，也沒有人需要說話，他們幾個一點和Caroline有關的證據都沒有留下來，那是鄭楚仁一直以來嚴格執行的規矩。

「就算有證據也沒什麼意義，逮捕你們能夠帶來的效益和逮捕老大差太多了。」

除非有一個身分特殊的人，雖然無法帶來金錢上利益，但示範效果更好的人。

「單純把自己送上門是沒有用的。」

不過敵人的敵人可以利用。

「那要怎麼辦？」Phi茫然地問，聲音像是剛變聲的男孩子一樣走在迸裂的邊緣，「我們還能怎麼辦？之前方老師——」

「這不是能用真相擊破的問題，因為罪名是真的，我們確實違法了。」許至清揉揉Phi長了一些的頭髮，「我們做的是對的，只是在法律上有罪。」

「很多人支持我們——」

「可是他們敢做到什麼程度，又能做到多少？有些人就算曾有很多支持者，曾經幫助過許多人，最後還是被送進了監獄。」

在場唯一知道他身分的Sandy突然瞇著眼睛掃過來，「你想做什麼，蝦仔？」

許至清搖搖頭，對她安撫地笑了笑，「我也想了很久，一直想不到該怎麼辦，就算跟你們一樣考慮過要頂罪，也還是不知道該怎麼確保能把老大換出來。萬一我只是跟著他一起被關，就沒有人催你們吃早餐了。」

Sandy看起來放心了一點，也許她也考慮過這個問題，卻沒找到解決辦法。許至清輕輕嘆了口氣，掛上一抹笑容。

「先吃晚餐？肚子填飽了才有力氣思考，大家一起來想想我們能做什麼。」

晚餐是簡單的三明治，是許至清和Phi在車子停下來之後準備的，不是什麼特別的食物，卻是許至清這兩個星期以來胃口最好的一餐。大概是出於沒有言說的默契，吃東西時沒有人提接下來的計畫，而是聊些這段時間彼此生活中發生的瑣碎小事。

洛基試圖做飯時炒焦了一盤高麗菜（「啊它吃起來就還沒軟啊，我哪知道會突然焦掉。」），Phi在同學的宿舍被會飛的蟑螂襲擊（洛基誇張地打了個冷顫，幾乎要坐到許至清腿上），小小在吃早餐的時候被人用「妳的手臂肌肉看起來有在重訓」搭訕（「他不是眼瞎了就是沒話找話，我這算什麼肌肉。」），Sandy不知道第幾次被當面用中文議論，然後用比許多人都要流暢的臺語罵回去。

「罵了人結果對方聽不懂好沒成就感。」她說：「看來下次還是得用中文。」許至清問她臺語怎麼學的，Sandy說她有陣子很喜歡看現在取得不易的臺語電影。

洛基用彆扭的臺語吐出一段和火柴跟汽油有關的威脅，逗得Phi和小小樂不可支，Sandy也暫時卸下壓在身上的重量，拐著洛基的脖子和他演了起來。許至清專注地聽著他們說出的每個字，看著他們臉上每一個小細節，身體每一個小動作，直到能在腦中輕易重現他們的模樣。

然後Sandy拿出她提到被鄭楚仁送回來的禮物——小小做的檯燈、Phi畫的畫、Sandy送的海報、洛基縫的抱枕、許至清稀里糊塗就被他拿走的手工圍巾，還有簽了大家簽名的吉他。鄭楚仁是什麼時候把這些東西移出去的？是什麼時候下定決心要獨自扛下責任的？一定是很早、很早以前吧，也許在許至清加入Caroline之前，他就準備好了一套SOP，哪些東西要往哪裡送，什麼人要怎麼去安置。真是討厭啊，他這個人，就連這種時候也跑在前方，讓許至清急忙地追趕。

「如果我們在老大被逮捕之後用Caroline的名義更高調活動呢？」這是Phi的主意。

「那也不能代表什麼。」Sandy搖搖頭，「任何人都能夠用Caroline這個名字，這樣也許能確保大家繼續關注這件事，但沒辦法讓他被釋放。」

洛基提出的是「寄黑函說要是不放老大，我們就把這些年得知的醜聞都爆出去？」

「但你們連證據都沒有留下來不是嗎？」許至清說：「連當時的成片也沒有。而且除非是自己派系的人，檢方也不一定在意什麼醜聞。」

「之前我們揭露東城偷拍案的時候，不是有個高官的女兒站出來嗎？」小小則是這麼說：「也許她會願意做點什麼，之前老大和她接觸過，好像說人還可以吧。」

「我找過她。」Sandy說：「那次事情之後沒多久她就出國念書了，聯絡不上人。」Sandy沒有提出什麼想法，大概也是這段時間想了很多，做了不少嘗試，但每個可能性都被自己一一推翻。

討論到最後大家士氣愈來愈消沉，他們似乎什麼也做不了，只能在鄭楚仁被捕的消息出來之後，想辦法引導輿論，盡可能讓他在牢獄中好過一點。許至清感覺自己像是個臥底，藏著他們不知道的消息和計畫，口不對心地安慰他們，說只能盡力做到能做的事，同時間卻在心中策劃自己離開之後，該怎麼和林正明談判，該開出什麼條件。

內心有些愧疚，但這是他唯一能做出的選擇。他們會沒事的，許至清半年前才加入Caroline，他們七個已經在一起好幾年，只要有鄭楚仁在，他們都會沒事的。

許至清也會沒事的，雖然在父母過世之前不算是一個人，但他大半輩子都和寂寞為伍。只要知道終點在哪裡，只要知道愛的人過得很好，他就會沒事的。

他不想知道入獄的折磨會如何改變鄭楚仁，再也不想看到在乎的人因此失去聲音，失去大半靈魂。這麼好聽的聲音要是消失了多可惜啊。他藏著笑容，想著鄭楚仁兩種截然不同卻同樣好聽的嗓音。還有機會吧，他還想聽鄭楚仁唱歌。

說到最後還是Sandy先喊停，「也許睡一覺之後腦袋會清楚一點。」她不知道是在安慰其他人，還是在安慰自己。車子空間不大，但床可以睡兩個人，桌椅摺起來可以再鋪地鋪睡兩個人。他們排好守夜的順序，互相道了晚安。

許至清是第一個守夜，Sandy則是最後一個，因為他們是其他三人公認看起來最累的人。許至清接受他們的好意，坐在副駕駛座轉了一百八十度的座椅，看著地鋪上抱成一團的洛基和Phi。明明沒什麼空間可以翻滾，他們卻硬生生換了好幾次睡姿，連左右位置都能調換過來。

許至清放輕手腳，替他們拉好棉被，跪在他們身邊，像是過往的每個早晨那樣雙手交握，默念一段禱詞。然後又一次，再一次，像是怎麼也無法放心那樣祈求接下來的日子能夠善待他們。

「蝦仔？」洛基眨眨眼睛，慢吞吞地蹭了過來，「輪到我了嗎？」

許至清撥開他的瀏海，「還有半小時。」

「我陪你聊天。」

「不用，你睡吧，等等再叫你。」

「可是……」他伸手抱住許至清的腰，「你今天怪怪的。」

許至清沒有讓自己顯露出絲毫心理波動，繼續輕輕撥弄著他的頭髮，「哪裡怪？」

「我也不知道，但這是鱗人的直覺。」

「啊，是鳥頭人身還是人頭鳥身的那種鳥人？」

「你別裝傻。」洛基嘀咕：「你還記得自己和老大說過什麼吧，蝦仔？我們是一個Team，就算你覺得自己是最高的那棵樹，也不要忘記身邊的林子。」

「我沒有忘記，不過這好像是你說的話，不是我。」

「我的就是你的嘛。」

他真的是個很好、很好的人，不應該被任何人傷害，即便那個人是許至清也一樣。他會不會因此討厭自己？這個想法不知怎麼地在許至清心口留下比預期中要深的傷口，如果可以，他想先替洛基過完生日，只是真的沒有時間了。

「等老大回來，你第一件想做的事情是什麼？」許至清問。

洛基揮揮拳頭，「當然是先給他一下，不會很用力，不怕打歪他漂亮的鼻子。」

許至清輕笑，「好凶啊。」

「誰叫他這麼任性，還以為他已經從良了，結果還是跟以前一樣任性。」

「可惡的蛤蜊攻。」

洛基把臉埋進許至清的大腿，擋住差點從口中脫逃的笑聲。許至清這段時間鮮有表情的臉彎起寬闊的弧度，掌心撫過洛基因為忍笑而顫抖不止的背。許至清會想念他的，這幾天的時間就已經很想他了。

輕輕鬆開洛基抱著自己的手，許至清捧起洛基的臉，對上他彎彎的眼睛。

「洛基，我叫許至清。」

笑意像是融化的奶油那樣從眼尾和嘴角滑落，洛基掙扎地起身，緊抓住他的手腕。

「許閔文的許，水至清則無魚的至清。」

「你——」

許至清一根一根扳開洛基陷進他皮肉裡的手指，退後一步抓住門把。洛基立刻撲了上來，手足無措地試圖纏住他，大喊：「蝦仔，你別——」

還沒說出口的話被許至清摀住，他不該在這個時候和洛基說自己是誰，但他忍不住，他不希望他們事後從其他人口中得知他的名字、他的身分，想要親口告訴他們。

「洛基……？」Phi 也醒了，眨著黑亮的眼睛困惑地望向門口。睡在後頭的 Sandy 和小小似乎也注意到動靜，正從抬高的床上爬下來。

許至清貪婪地又多看了他們一眼，接著用力把洛基往正要爬起來的 Phi 身上推，趁著他們跌在一塊的空檔開門退出去，接著轉身就跑。

有誰怒吼著「蝦仔！」，有誰追著他跌倒了，有誰慌忙地喊要快點追上去，然後是車子一次次啟動失敗的聲音，伴隨著帶上泣音的怒罵。許至清沒有放慢速度，甚至沒有回頭，而是一股腦地衝進夜色中。一切都會好起來的。

「好久不見，許至清。」

他的擔憂總會出奇不意地成真。在林洛雨的幫忙下，許至清成功見到林正明。他沒有拐彎抹角，而是用最簡短的話說明自己的來意：「我是許閔文和呂亭文的兒子，也是Caroline的人，你現在需要我。」林正明反應很快，驗證完身分之後立刻將他上銬，帶著他開車離開，要求在路上把事情說清楚。

許至清先是說了至今得知的訊息，「你用從走私案嫌犯那裡得到的消息查到鄭楚仁身上，但他被陳檢察官的人帶走了，我可以幫你把功勞搶回來」，還有「你急著要往上爬是因為現任檢察總長的關係吧？陳檢察官是他那個派系的人？」最後是「某方面來說，我是更好的嫌疑人，不是嗎？」

這些訊息似乎已經足夠說服林正明和他談交易，或者林正明只是單純看中許至清的家庭背景。也許這時候他就應該要有預感，但一直到林正明開進中央廣播電臺的地下停車場，接著一名戴著口罩和帽子的男人走過來，逕自打開後方車門坐到許至清旁邊，他才意識到自己不夠縝密的心思漏掉了什麼。

敵人的敵人可以合作，這個道理對林正明和吳謙仁來說也適用。

即便有手銬的限制，許至清依舊得雙手緊握在一起才能克制住做傻事的衝動。吳謙仁靜靜看著他，耐心地等他開口，明明看不到這個男人的下半臉，許至清卻有種布料之下是嘲諷笑容的預感。

他咬緊牙關深吸口氣，緊靠在一起的手腕被手銬咬進了皮肉，脈搏抵著冰冷的金屬跳動。父親回家的時候手腕上也有手銬收得太緊留下的傷痕，和他身體和精神受過的其他折磨相比，這似乎不算什麼，但依舊讓許至清看了難以忍受，非得抓著父親上藥。

然後他在父親接下來幾天頻頻拿不穩東西時急著想帶他去檢查，結果因為父親掩飾不住的惶恐打消了念頭。那段時間父親離不開家裡，也離不開許至清和他母親身邊——反過來也是一樣，許至清和母親都害怕一覺醒來，父親又會突然消失不見，害怕門鈴會被誰按響。

都是因為這個人，他才會先後失去父母，又差點失去自己；都是因為這個人，才會有自以為聰明的人說「我就知道男明星沒有一個好東西」，說「要是我就跟他離婚了」，說「小孩子多可憐啊，遇到這種爸爸」；都是因為這個人，母親被迫放棄原本熱愛的教學工作，失去親人朋友的支持，最後緊跟在丈夫身後太早結束這一生。

他們原本還有大半的人生，還能陪伴許至清好久，一起過年過節，為他慶祝生日，在他帶著喜歡的人回家時讓他尷尬得想跳窗逃出去。年幼的他就和所有與父母關係親近的孩子一樣，沒有想過會有失去他們的一天。之後他也依舊傻傻地相信只要父親回家，他們就能繼續好好過自己的生活。

都是因為這個人，但沒有他，也會有另一個劊子手。

「……吳檢察官。」每個字都像是擠出來的，許至清垂著眼睛，無法逼迫自己對上吳謙仁的視線，「給你們一個在大庭廣眾之下逮捕我的機會，有興趣嗎？」

吳謙仁摘下口罩，一張臉和十多年前沒有太大變化，只是多了幾道皺紋，少了幾分凌厲。畢竟歲月不分善惡是非，不會在沒有罪惡感的人臉上鑿刻出煎熬的痕跡。「你說。」

Film No. 003

Title 凝視深淵

第 22 章

至清

等到他的世界只剩下不到兩平方公尺的一張床，曾經讓他覺得壓抑的方正棋盤是否也會變得寬廣？許至清坐在曾經和Sue一起跑過的釘子區樓頂，望著染上夕色的城市，街道上可以看到學生三兩成群地往不同的補習班走，同樣制服的通常走在一起，但偶爾一團白之中會混入一點藍或是綠。

之前接觸多了，許至清一眼就認出公正高中的學生，和其他學校比起來，他們和他校學生接觸的狀況明顯更少，一個月前的醜聞多少還是有尚未消散的影響，許至清希望那些孩子至少能夠平安順利地畢業。

再往更遠方看，他找到了小霜和母親一起搬進的高級住宅區。之前在透過諮商師轉交到鄭楚仁手上的信裡，小霜說自己被矯枉過正的母親養胖太多，以前從來沒有這個習慣的她不得已開始運動，好在大樓裡有健身房，不用踏出家門太遠，有時候也會在社區中庭繞圈跑步，因此認識幾個會在差不多時間出門遛狗的鄰居。

她聽起來過得很不錯，從字跡來看手也恢復得差不多了，幾乎看不到顫抖。不知道她看到新聞的時候會怎麼反應，希望不會衝動之下做出冒險的事才好。

然後他的視線回到過去半年的家，不知道鈴鐺和Sue在做什麼呢？鈴鐺大概還在愧疚，而Sue大概還在生鄭楚仁的氣吧，等到接下來的消息傳出去，就要改生他們兩個的氣了。許至清希望至少鈴鐺的負擔能輕一點，他知道雖然鈴鐺年紀比鄭楚仁大，實際上卻比誰都要仰賴鄭楚仁，虧欠心理也比誰都要深。

幾個小時前他親眼看著林正明的人把監視設備一一拆掉，將錄音錄影和相關資料銷毀，監視人員也從附近的據點撤出去。許至清原本要在不暴露動機的前提下，要求林正明讓鈴鐺和Sue回歸正常生活，不過吳謙仁主動先提出了這點，說是要將他們這邊和鄭楚仁有關的一切線索都解決掉，這樣陳忠義那方暫時有的就只剩鄭楚仁的自白，他們大可以隨便替鄭楚仁的行為找個解釋。

至於鄭楚仁可能拿出的證據，許至清知道他有Caroline成片的檔案，其他的無法確定，不過就許至清對鄭楚仁謹慎程度的了解，他應該不會留著太多其他資料。如果只是成片，許至清在加入Caroline之前作為支持者留過備份，吳謙仁和林正明這些年來也都有建檔，就算鄭楚仁的檔案更齊全，建立時間也比較早，依舊不是什麼關鍵性的證據。只要他們先把事情鬧到眾人皆知，陳忠義就不好翻盤。

「不能是我出這個頭。」林正明說：「不然檢察總長會站在他那邊。我不管你們之前有什麼恩怨，但這個功勞得由吳檢察官攬下來。」

不難猜到他們是怎麼談合作的，林正明會從競爭高檢署檢察長的位置轉為支持吳謙仁，條件是等吳謙仁爬上去，他得幫林正明把現任檢察總長拉下來。這些都和許至清無關，他要的只有確保大家安全，需要做的只有演好這場戲。

等夜幕落下，晚間新聞即將開始，現在是許至清上場的時間。他拿出吳謙仁交給自己的手機——許至清可以不去想在和誰合作，把這一切當成單方面的利用，但那只是自欺欺人，他太渺小了，為了確保他的犧牲有價值，還得借助也許這輩子唯一真正恨過的人的力量。

開始吧。手機收到訊息時許至清就刪掉了，連點也沒有點開。「開始吧。」他對自己說，打開直播之後模仿父親的習慣彎起眼睛，露出靦腆的笑容。他知道自己哪個角度看起來和父親最相像。

「你們好，我是許至清，許閔文老師的兒子，也是很多人知道的Caroline。」

他用的是官方媒體前主編的帳號，直播畫面也會如同Caroline過去經常使用的做法，劫持新聞臺的訊號公開播送。他沒有問吳謙仁怎麼拿到這種東西，他不是第一天知道對方和媒體的關係很近。

「年紀比我小的人可能很多都不知道我爸爸是誰了，畢竟他的作品一直陸陸續續被下架，被逮捕之後更是全部從網路上消失，能找到的實體專輯也被收集起來銷毀。也許你們在網路上看過有人提到『火苗老師』，那指的就是他。」

即時留言區不斷有人在刷問號和驚嘆號，還有人傻傻地直接問火苗老師是誰，以及閔文這兩個字為什麼打不出來。

「不知道還有多少人記得這首歌。」許至清哼了一段〈晚安，祝好運〉，「有段時間很紅，我媽媽任職的大學圖書館就是用這首歌當閉館音樂。」

腦中浮現父親的歌聲，也有鄭楚仁的歌聲。

「我爸爸是在十二年前，我十四歲的時候被逮捕。警察來得很突然，連門鈴也沒有按，直接撞開了我家大門。那時候是清晨，被吵醒的時候就看到媽媽站在房間門口，要我乖乖待著不要出來。我沒有聽她的話，我知道有壞人想要帶爸爸離開。」

許至清指著自己額頭的左側。

「這裡，那時候被警棍打了一下，一開始有點凹，後來腫得很大，不過消下去之後沒有留下疤痕。這件事後來被拿來威脅過我媽媽，說我們如果不安分，就用襲擊警察的名義把我送到特別矯正中心，也許到成年前都不會放我走。」

明明心為了父母這樣痛過，身體卻彷彿完全忘了這件事情，看不到一點痕跡。

「啊，好像扯遠了，總之……我爸爸很快就被判有罪，入獄服刑了。五年多的時間，回家的時候半條命都沒了，或者更少？之後他的身心狀況一直很糟糕，過世之前的四年間躺在病床上比能下床的時間多。我有時候會想他是不是只是為了我和媽媽多撐幾年？他被從我們身邊奪走了五年，也想還我們五年，只是最後健康實在惡化得太快——」

直播被突然切斷，許至清登入另一個前官方主播的帳號，再次重複同樣的開場白，「你們好，我是許至清，許閔文老師的兒子，也是很多人知道的Caroline。剛剛說到哪裡？對了，我爸爸出獄回家的事情。那時候我其實一直在想自己到底能做什麼，我爸媽理想中的世界真的存在嗎？」

警車鳴笛的聲音開始逼近，他該加快速度了。許至清站起身，伸展了下雙腿，等會沒有人能在失誤時拉他一把，也沒有人能幫他爬到獨自一人到不了的高度。

「那時候我想到媽媽曾經說過的真實故事——幾十年前，在另一個國家，曾經有一群人為了衝撞國家對廣播的限制，選擇從外海發送訊號，播放國家廣播電臺不願播放的音樂。他們的根據地是一艘船，船的名字叫Caroline。」

他沒有再看著鏡頭，視線掃過眼前高低錯落的建築，在心中描繪奔跑的路徑。

「那就是Caroline的起點，我想替失去聲音的人說出他們的故事，我想在這個籠子上撞出一個洞，讓真相能夠見光。虐待、偷拍、黑心藥品、濫用權勢，受害者報警也得不到正義，加害者連小孩打手心那樣輕微的懲罰也沒有。不管能做到多少，我都想盡量去做。」

直播又斷線了，手機直接被遠端鎖定，許至清拿出最後的運動攝影機，牢牢綁在肩膀上，同時在心中為搶了伙伴的功勞說抱歉。

「我是許至清，許閔文的兒子，也是Caroline。」

來了，整整四輛車的人兵分多路，一隊闖進他所在的大樓，一隊守在大樓門口，另一隊往對街的住家走去，最後一隊各自散開。這是不是太大陣仗了一點？他也不是什麼高危險通緝犯，只是個跑步速度快了點的一般人。

許至清暗自挖苦自己，助跑幾步之後翻到鄰近的另一棟大樓，將鏡頭對準下方警車，同時解釋：「剛剛的話大家都有聽到嗎？總之我爸爸被關了五年，我和媽媽也被威脅騷擾很多年，因為這樣我才會當起Caroline，希望能揭發當局不想被眾人知道的真相。現在我的身分被發現，他們就立刻來抓我了。」

「砰。」旁邊大樓頂樓的門被用力甩開，許至清對一窩蜂湧出來的黑衣警察揮揮手，轉身便往另一棟住家跳。他看見一扇扇原本透出燈光的窗戶暗了下來，或是被窗簾遮掩住，像是擔心會被當成目擊者而惹上麻煩。不過也有反倒走到陽臺上的住戶，雖然是少數，但也不只有一兩個人。他們對許至清拋來沉默的目光，沒有幫忙的打算，不過也沒有移開視線。

「看，他們為了我一個人可以出動這麼多人力，可是卻不願意去查那些真正造成無數傷害的人。」

助跑，起跳，翻滾，繼續向前奔跑。後方緊跟著雜亂的腳步聲，撞上東西的聲響，沒有壓抑的咒罵，前方的樓頂也出現了和逐漸黑沉的夜色幾乎融成一體的身影。許至清拐了個彎，跳到下方陽臺的欄杆上，順勢前跳，落在矮一層樓的屋頂。剛才散開來的警察往哪去了？許至清一邊跑一邊掃視周遭，同時在喘氣間繼續說著話，即便並不確定還有多少人能聽見。

「三年前幼兒園虐待兒童的事情被揭露之後，幼兒園是關門了，有幾個幼師被逮捕，但園長沒有被吊銷教保資格，甚至還在其他縣市再次經過遴選成為又一間公立幼兒園的園長。兩年前中央藝術大學的教授被踢爆長期利用職權和家庭背景強迫學生，雖然事情鬧大之後他曾在鏡頭前道歉，也辭去了教職，卻在訴訟開始之前被送到國外，整件事不了了之。」

許至清聽Caroline的大家說過一個個難以接受，卻又不得不接受的結局，每一次他們都盡了力，但有時候就算沒有一個人犯錯，最終依舊可能迎來失敗，尤其是在和大環境作對的情況下。

「東城酒店大規模偷拍換取利益的事件，大概算是究責力度最大的一次，但即便如此，他們的客戶卻沒有付出任何代價，長期幫忙酒店封口受害者的分局長雖然丟了原本的飯碗，現在卻成了一名矯正官。很好笑吧？光是唱一首禁歌都能讓歌手被吊銷證照，必須經過兩年的『再訓練』才能再次接受評級，真正劣跡斑斑的人卻能一次次回到政府體系中，再次加害於人。」

林正明和吳謙仁都沒有要他拿捏說話的界線，當然就算他們這麼要求，許至清也不會聽。前者似乎不在意，後者則樂見其成。「你就不怕我把你做過的事都說出去？」許至清忍不住挑釁。吳謙仁一點也沒有上鉤的跡象，輕描淡寫地說也許這樣更好，他和媒體的關係已經讓上頭開始有所顧慮，多個汙點不僅能讓政敵放鬆戒心，還能順勢營造身處高位依舊勇於認錯的形象。

某種程度來說吳謙仁其實很好懂，他要的只有不被任何人壓制的權勢，為此可以針對任何一方。許至清不想懂他，寧可相信父親是遭受惡人針對的受害者，而不只是一個人升遷路上的墊腳石。

「有時候我會懷疑自己在做的事情到底有沒有意義，這個社會還有希望嗎？就算能幫到一個人、兩個人、三個人，就算能暫時改變一個家庭、一個學校、一個轄區，回歸『常態』的力量似乎總是比改變的力量要大。」

「砰。」鳴槍示警的聲音。許至清扭頭看一眼，追他的人似乎變少了，是跟不上還是換了策略？他翻過欄杆，跳到下方的陽臺時和屋裡的中年女性對上視線，讓他訝異的是對方沒有退開，反倒拉開落地窗。許至清連忙遮住鏡頭，對她擺擺手之後跳到另一個陽臺上。

「我沒有答案，到現在還是沒有一點頭緒。」許至清撐著牆緣把身體拉到又一個樓頂上，給自己半秒的時間喘口氣，「但是有人曾要我不要停止思考，有人曾說過與其等待能夠助燃的東風，不如成為那道燎原的星火。」前者是鄭楚仁和他說過的話，後者是父親筆下的歌詞，「也有人告訴過我，『打破旁觀者效應只需要一個人的挺身而出』。」

對他說過幾次這句話的是母親。雖然在過世之前，她曾握著許至清的手，意識不清地接著說「可是不一定要是你，不一定要是你們」，但許至清明白她不是真的希望許至清違背本性，成為和他們相反的人，否則也不會把聯繫Caroline的辦法告訴他。

而且母親畢竟了解他，如果沒有Caroline，許至清只會讓自己的人生燒得更熱烈，卻也更加短暫。

「一個人的力量有限，Caroline能做到的也並不算多。但有時候周遭人們的幫助卻有改變一段人生的力量，能夠做到Caroline也做不到的事情。」他想到Phi曾和他說起的迷惘，「能夠在受害者成為悲劇故事之前改寫結局。」

「砰！」這一次的槍響距離更近了，許至清還看見了子彈擊在欄杆上迸出的火光。真沒有耐心，許至清想，慢慢緩下腳步，舉著雙手轉過身。

「你們都有自己的力量，都有自己的聲音，不要相信一個人什麼也做不到這樣的話，就算是對自己說的也一樣。」

五、六、七、八，八個清一色穿著沒有標示單位和編號制服的警察圍了上來，其中有一個人依舊舉著槍。「警官。」許至清笑嘻嘻地說：「我有做什麼值得動槍的事嗎？就算你們有人追著我跑的時候摔斷了腿，那也跟我沒有關係吧？」

回答他的不是文字，而是劈啪的電流聲。在倒地的同時，他動了動不再受控的嘴唇。

「我愛你們。」

他也許有成功說出來，也許沒有。也許鏡頭在電流通過的瞬間就已經失效，也許電擊正是為了有個處理掉鏡頭的藉口。無論怎麼樣都無所謂，他也不是一定要讓他們聽見，或許沒聽到更好，他只是自私地想說出這句話而已。

「我愛你們。」

這次他似乎聽見了自己的聲音，然後被面朝下壓進水泥地，雙手扭到背後。

我愛你們。

鄭楚仁有不好的預感。從陳忠義被一通電話叫出去之後，他已經被獨自晾在這個房間裡將近一整天。發生什麼事了？有什麼事那麼急，能讓陳忠義連他們的談判也推到一邊？不，不會的。鄭楚仁不願多想，但腦中能得出的可能性也沒有幾種。會是誰？陳晏誠？Sandy？Sue？

不會是陳晏誠，他知道他們共享的過往決定了鄭楚仁不可能再接受其他人為他犧牲。也許是

Sandy，但這麼短的時間內Sandy能做出什麼事？她不是那麼躁進的人，很多時候比鄭楚仁都要謹慎。不可能是Sue，對她和鈴鐺的監視還沒解除，就算想做什麼也做不到。

許至清。鄭楚仁其實早就有了猜測，只是刻意逃避著。至清、至清，當然會是他，當然會是那個加入沒多久就能為了拖延時間主動撞車的許至清。足夠聰明，能找到打亂他計畫的辦法，足夠莽撞，能在短時間內下定決心，足夠不愛惜自己，能為了Caroline做出傷害自己的傻事。

喉頭像是被什麼堵住，鄭楚仁掙扎著恢復正常呼吸。不會的，不會是這樣的。他繼續試圖說服自己，不願去想他的隱瞞到底招致了什麼結局。不可以。他握起拳頭，敲了大腿一下、兩下、三下。他寧可在這一刻就被丟進牢房，寧可下半輩子都不見天日，也不希望所愛的人再被剝奪自由、剝奪時間。

可是這個世界從來就不眷顧他，一直以來，他最害怕的事情總會找上門。

「鄭先生。」

到深夜終於有人開了房門，不是陳忠義，而是他的姪女李事務官。鄭楚仁緊閉上眼睛，這麼多年來第一次再度有摀住耳朵的衝動，他不想聽，也許只要不去聽，現實就不會到來。

「看來我們留不住你了。」

那不是勝利，也不是意料之外的奇蹟，而是他最慘痛的敗北。

Film No. UNKNOWN
Title 青山依舊

第 23 章
傷痕

「……所謂情、理、法，雖然許某確實違反了國家制定的法律，但從情感面來看，他的背景是值得同情的，會做出這樣的事情也並非不能理解。現實如何暫且不論，在年紀輕輕就失去父親的他眼中，確實是政府奪走了他的家人，況且他所作所爲都是以幫助他人爲出發點，只是選擇的方式——」

不行，太直接了。

「從情感面來看，他其實就是個失去父母而感到悲痛的孩子，人在強烈的悲痛中總會做出傻事，這也是爲什麼我國法律中『義憤』能作爲減輕刑罰的事由。雖然他的作法有值得檢討的地方，但出發點是好的，只是因爲自身經驗對公部門缺乏信任——」

不能正當化得太明顯。

「但他的出發點是好的，只是在家庭環境的影響之下，從小學習的對象便是義賊或民間正義使者——」

用詞太正面了。

「他從小學習的對象便是體制之外，立意良善不過作法錯誤的罪犯。我國的司法系統雖然不會錯放——」

不會錯放？就算是通篇謊言的社論，有些謊言已經越過了正常人能相信的界線，讀起來更像是反諷。

「洛基，該休息了。」

「再十分鐘。」

「你的十分鐘是幾個小時？你已經兩天沒——」

「別煩我！」

沉默。

「……對不起，我只是、我得把這篇文章寫完，就算最後一點用都沒有，我總不能、我需要做點什麼，那個時候、那個時候我什麼都沒有——」

「洛基。」貼在他脖子上的臉頰是溼的，「最該阻止他的人是我，你不能怪自己。」

陸君寧沒有哭，痠澀的眼睛依舊緊盯著螢幕上的白紙黑字。**「對不起。」**他看到這三個字出現在文件尾端，後知後覺地意識到手指自作主張打出了什麼。**「蝦仔。」**他瞪著閃爍的游標。**「許至清，我討厭你。」**

「我討厭你、我討厭你、我討厭你。」手指停頓下來，突然湧現的心慌讓他立刻把一整排字刪去，取代成——**「我愛你，我們都愛你，你回來好不好？」**

「是不是我們平時表現得不夠在乎他，」他的聲音抖得不像話，「蝦仔才會覺得自己沒有老大重要？是不是我們太把他的照顧當作理所當然了？是不是因為我們沒有和他好好談過他加入時發生的事？沒有告訴他雖然只過了半年，但他已經是我們不可或缺的伙伴？」

Sandy沒有回答，也許她也在想著同樣的問題。陸君寧把鍵盤推到一旁，臉埋進雙手中，指腹壓著眼皮，直到漆黑泛起令人暈眩的漣漪。他明明有預感，但他相信再怎麼樣，蝦仔都不可能在守夜時直接丟下他們消失，事實也確實是如此，只是他沒有想到蝦仔會如此果決，連挽留的機會也不給。

是他不該在Caroline暫時解散之後放著蝦仔一個人，他知道Caroline的大家對蝦仔來說有多重要，明明比誰都要清楚這一點——也許老大也知道，也許他是因此才要求蝦仔看著他們，也許他真正擔心的並不是他們幾個，而是要用他們綁住蝦仔。

「他到底跑到哪裡去了？」陸君寧問：「為什麼連看都沒來看我們一眼？他到底在做什麼？還要我們繼續等嗎？就不能直說我們到底能做什麼嗎？事情都已經這樣了，他還是要跟以前一樣——」

「洛基。」

「我不想埋怨老大，這不是他的錯，我知道他一定比誰都要自責。可是……」他掙扎地穩住呼吸，「這不是他一個人的Caroline，蝦仔不是他一個人的伙伴，這個結果不是他一個人造成的，也不是他一個人該承擔的。」

說到最後他也不知道是在說老大，還是他自己。

他們明明是一個Team，是伙伴，是家人。為什麼非得這樣？為什麼會變成這樣？他想到他們幾個哭成一團時，依舊穩穩支撐著他們的蝦仔和老大，像是要把他們收進羽翼之下保護那樣伸長雙臂環抱著。曾經放不下保護者身分的只有老大一個人，在蝦仔加入之後變成了兩個。若不是蝦仔，他們都不會發現盲目的信任讓老大養成了什麼壞習慣，不會想著要挑戰他，真正質疑他做出的決定。

結果同樣的事卻再度重演，他們沒能阻止蝦仔奮不顧身地撲向火坑。

「如果我們沒辦法帶蝦仔回家怎麼辦？如果老大也不回來了怎麼辦？」

「老鄭會想通的。」Sandy用臉蹭了蹭他的肩膀，「睡一下吧，醒來之後我跟你一起把文章寫完，然後去見蕭記者。」

「要是我醒來的時候妳不在了呢？」

「歡迎你把房間反鎖起來。」

「要是妳撬鎖？」

「我不是Sue。」

「跳窗？」

「從三樓？你也太抬舉我了。」

「如果我這樣抓著妳。」陸君寧圈住Sandy的手腕，「妳掙脫得開嗎？」

Sandy嘆了口氣，拍了下他的手背。陸君寧已經很久沒有想過生理狀態帶來的影響，沒有想過自己的力氣是否比出生之後睪固酮一直正常分泌的生理男性小。以這樣體態的人來說，其實他的力氣算大，能夠輕鬆地扛起攝影機，使用增加了許多重量的穩定器也不算困難。他知道自己的力氣比小小和Sandy都要大，和Sue比也許差一點，不過Sue是Sue，就算是Phi也沒辦法像Sue那樣帶著小霜從八樓跑到一樓。

但蝦仔把他死命收緊的手掰開時，他卻一點反抗的辦法也沒有，如果不是怕傷到他，也許蝦仔連半秒都不會被耽誤。

「洛基，你認識我的這幾年來，有看過我做重訓嗎？」Sandy用沒被抓住的手揪住他的臉頰，「光是跑個跑步機都已經快要超出舒適圈了，要不是老鄭要求，我連踏上去都不願意。」

「嘶——痛痛痛，那妳捏人怎麼就有辦法這麼大力？」

Sandy放手之後拍拍他發燙的臉，「因為打字打多了？來吧，睡覺，不然我就要用檯燈把你打昏了。」

「……能打昏人的力道也能打死人喔。」陸君寧嘀咕著說，任由Sandy把他拉到床邊，掀起棉被把他裹了起來，接著在身邊躺下。

他們和Sue同床共枕的次數多得不可考，有時是C三任意取二，有時是三個人一起。一開始他爬床的對象其實是老大，畢竟是拯救過自己的人，在老大身邊通常都能一夜好眠。不過老大變得愈來愈忙，有時候連續幾天看不見人影，陸君寧就找上了Sue。

當時他的理由很簡單，Sue就是那種看起來能徒手扭斷你脖子，事實上大概也能做到的人。沒有心理上的安全感，他至少還能追求物理上的安全感。

Sue聽他說起這個原因時，惱羞得連續三天不讓他進門——當然她本人不會承認，不過洛基事後得知Sue很想跟他當好朋友，還以為他是也想跟她拉近關係才找她一起過夜的。據說Sue念書時一直很羨慕女孩子之間的友情，陸君寧的生理性別雖然有那麼點複雜，但就角色定位來說當姊妹沒有問題。等他帶著特地排隊去買的檸檬派上門，就發現Sue跑到Sandy那裡過夜了。

在那之後他們就成了三人抱睡小團體，陸君寧沒有抱怨的意思，畢竟Sandy抱起來舒服，不像他都是骨頭，也不像Sue都是肌肉。

「明天我也想繞過去家裡看一下，說不定他們會跟我一樣在陽臺刷牙。」

「或是出來倒垃圾。」

「也對喔，垃圾車晚上六點半到，說不定還可以偷偷混進去說個話。」

「畢竟你跟垃圾最熟了。」

「妳很煩耶。」

沒有他們Sue會不會睡不好？沒有Phi和小小在身邊，鈴鐺過得怎麼樣？老大一個人不知道跑到哪裡，還記得要回家嗎？蝦仔現在是什麼狀況，有沒有被欺負，會不會覺得害怕？

陸君寧很久沒有這麼害怕了，和其他人一起趕到舊城區看著電視轉播時，他感受到了許久沒有感受過的龐大恐懼。過去他的恐懼至少有具體面孔，是陰暗的小巷，是掛著惡意笑容的男男女女，是他大概永遠也忘不掉，被香菸燙在身體最脆弱的部位上的感覺。現在他的恐懼卻沒有固定形狀，不受時間和地點限制，一點一點抽乾血液裡的空氣，從角落開始染黑視線，直到恐慌突如其來地淹沒神智。

當時舊城區每條道路都被封起來，這麼多警車、這麼多警察，只為了捉一個沒做錯過什麼事的平凡人。如果不是Sandy阻止，他也許已經直接不管不顧地試圖衝破封鎖線，激憤中他好像又說了什麼難聽的話，之後得一個個道歉才可以。等他們好不容易找到能溜進去的路，他和小

Phi試圖往蝦仔的方向移動時，已經來不及做什麼。

其實他們動作再快都做不了什麼，蝦仔和警方的追逐雖然讓他聽著覺得度秒如年，實際上卻不過是幾分鐘的事情。陸君寧不知道平時那樣溫柔的蝦仔原來能夠這麼殘酷。他和老大比陸君寧以為的要像多了。

「Sandy。」

「嗯？」

「下次再見到蝦仔，我一定要揍他一拳，你們誰都別想阻止我。」

他的聲音悶在Sandy肩窩裡，Sandy的回答則是吹動了他的髮梢。

「放心，沒有人會阻止你。」她頓了會，「不過可能得阻止一下Sue。」

「也是喔，這麼挺翹的鼻子，被打斷也太可惜了。」

「你的用詞真的很奇怪，洛基。」

真是個笨蛋，他和老大都是。他們怎麼就這麼愛這兩個任意妄為的傢伙，這兩個大笨蛋又為什麼這麼愛他們？陸君寧繼續在腦中書寫未完成的文章，斟酌用詞、衡量界線。就算不大可能直接讓蝦仔被釋放，也要盡自己所能地縮短這個時間。許閔文當初被關了五年，他不能接受讓蝦仔也在那樣的地方待上五年。

不能讓大眾忘記他，因為那是蝦仔的保護傘，不能讓輿論聚焦在Caroline做過的事情，否則他不會被輕易放過。一個失去父母後活在悲痛中的兒子，這是陸君寧和Sandy討論出來的角度，他只希望他們的方向是正確的，如果不正確，也得找到正確的作法。

寫社論，找記者，談完之後去找Sue和鈴鐺。陸君寧閉上眼睛，腦海裡還是蝦仔說出自己真名的聲音，還有他臉上的笑容——比任何時候都要燦爛，沒有一點陰霾，沒有一點後悔。這次陸君寧沒有試圖驅散不願放過自己的記憶，Caroline還在一起時他們沒有留下任何一個人的照片，接下來這段時間會被大肆宣揚的影像不是他們的蝦仔，陸君寧得仰賴記憶中的他，直到再次見面那天。

「不能讓我們家只想著自我犧牲的笨蛋得逞，Sandy。」

溫暖的手拍拍他的背，堅定的語氣彷彿穩步下沉的錨，「嗯，不管是真老大還是假老大都要被我們推翻了。」

如果是他們的被動造成現在的局面，陸君寧不會再停下腳步。

「蘇蘇。」

儘管垃圾車的音樂在不寬的道路之間橫衝直撞著，幾乎淹沒了一切聲響，林舒雅還是能認出洛基的聲音。

什麼奇怪的假髮和打扮啊，一點也不適合他，頭髮蓬得像是躺了一隻貴賓狗，還套著桃紅色的羽絨背心。還有肩上的包包是怎麼回事？剛去黃昏市場買菜回來嗎？這個區域哪裡還有黃昏市場？要變裝也不挑個合理一點的人物設定。好煩，都不想跟他說話了。

不是知道一開口就會情緒失控，不是擔心會引來麻煩。不是因為那個丟下他們的可惡傢伙還沒出現，不是她只要一靜下來，就會聽見蝦仔說「我愛你們」的聲音。不是、不是、不是。

「知道妳沒事就好，鈴鐺呢？沒有跟妳一起出來？」

出來？林舒雅連要怎麼讓鈴鐺走出房門都不確定，更別說是走出公寓，每一天她最多能做的就是確保鈴鐺維持相對正常的作息，確保他不會傷害自己。她心裡已經夠亂了，有時候甚至會興起不管鈴鐺的念頭，下一刻更深更濃重的自我厭惡便會襲來，控訴她怎麼能這樣去想自己的伙伴。

只是她幫不了鈴鐺，鈴鐺需要的是小小和Phi，她幫不了蝦仔，只能看著他在一起跑過幾次的樓頂被看不清面孔的黑衣惡棍追逐。就如同很多年前，她也幫不了自己，如果沒有那個現在不見蹤影的男人，她都不知道是否能平安活到成年。

她恨透了這種無力感。

「Sue？」

她恨透了自己的軟弱，親眼目睹蝦仔跳入火坑時，她有一瞬間想過，這樣鄭哥就沒事了嗎？

「Sue！呼吸，跟著我一起呼吸。」

看，即便是在這種時候，她還是在為在乎的人添麻煩。視線中本就昏暗的街道被染得更黑，不多的色彩變得更加黯淡，幾乎成了低明度的灰階。她閉上眼睛再睜開，周遭從街道變成了巷弄，閉眼、睜眼，熟悉的深色鬈髮湧入眼簾，她被兩雙手半拖半扛地往車上帶。

她緊縮的喉頭終於擠出聲音，「放開。」

洛基和Sandy都沒有放開，她抓著他們衣服下襬的手也是，反倒收得更緊。

時間的流逝隨著知覺一起變得模糊，感官和大腦之間的延遲像是出問題的網路連線。她曾經是在這種狀態下將自己拼湊回去的專家，只需要一點時間和空間，她可以一個人恢復過來，但這些年包圍在身邊的善意和關心弄鈍了曾經磨礪到專精的技能，就連要圈住意識的碎片都顯得困難無比。

「很累吧，辛苦妳了。」

「我們在呢，親愛的，我們還在。」

縮緊的拳頭放不開，把桃紅色羽絨背心和深紅色上衣揉出放射狀的皺褶。不能這樣，她得鬆手，得回去看著鈴鐺，不能再把更多人牽扯進來。好不容易鬆開的手一往門把伸，就被用力攫住，林舒雅瞪大了眼睛，對上洛基驚慌的臉，抓著手腕的力道大得令她詫異。

「蝦仔就是這樣從我面前跑掉的。」洛基的嘴唇扭出苦澀的弧度，「Sue，我們都不要再為了對方好勉強自己了，可以嗎？」

林舒雅不喜歡他這樣的表情，在他們之中，自厭應當是只出現在她身上的情緒。

「可以嗎？」

她輕輕點頭。洛基慢慢鬆開手，像是在道歉一樣親了下林舒雅被捏紅的手腕。林舒雅深吸口氣，收拾好情緒，拍拍Sandy不知道什麼時候壓在她膝蓋上的手，接著對洛基撇撇嘴，「……你今天這樣好難看。」

洛基抬起下巴哼了聲，「我這叫敬業好嗎？」

「咳，我們一時之間弄不出更適合的裝扮。」Sandy說：「妳和鈴鐺現在是什麼狀況？我們下午打聽了一下，你們好像不在名單上了。」

「我也不確定，那天……」她吞下喉頭彷彿要結塊的罪惡感，「突然有人上門把監視器拆了，要我和鈴鐺這段時間安分點，不要惹事生非，之後就沒有人再來過公寓。我幾次出門都沒有看到原本監視的人，不過也許只是沒注意到。」

「之前他們都是怎麼跟監的？」Sandy問。

「對面三樓的陽臺通常會有人看著，沒有躲起來的意思。偶爾會有車停在路邊，車會換，不過也只有三臺在輪。我們不能出門，公寓一樓有人看守，不過他們大概是不想管我們三餐，允許我們叫外賣，只是外賣得先接受檢查。」

Sandy點點頭，「現在看守跟監視的人都不在了？」

「對，我試著去過遠一點的地方，沒有被阻止或是警告。」

「公寓裡全部的監視設備都被拆了嗎？」

「起碼我沒有注意到，不過沒有偵測器，也不確定是不是拆乾淨了。」

洛基從旁邊遞來他們都用過許多次的偵測裝置，沒有交到林舒雅手上，而是直接從她衣服下襬塞進去。林舒雅瞪了他一眼，但她知道洛基是故意想舒緩她的心情，Sandy其實也一樣，在回答問題的過程中，林舒雅原本依舊不大穩定的呼吸和心跳都恢復了過來。他們都太過了解她。

「要是這條線真的被放掉了，至少我們幾個能夠好好討論接下來該做什麼。」Sandy的眉宇多了分憂心，「明天差不多的時間我們會再過來，要是妳判斷公寓這裡已經沒有人監視，就把一樓的燈打開，我們會到之前小霜住過的套房等你們。」

「好。」林舒雅頓了會，「小小和Phi也一起來嗎？」

她不需要多說什麼，Sandy和洛基便交換一個會意的眼神，同時對她點點頭。

「你們有沒有什麼需要的東西？吃的？藥？衣服？」

「檸檬塔。」洛基插嘴道：「我的原味睡衣。」

林舒雅用手肘拐了他一記，搖搖頭說：「人到最重要，沒什麼可以取代你們。」

「噢，Sue，妳想害我哭出來嗎？」洛基又抱上來，「愛妳喔，睡覺的時候記得想我們。」

「別太逞強，很快就會再見面了。」Sandy捏捏她的手，「替我們跟鈴鐺打招呼。」

林舒雅不想離開他們，但還是按著藏在衣服下的偵測器，在洛基和Sandy眼睛眨也不眨的注視中下了車。

最開始的幾步路踏得艱難，腳掌在地面拖動著，自私的不情願和理智在作對。不過一走進公寓，她的腳步便快了起來，並非沒了憂慮的輕盈，但猶豫和遲疑被決心取而代之。至少現在她知道能做什麼，至少看似無盡的等待終於有了期限。

出電梯之後她沒幾步便到鈴鐺的房門前，直接開鎖進去。鈴鐺坐在沙發上，盯著外頭一動也不動，手裡拎著一個深綠色的玻璃瓶。

林舒雅心臟差點停跳，衝上前就要搶下酒瓶，但鈴鐺揮開了她的手，表現得像是孩子被搶走的野獸，表情中的憤怒和恐懼燒燙她的眼眶。「別管我。」他粗聲說：「妳不用管我了。」像是看透了一切，像是注意到她曾經有過拋下他的衝動。

「周——鈴鐺。」林舒雅不知道該如何為尚未化為行動的想法道歉，只能拿出藏在衣服裡的偵測器，在鈴鐺面前打開。「我見到他們了。」她輕聲說：「如果我們確定沒有人在監視，明天就能見面，你不想他們嗎？」

鈴鐺看上去更生氣了，同時卻小心翼翼地把酒瓶放在茶几上，質問道：「妳怎麼能讓他們冒這個險？」

「你不想他們嗎？」即便視線變得模糊，她還是堅持睜大著眼睛，「你覺得一輩子待在這個房間，他們就不會來找你嗎？跟我一起確認吧，鈴鐺，如果還有人看著，就去找可以和他們在一起的辦法。」

鈴鐺沒有說話，呆愣地盯著茶几上的酒瓶看。

「我們需要他們。」林舒雅接著說，想到洛基慌亂的模樣，想到那句「蝦仔就是這樣從我面前跑掉的」。洛基也許是他們之中除了鄭哥之外和蝦仔關係最親近的人，但她了解他們，發生這樣的事情沒有人會好受。「他們也需要我們。」

鈴鐺抿起唇，拿起酒瓶湊到嘴邊，在Sue下意識伸出手時說：「裡面是水。」

林舒雅愣愣地「喔」了聲，看著鈴鐺以灌酒的氣勢把瓶子裡的水飲盡，在他放下之後還是不放心地拿起來檢查，才發現瓶身上原本以為是圖騰的花樣其實是手刻的文字，從左到右刻了一整圈。

「不准喝酒……」

「不然就哭給你看。」鈴鐺輕輕哼了聲，掌心壓在眼睛上揉了揉，「他們要我如果真的忍不住了，就用這個瓶子裝水喝。」

林舒雅把玻璃瓶放回桌上，坐到鈴鐺旁邊，「小Phi字也刻得太好看了。」

「妳也知道他，不管做什麼都得好看才可以。」鈴鐺吐了口氣，看過來時表情緩和許多，「妳之前說監視的人都不見……是真的撤走了？」

「至少目前看起來是這樣，Sandy也說我們好像不在特別監控名單上了。」

鈴鐺沉默好一會，「蝦仔。」

林舒雅咬著唇，雙手在腿上握成拳頭。鄭哥為了保護他們做了認為正確的事情，那蝦仔呢？他是不希望鄭哥受苦，還是覺得用自己去換人是划算的，或者兩者皆有？當初她就該拚了命把鄭哥送走，就算得扛著他逃也在所不惜，但她卻選擇接受自己的無力，不管心裡有多痛苦，還是接受了。因為一直以來只要鄭哥做了決定，就沒有什麼能夠改變他的想法，如同蝦仔加入時，鄭哥為了他們的安全一票否決他們的反對，這次他也先斬後奏地把自己放在標靶下，不接受任何阻撓。

看，踢到鐵板了吧？林舒雅扯扯嘴角，仰著頭避免蓄積在眼眶裡的淚水掉落，她沒有資格在這種時候哭。是她太過理所當然地把思考的責任留給了鄭哥，被逮捕時也想著只要撐下去，只要繼續保持緘默，同時藏好被迫重溫的惡夢，時間久了這件事情自然就會解決，一切都會回歸正常。

但如果真有那麼容易，鄭哥就會如同往常一樣，告訴他們每個人該做什麼來一起度過這次難關。她早已不是那個無法決定自己命運的孩子，卻經常忘記有做出不同選擇的可能性。「鈴鐺，你覺得鄭哥現在還好嗎？」

鈴鐺搖搖頭，寬大厚實的手上都是指甲抓出來的痕跡，要是小Phi看到又要念他了，小小大概會弄個貓抓板出來，要鈴鐺想抓東西就抓貓抓板，別弄傷自己。

「我們得先確定自己的情況，情況允許就和其他人會合，想辦法幫蝦仔。」

鈴鐺張了張嘴，最後什麼話也沒說出口。

「鄭哥現在也一定在拚命找辦法，如果我們能做到點什麼，他就不會把這件事情當成自己一個人的責任了吧？」

「……嗯。」

鈴鐺又開始用指甲刮手背了，林舒雅把自己的手擠進去，扣住他僵住的手指，在鈴鐺沒被抓住的手下意識改為抓大腿時，乾脆和他十指扣著十指。「哇。」她故意用朗讀的語氣說：「是不是都要愛上我了？」

鈴鐺終於露出這段時間第一個笑容，「妳什麼時候開始喊『鄭哥』而不是『老大』的？還是一直以來都在心裡偷偷這樣叫他？」

「這種時候你應該假裝沒聽見。」

「妳臉紅了。」

「等見到面我要跟小小說你欺負我。」

「我？欺負妳？」

「大概跟火星大衝和日全蝕同時發生一樣少見。」

「那是多少見？」

「不知道，這個得問小Phi。」

「他大概可以解釋個半小時。」

這也是這段時間他們最正常的一次對話，一點希望能帶來的效果是如此顯著。林舒雅將填滿腦袋的質疑和罪惡感收拾好，留給未來的自己去面對，此時此刻，她至少還有能力所及的責任。「跟我一起上樓開始檢查？如果確定沒問題，我再去確認對面的公寓，還有附近可能作為監視點的地方。」

鈴鐺沒有立刻回答，望向房門的眼神依舊帶著恐懼，彷彿自己是瘟疫的源頭，只有關在門

裡才能避免傳染給其他人。但最後他還是用自己的雙腿站起身，連帶著把林舒雅也拉了起來，

「走吧。」

如果蝦仔將得來不易的自由還給了他們，他們得好好把握才行。

Film No. UNKNOWN
Title 青山依舊

第 24 章

眾

約定時間到了，Sue已經把一樓的燈打開，拐著彎走到幾條街外的公寓。周文哲原先也和她同路，卻在最後關頭用忘了東西這個蹩腳的藉口回到自己的套房。

用近鄉情怯來形容並不準確，占據胸口的不是緊張，而是恐懼。他們已經檢查過公寓每個角落，還有周遭的街道，不僅用偵測器確定沒有信號發出，也靠著眼睛和雙手排除了可能藏著監視設備的地方。過去Caroline在行動時的標準流程也是一樣的，條件允許的時候兩個人一組，輪流負責用偵測器和人眼搜索，可是當時足夠讓人安下心的作法現在卻無法完全驅散恐慌。

「你不想他們嗎？」腦中Sue的聲音再次問他。他當然想，不只是很早之前就被他視為家人的筱鬱和璽琛，他也想念總是會在最需要笑聲的時候逗樂大家的洛基，還有工作狂到令人時時操心的Sandy，而對鄭哥的需要已經超出想念的範疇，沒有他在連走起路來都覺得腳下不是地面，是隨時可能破裂的冰。可是他能為他們做什麼呢？除了麻煩之外，他為Caroline的大家帶來過什麼呢？

他知道自己不聰明，卻沒有笨到不會意識到自己的狀況對鄭哥的選擇有多大影響，如果他更堅強一點，如果能讓鄭哥相信自己不會因為一點折磨崩潰，如果他未曾弄壞過健康……

也許鄭哥依舊會做出同樣的選擇，蝦仔依舊會做出同樣的反應，但他無法不去怪罪自己。回過神時指甲再度在手背上留下新的痕跡，他愣愣地看了好一會，接著突然心慌地跑到浴室，從鏡子後翻出OK蹦，蓋住抓出的血痕。

眉頭緊緊皺起，手上其他結痂的傷口該怎麼辦？用繃帶整個纏住肯定還是會被發現，原本齊備的化妝用品都在警方搜查時被帶走了，說是做菜不小心切到肯定沒有人會相信。他抓哪裡都好，怎麼就抓在這麼顯眼的地方？

他幾乎可以想像璽琛心碎的表情，還有筱鬱不知道該生氣還是難過的樣子。直到現在他依舊會懷疑自己何德何能受到這樣的重視，但事實就是如此，他對自己施加的傷害都會放大好幾倍讓他們感到難受。

額頭貼上冰涼的鏡面，周文哲閉上眼睛，將肺部的空氣全部吐出，接著在吸氣的同時數到四，屏著呼吸數到十，最後緩緩吐氣，從十倒數到一。這是他在戒菸戒酒那段時間養成的習慣，雖然不清楚是不是真的有效，但也許習慣本身就有舒緩情緒的力量，一直到呼吸心跳都恢復正常，他才睜開眼睛，對著鏡子裡的倒影嘆了口氣。

真像是個糟老頭，頭髮亂七八糟，鬍子長得都鬈了起來。他快速地洗過臉，這幾個星期以來第一次刮了鬍子，然後對著鏡子開始修剪頭髮。哈哈，真是有點好笑，像是相親之前才急著打理的單身漢，不知道已經放任自己往野人的方向發展多久。

「嘎——」門被打開的聲音。他整個人顫抖了下，剪刀差點在額頭上劃出又一道血痕，僵硬地屏息等待著，直到璽琛的聲音傳來，顫抖著喊：「鈴鐺？你在房間嗎？」

「鈴鐺？」這回是筱鬱在喊他，微弱得像是一吹就會散掉。

周文哲立刻丟下剪刀大步走出浴室，和正要往臥室走的璽琛和筱鬱對上眼，「你們怎麼——」

兩人同時撲上前抱住他，璽琛原本就偏大的眼睛瞪得更大，筱鬱則是立刻就哭了出來。兩雙手像是怕他會消失不見一樣緊箍著不放，淚水沾溼他一邊的肩膀，接著是另一邊。這對姊弟的個性有很多不一樣的地方，哭起來的樣子卻幾乎一模一樣，整個上半身都隨著抽咽顫抖，同樣輕顫著的唇往兩邊下壓，眉頭擠在一起。

不知不覺中璽琛已經長得比他高了，肩膀也是成年男人的寬度，周文哲第一次見到他們的時候，國三的璽琛身形更像是小學高年級的孩子，已經成年的筱鬱則像是未成年人，讓當時連自己都照顧不好的他也在一瞬間興起照顧他們的念頭。

「是不是瘦了？」周文哲輕聲問。

璽琛哭得更慘了，上次看到這副模樣還是他被送到醫院那次。「蝦仔……」璽琛一邊抽泣一邊斷斷續續地說：「蝦仔也是這樣說的。」

周文哲不自覺閉上眼，罪惡感再次沉甸甸地壓在胸口上。「抱歉。」他說，抱著姊弟倆的手握成拳頭，「都是因為顧慮到我……嘶——」

看似纖細的手指捏住他的腰用力一擰，這些年筱鬱的力氣真是愈來愈大了。「你什麼意思？」即便同時在哭，她的聲音還是中氣十足，「你們一個個都把每件事情當成自己的責任是什麼意思？當罪人很好玩嗎？真正該負責的人還在吃香喝辣，你們為什麼都要把整件事情當作自己的錯？你不氣出賣你們的老伙伴，不氣硬是要找你們開刀的檢方，反而氣自己幹嘛？」

「這、這對你們來說……」璽琛說：「是不可抗力。」

筱鬱用頭撞了下他的肩膀，「聽到沒？好好聽我們家小天才的話，不要胡思亂想。」

「可是——」

「沒有可是！不准道歉！」她怒瞪著他，眼睛整個紅了，「我們也許有做得不夠好的地方，但也不該被責怪，你難道會因為我們沒能阻止蝦仔生氣嗎？會因為我們沒有在老大犯蠢之前找到解決辦法生氣嗎？」

「當然不會——」

「對！你不會！這是不可抗力！是地震，是海嘯！你們真的很煩，為什麼這種時候還要讓我心疼？我心已經夠疼了，不用你們補刀！」

她抹去眼淚的動作太粗暴，眼角的皮膚都被揉紅了，周文哲連忙抽幾張面紙替他們擦臉，把差點又脫口而出的道歉吞回去。等璽琛的視線開始追著他的手跑，他才想起自己忘記了什麼。

「鈴鐺，你的手。」

「什麼？」筱鬱立刻抓住他的手腕，「你……」

他頓了頓，最後還是沒有選擇說謊。「我，」他也想做出保證，但一直都知道自己是用膠水粗糙黏起來的碎片，永遠也不會有完全癒合的一天，「之後盡量注意。」

筱鬱不滿地吼出聲：「想抓東西為什麼不抓沙發？需要我送你貓抓板嗎？」

璽琛則是露出和想像中相同的心碎表情，悶悶地「喔」了聲，用修長而寬大的手蓋住幾道抓痕，「你……剪頭髮剪到一半？」

「不用貓抓板，我會盡量注意，真的。」周文哲接著尷尬地對璽琛點點頭，「剛剛發現有點亂，就想說來整理一下。其他人已經到了？你們怎麼在這裡？」

「我們在車子擋住的時候進門的，他們應該已經在另外一邊討論要怎麼幫蝦仔了……如果你真的還是很難受，我在這裡陪你吧？」

「沒關係。」周文哲意識到時嘴角已經拉起些許弧度，「我跟你們走，不過先給我幾分鐘把頭髮剪完，不然洛基又不知道要說什麼了。」

「他？」筱鬱撇撇嘴，「你信不信他說的第一句話一定是『叮叮噹，我好想你！』」

周文哲嘆口氣，彷彿已經能夠聽到洛基的聲音。拿起剪刀，他繼續把修到一半的頭髮打理完。筱鬱從頭到尾都站在門口盯著他看，璽琛則是到廚房拿了兩瓶冰水來敷眼睛，之後小聲地問：「晚一點也幫我剪好不好？有點長了。」

就算是能力之外的事情他也會拚了命去做，更別說是這樣簡單的要求。

打理好自己，周文哲在筱鬱和璽琛的護送下跟其他人會合，大概是能夠感受到他一踏出家門就無法控制的緊繃，姊弟兩人都緊緊抱著他的手臂，直到要進門前才為了騰出手而放開。門一關，洛基就跳到他身上，如筱鬱猜的那樣喊：「叮叮噹，我好想你！」

有時候他懷疑洛基似乎把自己當成可以被一手抱起的小孩子，就算是國中時的璽琛，如果這樣跳到身上他也會覺得吃力，這段時間缺乏運動的腰背發出哀鳴，但周文哲還是努力穩住身子，拍了拍他的背。

大概是他一瞬間猙獰的表情太明顯，Sue上前把洛基剝了下來，一邊拍他的頭一邊罵：「鈴鐺都要奔五了，你不怕弄斷他的腰啊？」

「哎呀，他胸肌這麼大沒問題啦。」洛基歪著頭看過來，「沒問題吧？你這麼老當益壯，應該雄風不減吧。」

Sandy扶著額頭說：「你去年生日我就該買中文辭典當禮物……啊。」

今天是幾號了？周文哲連今天是星期幾都不確定，不過Sandy的腦袋顯然比他要清楚地多，只是這幾天過多的衝擊讓她現在才想起這件事。「生日快樂，洛基。」Sandy說：「抱歉啊，現在才想起來。」

「嗯？今天十四號了嗎？」洛基眨眨眼，「大家情人節快樂，雖然在場所有人好像都單身，不過沒關係，我可以當大家一天的共用情人……哇，你們同時翻了一模一樣的白眼欸，就差老大一個了，我相信蝦仔要是在這裡一定不會翻我白眼的。」

在眾人的沉默中他繼續說：「我會一直提到蝦仔喔，現在『許至清』跟各種縮寫變體都成為禁語了，我不希望真正了解他的我們也不去談他。而且他是我們現在努力的目標嘛，因為難受不去想他不是很奇怪嗎？再加上我累積了好──多對他的怨言，如果不說出來我怕會爆炸。」

雖然洛基臉上掛著和平時差不多的笑容，但看起來很難過，周文哲下意識伸手捏了下他的肩膀。洛基咧開嘴，對他拋了個媚眼，拍了下手之後說：「好啦，我好像從來沒有說過這句話，不過大家先說正事吧，晚上一起陪我這個壽星睡覺就好，我很好滿足的。就在這裡打地鋪，特別允許袂叮噹跟他的兩個小朋友睡床。」

筱鬱輕輕踢了下他的小腿，「你們又去見了那個記者？」

Sandy點點頭，「他們報社會盡量刊登一些對蝦仔有利的評論，至於老鄭會找的協力者，他也不是很清楚有誰，不過他說如果我們需要警方的消息，他認識一個可信的內部人士。」

「我跟小Phi彙整了一下目前的輿論。」小小說：「報紙跟新聞臺不用說，幾乎都是用中央提供的新聞稿去改寫，內容很中規中矩，除了譴責Caroline的行動之外暫時沒有特別抹黑蝦仔的言論，也沒有特別提他的父母，可能是擔心造成反效果。」

「網路媒體罵得特別難聽的就熟面孔了，其他大多還在觀望，目前只是客觀轉述事情經過，大概是想等上頭的立場更清楚一點再深入報導。幫他講話的一般網友倒是意外地不少，說真的……大概得感謝蝦仔長得好看，還一邊跑酷一邊躲警察，會覺得他帥很正常，當然還有一些好像和他父母有淵源的人，不過也就是說『不是十惡不赦』還有『可以斟酌量刑』這種程度。」

「我也有看到以前拍攝或訪談過的人。」Phi補充，「不過……我不確定應該要請他們幫忙，還是提醒他們暫時低調比較好。」

Sandy吐了口氣，「也是呢，真要查起來有暴露的危險，要是為了他讓其他人被盯上，蝦仔也不會開心吧。」

洛基撇撇嘴，「畢竟他只會把自己拖下水。」

「老大也一樣。」小小說。

「看吧，我之前就說他們是一樣黑的烏鴉。」洛基輕哼，「其他有話語權的人要去接觸看看嗎？」

「我們先和警方內部的人確認名單？」Sandy說：「有在監控名單上的就先不要碰，藝文界的人身分也比較敏感。」

「蝦仔母親那邊的關係呢？」小小提議，「當老師的對晚輩多一點同情很正常吧？」

「教育取代懲罰？」Phi抓抓頭，「之前是不是有哪個部長喊過類似的口號？」

「……是矯正取代懲罰。」周文哲在他們開始討論之後第一次開口：「鄭哥說對方是想擴展矯正中心的生意，開始收一些出社會不久的年輕人。」

Sandy皺著眉頭摩挲下巴，「如果是矯正體系……老鄭也許能做點什麼。」

「這樣真的有比監獄好到哪去嗎？」Sue問，雙手擰在一起，「就算能破例用矯正取代服刑……」

「至少操作空間比較大。」Sandy說：「不過現在這也還只是一個遙遠的可能性，等我們知道更多，再決定接下來該怎麼走吧。小Phi，你繼續關注輿論的發展，明天我跟蕭記者去見他認識的警察，Sue來當後援。洛基，你要去咖啡廳？」

洛基點點頭，從口袋裡抽出兩張禮物卡，「蝦仔留下來的，他之前是用這個跟老大聯絡吧？我今天早上買了咖啡，就看看明早會不會有人出現。」

Sandy看向周文哲，「鈴鐺，你和小小其中一個人跟洛基一起出去，另一個陪著小Phi，你們想怎麼安排？」

吞下在喉頭凝結成塊的情緒，周文哲和筱鬱對上視線，她一手抱著弟弟，一手抓著他的衣角，看起來像是無論他怎麼選都沒關係，她都會做好自己該做的事情。周文哲想起她在真正學會開車上路之後，第一次載著他和璽琛一起去大賣場那天。「以後你不用一直當司機了。」她說，語氣帶著得意，「要去哪我都可以載你們，開長途也可以跟你換手，是不是很棒？」

她一直都很棒，他們都是很好的孩子，明明還是應該倚賴他人的年紀，卻只想著該怎麼分擔他無力的肩能夠扛起的那一點重量。

「我去當洛基的司機吧。」周文哲說：「我很習慣在車上等人了，回來順便幫你們帶蛋糕。」

洛基湊了過來，「大叮噹你要請客嗎！」

周文哲輕哼，「我們的錢不都是鄭哥給的嗎？」

「也是啦，我們就是一群啃老族。叮叮噹你算是……養兒防老一族？」

這種無奈又好笑又感動的感覺真是久違了，周文哲伸手把洛基的頭夾在腋下，拳頭抵著他的頭頂轉動。洛基一邊哀號一邊笑，笑聲如同過往那樣在房裡迴盪著。

「生日快樂，洛基。」

如果能找回走丟的兩個伙伴當作遲來的禮物，那就太好了。

沙發床睡三個人還是有點勉強，尤其鈴鐺體型壯實，陳璽琛和自家大姊的身高又都算高，不再像是營養跟不上時那樣，能夠輕易塞進鈴鐺懷裡。筱鬱乾脆半個人躺在鈴鐺腿上，一截小腿落在下面地鋪，懸在洛基的腳底邊。陳璽琛動作輕柔地坐了起來，手指伸到鈴鐺面前。

其實就算是酒精中毒那次，鈴鐺被發現的時候也並未停止呼吸，但陳璽琛還是不知不覺中養成了這個習慣。

陰影有點深的眼睛睜開，對上他的視線。陳璽琛不好意思地把手收回去，揮了揮手，示意鈴鐺回頭繼續睡，即便鈴鐺也許根本沒怎麼睡著。鈴鐺失眠的毛病已經很久了，儘管有大家的陪伴也不代表這個問題會不藥而癒，更別說老大和蝦仔的事情還壓在身上。

「睡不著了？」鈴鐺用口型問：「還很早。」

陳璽琛抓抓頭，「就醒了。」

他的睡眠品質不算太差，但一旦醒了就很難睡著，想到當時跑到樓頂被蝦仔發現的那晚，陳璽琛輕輕吐了口氣，看向地鋪上把Sue和Sandy一起捲進棉被抱著的洛基。雖然白天和筱鬱一起勸過鈴鐺，但他其實也很懊惱，從認識蝦仔以來，他似乎一直都是傾訴煩憂的那方，不知不覺間就把蝦仔放到和老大類似的位置。

明明蝦仔剛加入時他還說過自己是前輩，是他不夠成熟，沒有做到前輩應該做的事情。鈴鐺拍了拍他的頭，剛修短的頭髮發出細碎的沙沙聲。陳璽琛湊到鈴鐺旁邊，不好意思再貼上去，壓低聲音說：「你什麼事都可以告訴我喔，鈴鐺。」

「我知道。」

「我現在是大人了。」

「從小琛變成琛哥了。」

「如果是你這樣叫我，我不就和老大同一輩了，我承擔不了啦。」

「這個哥是敬稱。」

「啊，洛基是不是也醒了？」

明亮的眼睛睜開來，拋來責怪的眼神，像是在說「你別拆穿我」。不過洛基裝睡起來真的是破綻百出，光是眼睛緊閉的程度就足以露餡，哪有人睡著還會把眼角擠出皺褶的。

「你也……？」陳璽琛伸出一隻手指在他們之間比劃，「好難得。」

平時只要不是在外面就睡得最死的人竟然醒了，訝異過後他不禁感到擔憂。那天晚上是洛基最不像洛基的一次，或者應該說是陳璽琛第一次清楚見識到洛基的「壞日子」。

和其他人一起被說是「老大的跟班」，說「沒了老大就一點用也沒有」時，陳璽琛有點受傷，尤其是在自己也多少這麼懷疑的時候，但現在回想起來，他更忘不掉的是洛基面無表情的臉——看不出生氣，看不出悲傷，看不出激動，比大哭要更讓陳璽琛難過。

今天再見時洛基狀態好了很多，見面時也立刻和他跟筱鬱道了歉，不過他還是會擔心，他沒辦法不去擔心身邊每一個人，害怕如果遺漏了什麼，也許又會再失去誰。

「只是腦子有點忙。」洛基低聲說，輕輕拍了拍咕噥出聲的Sue，「一直在想還能做什麼，有沒有漏掉什麼。」

「嗯。」回答他的是窩在洛基身旁的Sandy，「同上。」

「妳也在裝睡？」

「噓，我這叫閉目養神。」

「你們都沒睡好嗎？」陳璽琛擔憂地問：「再睡一下吧。」

「再兩小時就天亮了，睡四小時對我來說算滿多的。」

洛基裝模作樣地往Sandy嘴裡看，「妳真的不是機器人嗎？」

「洛基。」結果連筱鬱也醒了，一邊抓頭一邊坐起身，「你的氣音真的很大聲。」

「妳睡在鈴鐺腿上，但是是被我吵醒的？」

「怎樣，鈴鐺又不會抖腳。」

「妳肯定是因為他股動脈太吵醒的，妳看Sue還睡得這麼好。」

「她只是太累。」

陳璽琛壓下已經在嘴裡的笑聲，他熟悉的伙伴又回來了，只是少了兩個重要的成員。

最後洛基留下來繼續當Sue的抱枕，鈴鐺則是隨便準備了些吃的——不知道該說是很晚的消夜，還是很早的早餐。最後他們一人拿著一個優格杯，坐在餐桌邊一邊吃一邊小聲談心，陳璽琛則是用之前另外買的，掛在別人名下的手機查起網路上的討論。

這幾天他一有時間就會做這件事，原本筱鬱也一樣，不過她看到說蝦仔壞話的人就想和對方吵架，以他們的現狀來說實在不大適合，所以就把手機也交給陳璽琛了。

說蝦仔自作自受的，說他不懂記取教訓的，說當初就應該讓他接受矯正到好的，陳璽琛其實也很想反駁這些人，問他們有多少人願意為了正確的事情冒險，問他們有多少人曾經看著周遭的人受傷害，卻連扶對方站起來也不敢。

陳璽琛袖手旁觀過，也在看不下去之後插手過，因此被捲進草率的惡意之中，但他知道這樣的對話沒有什麼意義，這些說著風涼話的人並不一定真的相信自己的發言，至於真的這麼想的人，在他們自己或親友成為受害者之前，也不會因為陌生人的幾句話幡然悔悟。

陳璽琛不是看見半滿水杯的人，只是知道在威權的荒漠中善意有多珍貴，才更在乎那些替蝦仔說好話的人。像是……

「啊！」

「嚇，小Phi你叫什麼？嚇死我——噫！痛痛痛，蘇蘇，是我，要是把我的手折斷，之後妳就要幫我洗澡了。」

「小Phi怎麼了?!」

這下整間屋子裡的人都醒了，陳璽琛摀住嘴，對著手機瞪大眼睛，從一支影片連到下一支，等回過神的時候，其他人已經圍到他身邊，一起看著螢幕。

「我妹妹有智力障礙，一開始是在一般國小念書，我媽媽有時間就會帶著水果或小餅乾到學校，希望同學能夠多體諒她一點。可是她在入學一個月內，先是被騙著喝下洗過水彩的水吐了整桌子，之後又在生物課被騙著用尺殺死了幾隻蠶寶寶，結果反而被懲罰。我們想在同縣市找適合的特教學校，可是唯一一間學校因為資源不足的關係，環境並不好，最後妹妹就被留在家裡，我媽媽自己教她。」

一支支變聲處理過的影片。

「我有一個朋友……這樣大家是不是都會說我無中生『友』啊？不過這真的是發生在我朋友身上的事。總之……他研究所的時候和指導教授起了一點衝突，論文就一直被卡著，怎麼樣都畢不了業。後來他父母到學校幫他向教授求情，送了一瓶還滿名貴的酒，結果被拿來當作試圖買通指導教授的證據，就這樣被退學了。唉，這件事我們都拿來當鬼故事說給學弟妹聽，可是也沒有人能做什麼。」

畫面只有靜物的照片，但那並不妨礙說話者想要表達的內容。

「小時候我一直不能理解爸爸為什麼討厭我，他其實也沒有虐待我，讓我吃好睡好，需要什麼都會買給我，可是還是有種寄人籬下的感覺。後來才知道他和我生母發生關係其實是被強迫的，會把我接走也只是因為生母沒有照顧孩子的能力。不過如果連他父母都不相信他的話，還有誰會相信呢？嗯……其實我也不知道說這個能改變什麼，也許只是希望更多人認知到這種事情有可能發生吧。」

最後結尾都是黑底白字的字卡。

「我朋友是醫學院的學生，大體解剖課的時候……他突然發現其他組別的大體老師是認識的人，和他們家當鄰居已經有好幾年了。他還記得那段時間那個鄰居的哥哥明明還在到處張貼尋人啟事，也來詢問過有沒有看到人，為什麼會就這樣出現在他們的解剖課，送大體老師來的『家屬』還是完全沒看過的生面孔？他告訴自己只是想多了，或者單純認錯了人，可是過一段時間鄰居的哥哥就被以殺人未遂逮捕，那個大體老師也從課堂上消失了……我們其實都不清楚到底發生了什麼事，但愈是查不清真相就愈覺得可怕。」

寫著「Caroline 製作」。

「我前女友……嗯，是前女友沒錯，我們在一起幾年後被我父母發現，結果最後她被強制就醫，說有嚴重的妄想症，還長期騷擾我，有傷害到我的危險。不過要說狠心還是我最狠心，從頭到尾都沒有替她說過一句話，而是不斷否定我們曾經有過任何關係，還要自我催眠，告訴自己她不會有什麼事，沒多久就會出院了。哈哈，遇見我真是她最糟糕的霉運，就連現在我也只敢這樣匿名說話。」

陳璽琛愣愣地盯著發布影片的貼文，tag 是「真心話大挑戰」，現在已經累積了近千則。

「那傢伙——不是，這大叔是哪位，跟沒擔當的市長千金是什麼關係？」

「每支影片都不是帳號所有人發的。」雖然還沒完全反應過來，但陳璽琛已經發現了這奇怪的現象，「性別、年齡、背景都對不上，這是……有人組織的？」

「……小霜？」Sue和洛基同時猜測，接著Sue若有所思地皺著眉，沒有繼續說話，洛基則是胡亂地抓抓頭，「不管怎麼樣不是和她就是和她前女友有關係，明天——不對，今天去找她？」

「如果可以你應該想親自和她聊吧？」Sandy說：「讓小小和小Phi代替你去咖啡廳？」

洛基搖搖頭，「沒關係，每件事情都很重要，小Phi跟這些網路的東西比較熟，讓他和小小去找小霜……」他頓了頓，「好多小啊，小三人組……三小人組？噢——」

Sue代表大家巴了下洛基的後腦，洛基一邊碎碎念「蝦仔就很捧我場」，一邊把手放在陳璽琛肩上捏了下。

蝦仔，陳璽琛一邊吸鼻子一邊在心裡說，你看，支持我們的人真的愈來愈多了。

他不知道這波仍在延燒的野火會造成什麼結果，但至少、至少他們不是孤單的。他一直都知道，從以前到現在受過數不清的人幫助，那些老大從來不讓他們知道是誰的協力者，那些悲劇發生後提供線索和資訊的人，甚至是那些看見播出時不去檢舉的觀眾。只是有時候龐大的壓力會讓他忘記這一點，以為和伙伴在單打獨鬥，在對抗全世界。

可是他們對抗的從來就不是世界，而是把持著這個社會的既得利益者。

「希望他們也有看到，希望某個大笨蛋看到之後會想起來要回家。」Sandy嘆口氣，「不過既然他不在這裡，我就替他說這句話了。接下來萬事小心，以自己和伙伴的安全為優先，天雖然已經塌了，但我們可以一起扛著。」

「說好了。」洛基伸出小指，和每個人輪流對上視線，「打勾勾？」

「這麼多人是要怎麼勾？」Sue 一邊吐槽一邊勾住他的指頭。然後筱鬱加入了，接著是陳璽琛和鈴鐺，最後 Sandy 用兩隻手把他們勾得亂七八糟的手指包起來，輕輕甩了甩。

說好了，這次沒有誰會再獨自出頭。

四個月沒看到小霜了，即便是和當時已經經歷過復健，狀況好許多的她相比，現在的小霜依舊像是變了個人，原本尖銳的線條變得圓潤，蒼白的皮膚成了太陽曬出來的健康顏色。原來她的臉型是圓的嗎？陳筱鬱之前都沒有發現，雖然和印象中的模樣相去甚遠，但看了有種她就該是這個模樣的契合感。

「啊，原來她養了狗。」

「耳朵好大。」璽琛小聲地說：「可愛。」

陳筱鬱拍拍他的頭，「我在兩條街之外的公園等你。」

「希望她還記得我。」

「怎麼會不記得？我們家小天才這麼可愛。記得要小心喔，先好好觀察一段路。」

「就說我不是小孩子了，也不可愛。」璽琛抱怨，「妳也要小心，不要被跟車了。」

「哼哼，你以為我是誰？我可是——」

「——當代車神的親傳弟子，但是鈴鐺可沒有超速被攔下來過。」

「你就不能忘記我的黑歷史嗎？下車吧，臭小鬼。」

「前一秒小天才，下一秒臭小鬼，妳好善變。」

璽琛下車之後，陳筱鬱把車開到公園附近的便利商店，買了兩瓶罐裝熱奶茶，之後開到他們約定好的公園南側停車場停下。過去幾年間她對這座城市多了許多常人沒有的了解，像是哪條路巷子比較多，哪些地方監視器只是無用的擺設，哪些區域很少有警車巡邏，有人通報之後警方的反應速度也比較慢。

一開始其實是老大提供的消息，那個人總是默默準備好需要的一切，有確定的結果才交給他們，陳筱鬱第一次看到整理出的地圖時都傻了，難以想像他到底投注多少時間和精力，盡力想把他們行動時的風險降到最低。

之後每個人都會特別注意哪邊裝了新的監視器，哪邊巡邏警力多了起來，定期交換消息，長久下來累積起的資訊讓陳筱鬱知道應該停在哪個位置，可以在確保能迅速離開的前提下看著所有出入口。

等她遠遠地看見璽琛和小霜，便把車開到路樹擋住的監視器之下，讓他們迅速上後座。「好久不見。」

「汪！」原本小霜牽著的狗現在抱在璽琛懷裡，已經可以用「男人」形容的雙手小心翼翼地梳理著深色的毛皮。陳筱鬱從後照鏡和他交換一個承載著太多歷史的笑容，之後和小霜對上眼睛，「好久不見，這個髮型很適合妳喔。」

小霜淺笑，「第一次剪這麼短，不過我也很喜歡。」

「啊，確實自己喜歡最重要。」

穩穩地開，不要繞著同一個區域，免得引起不必要的注意。陳筱鬱一邊注意路況，一邊聽後座的兩個人進入正題。

「你們來找我是為了『真心話大挑戰』吧？」小霜說，和過往一樣直接了當，「我確實有參與，如果打亂了你們的計畫很抱歉，不過我實在是沒辦法什麼都不做。」

「不，我們現在其實也還在找幫忙蝦仔的辦法。」璽琛說：「可以問問具體的狀況嗎？現在是妳在蒐集不同匿名處理過的影片，之後用不同的帳號發表？」

小霜點點頭，「老實說我一開始不確定能做什麼，也想過要出來認領自己的身分，作為攻擊的籌碼，不過那樣能達到的效果很有限吧？雖然當時覺得很氣人，不過現在不得不感謝你們老大為我做的打算，沒有意義的犧牲不會因為受苦就變得有意義。我和其他人現在是希望能……應該說是稀釋責任嗎？不用說得太具體，不用是多驚世駭俗的大事，只是讓大家把一直以來沒辦法說出來的真相說出口，不過有些人的故事還是很驚世駭俗就是了。」

「妳說妳有參與，又說了我們。」

「我一個人做不了這麼多……獲得了一點意外的幫助。」她轉了轉腕上的手錶，「總之發表影片的人都是透過平信收到檔案，裡面夾著寫有上傳影片會拿到一筆小錢作為報酬的說明，據說有貪小便宜作為藉口比較不會被大力追究。」

一聽就不是小霜這樣個性的人會想出來的作法，不過陳筱鬱沒有插話，璽琛也沒有多問，他們多少能猜到意外的幫助從何而來。

「接下來信件檢查大概會變嚴格。」璽琛說：「也會有人出來呼籲不要上了這些『反動勢力』的當，否則一律重罰。」

「嗯，到時候再想其他辦法，不過這段時間已經能讓不少人看到這些自白了，幫忙分散一些注意力，你們要做什麼也比較容易吧？」

「確實是。」璽琛安靜了一會，「你們那邊有維穩事件入獄的人或家屬的自白嗎？」

啊，不愧是她家小天才，腦袋動得真快。陳筱鬱看了後照鏡裡的小霜一眼，對方似乎一時之間有點疑惑，但也沒有花太多時間便反應過來。

「重點是牢獄對本人和親友造成的傷害對吧？批判性不用太強，但愈煽情愈好？」

「對，能讓一般人覺得『不用罰這麼重吧』的內容最好，我們這邊也會去找這些人，用同樣的辦法擴散出去，如果寄信的途徑被截斷了，我們也會想其他辦法。」璽琛笑笑，「多虧你們，現在我們做這些事情不會太顯眼，不過還是要多加小心，安全第一。」

「你這句話聽起來像是你們家頭頭。」小霜不帶惡意地輕哼，「雖然不是完全沒有風險，不過總得給我們這些人一點表現的機會，我保證會和你們之前一樣小心，這樣可以吧？」

「妳也知道我們現在——」

「想要做正確事情的人比想像中多喔，更不用說很多人都直接或間接受過你們幫助。」小霜拍了拍趴在璽琛腿上的米克斯，「也許不像某些人一樣做好了成為烈士的心理準備，但不管是出於罪惡感，還是想改變現狀，很多人都想做點什麼。我們會自己做出選擇，然後承擔選擇造成的後果，你們不也是這樣走過來的嗎？」

她真的很帥，洛基的眼光真是一如既往地好。雖然一眼相中的人也包含蝦仔和老大那樣的大笨蛋，不過每個都是很棒的人。相較之下陳筱鬱並不是什麼目光長遠的人，即便會對視線所及的人事物感到難受、感到不甘，卻沒辦法為了看似遙不可及的理想擬訂計畫，為了將其化為現實而努力。

她的第一目標永遠都是保護自己的家，之後是幫助眼前需要幫助的對象，如果沒有Caroline，她也許會為了璽琛成為現實而市儈的人。不過璽琛比她要強烈許多的正義感大概不會允許接受那樣的現狀，也許她注定會被帶著走上這樣的路。

「……老姊，擦一擦吧，妳這樣看得清楚嗎？」

陳筱鬱下巴微揚，「說什麼呢？我可是邊哭邊做正事的專家，這點眼淚算什麼？」

「鼻涕會流進嘴裡。」

「喂！」

「你們感情還是很好。」小霜笑嘆口氣，「其他人怎麼樣了？」

「勉勉強強。」陳筱鬱回答：「不過會好起來的。」

「那就好……之前都是你們在替我加油，現在輪到我了。嗯，那時候洛基都喊什麼？九八無鉛、九五加滿！」

陳筱鬱噗哧一聲，「別學他啦。」

「能逗人笑的就是好笑話。」小霜看向窗外的街景，車子已經快開到她居住的社區，她接過璽琛抱回她腿上的小狗，在下車前的最後說：「如果有機會再一起吃火鍋，就讓洛基自己吃一鍋都是芋頭的。」

如果能有這樣的機會就太好了，大家再一起烤肉、一起吃火鍋、一起慶祝生日。

小霜走向大門的步伐很穩，不再像是一開始那樣需要人攙扶，也不像是復健那段時間讓人看著心驚膽跳，不過一直沒有變過的是挺直的背和揚起的下巴，讓她看起來高大無比，像是某個身形有些單薄，卻能帶來龐大安全感的笨蛋。到底是什麼在驅動他們向前走呢？陳筱鬱也許永遠無法感同身受，但可以在一旁支持著他們。

沒有多做停留，陳筱鬱在看到小霜進門之前便驅車離開，後照鏡中的璽琛雙手搭在腿上，愣愣地盯著自己的手看。

「想養狗嗎？」

「嗯？啊，我們現在不太適合養寵物吧。」

「那就適合的時候收養一隻，實現你對一家之主的想像。」

璽琛皺起鼻子，「妳怎麼還記得這種事？」

「我記得你寫過每份奇奇怪怪的作文跟報告喔。」

「那妳還說自己不會背東西。」

「背課文跟記得弟弟的黑歷史哪能相提並論。」

璽琛呿了聲，肩膀放鬆了一些。她知道她家弟弟想起了什麼，從過往到現在他們共享太多悲傷和掙扎，比起單純的姊弟有時候更像是戰友，可以從一次抽氣、一個眼神知道對方又想起什麼惡夢。無論是空蕩蕩的家，還是父母沒有聚焦的眼神，或是被餵食毒品瀕死的玩伴。

兩隻狗，一黑一褐，是他們父母還未染上毒癮前從朋友那收養的寶寶。名字就和她跟璽琛的一樣，是父母翻字典取的，分別叫小龔和小贇，沒有什麼特別的原因，他們只讀了小學的父母也不認識這兩個字，只是覺得筆劃多又好看。

「小琛，不管是小狗還是小孩，我知道你都能照顧得很好。」

那並不是能輕易忘懷的記憶——明明想找人幫忙，卻又怕父母會因此再度被逮捕，最後只能一邊哭一邊把屍體偷偷埋在附近公園，那是他們和死亡的第一次親密接觸。之後璽琛親眼目睹了朋友從樓頂跳下的場面，那是他和死亡的第二次交鋒。

她很慶幸當時鈴鐺在即時就醫之後能恢復過來，她再也不想看見璽琛哭到失去意識的模樣。

「我才不要小孩。」

「因為生在這個國家就是來受苦的？」

「嗯。」

「但你有機會離開又不離開。」

「這個對話我們重複過好幾次了。」最後的結論總是一樣，他不可能丟下她，不可能丟下其他伙伴，也無法丟下這些年只是愈來愈強的責任感。

「不過小琛，這是我第一次覺得也許在你變成老頭之前，我們能夠看到這個國家變得不一樣。」

「為什麼不是妳變成老太婆之前？」璽琛抱著副駕駛座的頭枕看了過來，「……我也有這種感覺。」

除了他們還存在其他星火，也許未來真能燎原。陳筱鬱希望有一天，他們能集結無法用惡法當理由，靠嚴懲解決的「眾」。到時候璽琛想養狗就養狗，想成家就成家，也許還是會有難過的時候，但他會是自由的。

「決定了，到時候養的狗就叫小寶吧！你現在都不讓我這樣叫你了。」

「去撞牆啦妳！」

為了她親愛的弟弟，也為了他們在乎的每個人。

Film No. UNKNOWN
Title 青山依舊

第 25 章

同行

觀察力和想像力，這是李珊娜的母親曾說過藝術家最基本的兩項能力。無論創作材料是文字、聲音、圖像，或是結合三者的電影，他們在做的永遠都是用感官挖掘現實中存在的故事碎片，接著透過想像力描繪出不同的框架，將這些碎片結合起來，就算是對內容掌控程度較低的紀錄片也是一樣。

注意每個人的手，有沒有汙漬、繭、傷痕，指甲修剪得整不整齊；注意腳上穿的鞋子，是哪種款式，磨損在哪些位置、程度多嚴重，如果有鞋帶是怎麼綁的，綁得對不對稱。部分不能代表全體，但全體總是由部分組成。

那是她和母親曾經一起玩的遊戲，在搭公車或捷運時盯著一雙雙腳看，猜測每雙腳的主人會是什麼模樣。她有猜測幾乎完全正確的時候（通常都是皮鞋配著西裝的上班族），也有因為太過驚訝而笑出來的時候（像腳上是藍白拖，卻穿著一身小禮服的年輕女人，不知道是鞋根斷了，還是穿久了覺得不舒服）。

當她開始覺得周遭的人群模糊成沒有具體面貌的集體時，會習慣性地和自己玩起這個遊戲。每一次，她都會因此想起每個人都是獨一無二的個體，擁有自己的過去、現在，和走向的未來。

「蕭先生。」

「嗨，這是謝先生，我和他大概提過妳想知道的事情了，他……也有事情想問妳。」

被打歪過的鼻梁、額頭不明顯的疤、左手食指縫線的痕跡、掌側墨水和印泥留下的殘印，曾經在第一線接觸真正有威脅性的犯人，現在更多是在處理文書作業，不過警戒心依舊很高。即使是在標榜安全隱密的柒拾茶館，依舊挑選了能看著包廂門的位置。也不一定單純是職業養成的警戒心，李珊娜想，畢竟他的同僚並不是同伴。

「妳想知道至清的事？」男人的語氣帶著和眼神同樣尖銳的刃，「為什麼？妳是他的誰？」

李珊娜有那麼點想回答「情人」來試探對方的反應，不過她和蕭郁書還沒有相熟到能為對方造成這樣的麻煩。

「朋友，你又是至清的誰？」

「長輩，妳知道了至清的情況又能做什麼？」

「能做什麼我都會去做，你身為他的『長輩』為他做過什麼？」

男人安靜了一會，「差不多半個月前他來找我探聽過幾次消息，和妳這個朋友有關係？」

「在知道他跟你打聽了什麼之前我沒辦法回答。」

蕭郁書清清喉嚨，「不好意思，我對原地打轉的對話過敏，如果你們沒辦法向對方坦承，要不要我代勞？我知道你們值得信任的原因，不然也不會讓你們見面。」

男人眉頭皺得更緊了，「人都會變。」

「這段時間和他朝夕相處的可不是你。」李珊娜回嘴：「不過看在蕭先生的分上，我會給你足夠的信任。我和幾個同樣在乎至清的人想盡所能避免他入獄，也一直在努力引導輿論，你們警局應該差不多注意到了這方面的動向，我們現在只是想知道他的狀況，還有你們上頭的態度。」

男人輕嗤了聲，但在蕭郁書斜了他一眼之後吐了口氣，轉動肩膀讓自己放鬆下來，「我沒有親眼見到他，不過有從看守所那邊打聽到消息，上頭特別交代要保證他的安全，只是同時他也沒有機會和外界聯繫，除了檢方的人之外沒有其他訪客能見到他。」

「他的健康呢？看守所環境怎麼樣？他……」李珊娜搖搖頭，多麼愚蠢的問題，不用問也知道答案，「檢方現在什麼態度？」

男人盯著她看了幾秒，「不同派系在爭吵應該怎麼處理這件事情，畢竟當時許閔文入獄之後反倒刺激了很多異議團體的產生，他兒子造成的後續效應也不小，現在已經可以看出端倪。到底要高壓還是要懷柔，目前沒有定論，似乎還有人提出要讓他在大眾面前承認犯錯來換取減刑。」

李珊娜心中在一瞬間升起了希望，但下一秒這個可能性便被自己否定。半年的時間也許不算長，不過已經足以讓她了解蝦仔的固執。「他不會答應的。」

男人一臉複雜地點點頭，「我目前只知道這麼多。」

李珊娜吐了口氣，至少情況不像是當時許老師被捕那樣，一面倒地認定必須透過嚴厲懲罰來以儆效尤。只是她也不確定他們應不應該樂觀，畢竟許老師雖然影響力大，Caroline 造成的麻煩卻更具體。

「如果事態有變，還請你告訴蕭先生。」

「你們現在到底打算怎麼做？」

「還沒有具體的計畫。」

「如果有了計畫麻煩讓我知道。」男人自嘲地笑了聲，「不然我可能就要做出當時沒做的傻事了。」

李珊娜皺眉看著他，他重複捏緊拳頭之後鬆開的動作幾次，接著低聲說：「我曾經覺得在沒有出國的門路時，逃亡的風險不值得，不過是我小看了服刑造成的傷害。」

「不管是逃跑時被抓還是逃跑之後被抓，這輩子都很難出來了。」

「我知道。」男人搖搖頭，拿了張餐巾紙在上頭寫下一串數字，「四一分局，謝廷，如果在幫至清的過程中遇到麻煩，歡迎拿我的名字來用，或是打這支電話。應該不用我告訴妳通話時什麼能說什麼不能說。」大概是注意到她的不解，男人扯著嘴角說：「不用想太多，我的名頭用錢就能買到，替人擺平幾個小麻煩是家常便飯。」

如果這是一部電影，李珊娜會說這位演員不夠貼合角色，輪廓太過剛硬，眼神太過凌厲，言行舉止不夠圓滑。沒有官僚的樣子，不像是習慣收賄的人。不是說現實中沒有道貌岸然的警察，事實上那樣的人在警界也許占多數，只是眼前的男人看起來寧可被打斷雙腿也不會自願跪下。

「謝謝。」她鄭重地說：「還請你不要太急著做傻事。」

謝廷擺擺手，和蕭郁書交換過視線之後站起身，頭也不回地走出包廂，在服務人員的帶領下離開。雖然包廂隔音很好，幾乎完全聽不見外頭的聲音，更別說是腳步聲，李珊娜還是等了一會才回頭面對蕭郁書，問道：「有他的消息嗎？」

蕭郁書不需要問她在說誰，「他沒有聯絡我，昨晚我拷問了照理來說會第一個知道他行蹤的人，但也沒有收穫。」

李珊娜嘖了聲，在心裡暗罵鄭楚仁幾句。她知道這段時間鄭楚仁肯定沒有閒下來，可是也正是因為如此，她才更希望這傢伙趕緊出現，讓她不用再擔心他可能做出什麼事情。鄭楚仁為了鈴鐺和Sue犧牲，蝦仔為了鄭楚仁和大家犧牲，這條因果鍊在這裡就該停下了，不要再有誰為了誰而傷害自己。

曾經也想過要跑去自首的她也許不該理直氣壯地這麼說，可是目睹蝦仔跳入火坑的瞬間她清醒了過來，俗話都說最親近的人才能傷你最重，她想最可怕的不是來自至親至愛的惡言，而是出於在乎的奮不顧身。

被背叛帶來的怨恨至少還能向外宣洩，罪惡感卻會不斷向內侵蝕，如果一直以來鄭楚仁都是在這種重量的壓迫下推著自己向前走，李珊娜多少能理解他為何總是走在只有自己看得見的鋼索上。

「今天謝謝你了，蕭先生。」李珊娜收起寫著謝廷手機號碼的餐巾紙，要是鄭楚仁在這裡，大概會當場記住電話之後直接處理掉吧，「你們報社情況怎麼樣？」

「不用擔心，我們會抓好分寸，若是會危及報社同仁的內容，總編也不會通過。倒是昨天晚上開始出現的那些影片……你們看到了嗎？」

「撐了這麼多年，你們很了不起。」李珊娜嘆了口氣，「有注意到，希望能成為我們的東風。」

蕭郁書點點頭，「如果能這樣就太好了，我也會視情況找人幫忙搧風點火。」

「其實你不用多做這麼多，報導承受的壓力已經很大了吧。」

「嗯……怎麼說呢，嚴格來說我不是特別熱血或大膽的人，要像你們那樣闖進醫院救人，或是像許先生那樣跑給警察追，我肯定做不到。」蕭郁書聳聳肩，「不過上不了戰場至少要當後勤，當不了後勤至少要把前線的人奮鬥的景象傳遞出去，如果連聲援也做不到，至少不要嘲笑他們的付出和犧牲。我父母是這樣教我的。」

「他們聽起來是很好的人。」

「有些人會說他們是好人，但不是很好的父母。」蕭郁書垂下眼，「許先生有點讓我想到自己，不過他似乎比我清醒多了，不會去怨恨不該被遷怒的對象。」

老實的外表和保守的打扮，從頭到腳沒有一處異於主流，在人群中不會引起誰的注意，在談話間卻會讓人不自覺放下戒心。不知是天生如此，還是後天營造出來的形象，但看起來和怨恨兩個字扯不上關係。

「每個人處境都不同，偶爾有遷怒的想法很正常。」

「說的也是。」

「像我最近就放任自己遷怒老鄭。」李珊娜刻意用輕鬆的語氣說：「昨天沒睡好，都是他害的；早上下床的時候差點翻船，也是他害的；去超市沒有買到蛋，絕對是他害的。」

「啊，畢竟他消耗蛋的速度很驚人，幾乎每餐都有蛋。」

「對吧，肯定是被他買光了。」

蕭郁書莞爾，安靜了一會之後認真地對上她的視線，「和你們相遇之後他快樂很多，還請你們今後繼續陪著他。」

李珊娜點點頭，「就算他想跑，我們都會架著不讓他跑。」

也不知道是不是放的狠話被通靈到了，李珊娜在回到他們暫時的據點時，就在客廳沙發上看到一灘熟悉的身影，或者應該說是一球。鄭楚仁整個人像是胎兒那樣縮在一起，面對裡側的臉被沒脫下來的假髮蓋住大半。若不是李珊娜看他這副模樣看了好幾年，光是從下巴形狀和肩膀弧度都能認出人來，也許還要擔心一下他們是不是被誰發現了。

「你應該慶幸我是第一個回來的人，洛基可是放話要揍你。」

鄭楚仁沒有回話，李珊娜走到沙發邊，在扶手上坐了下來。

「你要睡也先把假髮拿下來，小心真正的頭髮掉光。」沒有反駁她的誇大，李珊娜開始擔心了，「話說你怎麼直接跑來這？不是跟著我們之中的誰過來的吧？」

「他拒絕了。」鄭楚仁突然沒頭沒尾地開口：「他不願意為了自己說謊。」

李珊娜花了一點時間才反應過來，「那是你做的？你在想什麼，老鄭？為了減刑公開表示Caroline做錯了，你應該比誰都清楚他不可能答應這種交易——」

「我知道！」一向被深深藏起的情緒動搖了他的聲音，還有過去看起來無比寬大的肩膀，「我知道他就是這樣的人，知道就算和他說過為了保護自己和在乎的人說謊不是錯事，他也不完全同意。因為他是至清，他追求的理想是至清。可是——」

鄭楚仁聲音中的哽咽讓她不可置信地屏住氣息。

「可是我寧可他不是這麼好的人，只要這一次就好。」

他曾經是個身材纖細的男孩，在李珊娜和他還不算特別熟悉的那段時間，他曾經是不該出現在有錢人家的瘦弱，不用太多修飾就能裝扮成尋常的女孩子。

不知道什麼時候他突然就長大了，不僅是身高長高、肩膀變寬，只是依舊有些單薄，連之前還能在臉上看見的情緒彷彿都被調小了音量，偶爾才能瞥見真正的心思，脆弱的一面更是被藏得也許連自己也意識不到。可靠的同時卻又令人感到難受，現實不允許他繼續當個柔軟的人。

李珊娜把手貼在他的肩胛之間，感覺他顫抖的呼吸。三十四歲啊，距離成年已經有好一段時間，但在成年之前，他有多少時間被允許當個孩子呢？成年之後，又有多少時間可以當自己呢？

「抱歉，楚仁。」她低聲說：「是我們太依賴你了。」

「……沒有這回事。」

「沒有嗎？」

「是我沒有給你們……機會。」一聲破碎的抽氣，「是我自以為知道怎麼做對每個人最好，至清才會——」說不完的話被吞回去，鄭楚仁縮得更緊了，幾乎要把一百八十多公分的身體折疊起來，整個身體都止不住地抖動。

「你們兩個真的是半斤八兩，我都不知道該說什麼才好了……話說你體溫是不是有點高？」李珊娜皺起眉，手向上挪貼在鄭楚仁的脖子上，比她要熱上許多的皮膚覆蓋著一層薄汗，「喂，你是不是感冒了？」

鄭楚仁搖搖頭，虛弱的動作一點說服力也沒有。李珊娜嘆了口氣，動作小心地拿下假髮，把他的頭轉過來。蒼白的臉上妝都有點花了，混了點眼線顏色的淚水順著臉頰劃出幾道痕跡，要是平時他肯定不會讓任何人見到自己這副模樣，只是現在彷彿用之不竭的堅強終於見了底。

「你這樣我還怎麼罵你啊，大笨蛋。」李珊娜抹了下他的眼角，「起得來嗎？還是要睡地鋪，我幫你鋪回去？」

鄭楚仁抬起手臂遮住上半臉，吐出一串不成形的單音。

「嗯？你說要等鈴鐺回來之後讓他抱你進房間？OK，在那之前就委屈你睡一下地鋪。」

「……Liliana。」

「別喊我大名啦，我怕做惡夢。」她推開早上沒有完全歸位的茶几，在沙發邊攤開地鋪，接著直接把鄭楚仁拉了下來，「Ups，拍謝，你也知道我力氣不大。」

面朝下陷在枕頭裡的鄭楚仁吃力地翻過身，側臉對李珊娜翻了個有點腫的白眼。李珊娜回以微笑，替他把棉被蓋好，「我去拿衣服給你換，不過吃的得等鈴鐺回來做。」她拍拍鄭楚仁不知道幾年沒被人摸過的頭，撐著膝蓋起身，「慢慢好起來吧，大笨蛋，之後再恢復你老大的位子，還有——」

她吞下湧上喉頭的哽咽，「歡迎回來，楚仁。」

鄭楚仁知道自己該起來了。

過去幾天來回奔波的記憶模糊成發燒時的夢——啊，不對，他確實是發燒了，不知道是因為感冒還是壓力，或者兩者皆有。他又說了多少謊，說了多少違心之言？他已經不記得，就算記得也許也算不清。即便每次說謊都有認為必要的理由，為了保護他們的拍攝對象，保護可能被波及到的無辜之人，保護他最重視的伙伴和老友。

可是他相信不會傷害到他人的謊言，是否真的就不會造成傷害？他是否在一次次選擇隱藏真相的過程中，忘了該怎麼坦然地繼續前行？否則他也不會去爭取這個明知道許至清不會接受的選擇，而非尋找其他的可能性。

因為Caroline的任務許至清也說過大大小小的謊話，但在真正重要的時刻他總會選擇誠實、選擇真相。只有這一次，為了他們所有人，他在萬眾矚目之下撒了個彌天大謊。

「要帶他去醫院嗎？」

「體溫已經降下來了，只要沒有再燒起來就沒問題。」

「把自己搞成這樣太狡猾了，我不想被說是欺負病人……老大——不對，小鄭他怕癢嗎？他醒了我搔他癢怎麼樣？」

「哇，洛基你還真敢叫他小鄭啊？」

「有什麼關係，Sandy不是一直都叫他老鄭嗎？」

「你們可以叫他老鄭、小鄭，或是大笨蛋，等他懺悔完之後再讓他復職。」

「……『老大』是一種職業嗎？」

從他「暫時」解散Caroline之後過了二十四天，和鈴鐺跟Sue道別之後過了十五天，他曾有一個星期能回家比回不了家的日子少的時候，卻未曾和所有人分開這麼久。久嗎？明明做好不知道多少年都見不到伙伴的心理準備，他卻在回到他們身邊時後知後覺地為失去的時間感到難受，真是不像話。

眨開依舊痠澀的眼睛，鄭楚仁艱困地撐起身體，看向敞開的房門。大概是鈴鐺把他移到了裡頭的房間，其他人的聲音則是從對門傳過來的，鄭楚仁扶著牆壁往外走，靠著門框望進隔著一條走道的客房。

正在揉小Phi腦袋的洛基第一個和他對上視線，鄭楚仁緊盯著那張笑臉，連眨眼都覺得不捨，直到眼前的畫面變得模糊才眨去淚水。

到今天之前他有多久沒哭了呢？不只是幾天、幾個月，而是許多年，自從學會沒有人在乎的哭泣只會讓自己覺得更加孤獨之後，他就沒有再流過眼淚，即便之後有了伙伴，他也已經習慣在他們眼前只展現堅定的一面。

「太狡猾了。」洛基一邊嘀咕一邊走向他，「真的是太狡猾了。」

注意到洛基的反應，其他人也立刻圍了上來。Sue一副不知道是生氣還是難過還是慶幸的表情，小小和小Phi都已經皺起臉開始哭了，Sandy面帶微笑地看著他，鈴鐺則是一臉複雜地站在後頭。

「生日快樂，洛基。」鄭楚仁說，或者應該說他試圖將遲來的祝福化為言語，但不聽話的聲帶只發出了一點氣音，「對不起。」

洛基嘆口氣，伸手把他抱進懷裡。「硬撐著做什麼，你這蛤蜊攻。」環著他的手臂同樣在顫抖，「現在終於打開蚌殼吐沙了。」

「一下子蛤蜊一下子蚌的。」小小跟著抱住他，「你的比喻太混亂了吧。」

小Phi動作小心地替他拭淚，「蛤蜊好像是一種蚌吧？蚌應該是科？」

「問題是老鄭根本不知道這個哏吧？」Sandy分別攬著Sue和鈴鐺靠了過來，「沒錯，我們平時常常背著你說你壞話喔。」

「……臭蛤蜊。」Sue小聲跟著罵：「放太久打不開的蛤蜊。」

「回來了就好。鄭哥你回來了就好。」

洛基的聲音在耳邊炸開，「叮叮噹！不是說好小鄭他暫時被篡位了嗎？」

「我沒叫他老大。」鈴鐺咕噥：「我鄭哥叫習慣了，小鄭多奇怪啊。」

「我也憋得很辛苦好不好？」

上一次被這樣抱著不知道是什麼時候的事情了，他總是抱人的那個，一直將自己放在給予安慰的位置上，只有在之前公正高中的事情時和許至清一起抱著大家，而非習慣性獨自扛起所有壓力。

是他一意孤行造成了現在的局面，如果無法將這些人當作真正的戰友，也許當初就該將他們全部推開。只是那樣的日子未免太過寂寞，他做出過許多讓自己感到後悔的選擇，卻永遠也無法真的對建立起這個團體感到後悔。

他知道自己得振作，得接受自己的行為帶來的後果，繼續思考，踏出下一步。可是在這一刻，也許他更該做的是停下來，看清楚身邊的人，看清楚自己。

「可以叫我Truman。」鄭楚仁說，這次發出了一點聲音，至少能讓圍著他的每個人聽見，「小鄭也可以，蛤蜊也可以，我都接受。」

「……不是又燒起來了吧？」洛基稍微抽開身，手貼上他的額頭，「也沒有，感覺差不多退了。」

「只要是你們都可以，要打要罵要搔癢都可以，只是我不怕癢，也演不出怕癢的樣子。」

洛基側過頭，「Sandy啊，他這樣沒問題嗎？」

「接下來都聽你們的，我答應你們。」

「是不是流太多汗缺水了？還是睡太久還沒完全清醒？」

「可是一定要注意安全，我誰都不能再失去了。」

「這個肉麻的人是誰？被打了吐真劑嗎？」

「還有不准再吃泡麵當正餐了。」

「啊，都發燒了還能注意到垃圾桶，看來沒有被妖精調包。」洛基點點頭，「還是同樣口味的冰淇淋，只是撒了不一樣的配料。」

鄭楚仁沒有壓抑笑容，沒有壓抑眼淚，努力克制壓抑情緒的習慣，放任自己把臉埋進洛基肩窩，一手抓著鈴鐺肩膀，一手扯著小Phi袖子。

「歡迎回來，老大。」Phi說，接著是小小和Sue。

「你們這群沒定力的人！」洛基哼了聲，「歡迎回家，老大。」

「你也放棄得太快了。」Sandy吐槽。

「這叫虛位元首，虛位元首知道嗎？」

他回家了。

「多和你身邊那些年輕人聊聊吧」，陳晏誠曾經這麼建議他。鄭楚仁此刻更加深刻意識到自己觀點的狹隘，確實是他把路走窄了，不假思索地選擇犧牲自己，幾乎像是早就等著有一天要這麼做。當然這件事造成的餘波如果沒有因為許至清的表現和其他人的努力擴大到這種程度，這個可能性也許根本不會出現在他們的討論中。

「矯正代替服刑……先前是有人提過要針對思想和政治犯採用替代懲罰，不過因為可能侵害到掌控監獄系統的大人物的利益，最後不了了之。目前矯正制度和刑罰制度本質上其實很類似，主要是作為嚇阻的手段，兩者能互相井水不犯河水是以年齡為分野。必須創造出強烈的誘因，才能讓他們願意為蝦仔開這個先例。」

「你都能讓人跟蝦仔提出認錯換減刑的交易了，這代表政府內部也不是沒有這個意向，不是嗎？畢竟許老師被逮捕之後，大概是地下團體最活躍的一段時間，以往他們也不是沒有採用過偏向懷柔的策略。現在慢慢延燒的輿論聲勢愈大，應該能多少施加壓力，讓他們做點什麼來安撫民心吧？雖然矯正制度實際上沒有好到哪去，可是光是名義的差別就能讓很多人覺得這是一種勝利，他們應該會願意做這個選擇。」

「嗯……如果能進入矯正體系，我也的確有點門路。」

洛基扭動著眉梢，「不是之前那種『門路』吧？」

「不是。」鄭楚仁微微苦笑，「只是有個臨死之前才開始害怕遭到鬼神懲罰的仇人。」

Sandy大概猜到了什麼，對上他的視線之後接著說：「小Phi和小霜提的方向可行吧？可以接觸的對象光是我們幾個認識的就不少了。」

「不過，」鄭楚仁撐著頭晃了晃，「讓矯正制度背後的派系得利，也許會讓他們做事更肆無忌憚。」

其他人沉默下來，各自以習慣的方式苦惱著，抓頭的抓頭，捏手指的捏手指，還有仰頭發出奇怪聲音的洛基。鄭楚仁雙手撐著下巴，深深吸氣再慢慢吐出。想做正確的事情總是這樣困難，除非有一天能完全推翻現有的秩序，否則他們永遠都得在不同的勢力之間取捨，找到傷害最小的辦法。

「蝦仔是特例，是實驗性質的矯正個案。」鄭楚仁說：「由經驗豐富的矯正官接手，以讓他意識到自己的錯誤為目標進行再教育。」

「但是他不會認錯，就算是說謊也不行。」

「沒關係，他可以說不同的謊。」鄭楚仁腦中的想法逐漸清晰起來，「在封閉的高壓環境下心理狀態愈來愈差，因為封閉自我而難以溝通，不過也不會再構成威脅。」需要多長的時間呢？兩三年？一兩年？那個人大概能活到那時候吧，畢竟禍害總是遺千年，「雖然不一定能這麼順利，但值得一試。」

「這樣一對一的情況下，不會反而更折磨人嗎？」小Phi擔憂地問：「或者老大你已經有了矯正官的人選，是能相信的對象？」

「相信？」鄭楚仁輕哼，「只是可以利用，如果有辦法……也許還能把我安排進去——」

洛基一把抓住他，「你又要——」

「作為助手。」鄭楚仁解釋：「畢竟他年紀大了，健康狀況也不好。為了把『關心的後輩』拉回『正軌』，讓他實際參與矯正過程，這個理由還算可行。」

「……鄭哥。」鈴鐺厚實的手貼上他的額頭，「你在發抖。」

鄭楚仁愣愣地看著他，接著往下看著自己的手。緩緩地、有意識地，他舒展著手指，接著慢慢握起拳頭。無論是好是壞，過去都造就了現在的他，他接受了，也知道也許這輩子都不會完全走出當時留下的陰影，只是沒有想過再次面對那個人的可能性原來還是讓他這樣害怕。

「沒事。」他低聲說：「只是生病的關係。」

「你燒已經退了。」

「嗯，不過還有點畏寒。」鄭楚仁對其他人笑了笑，拉緊披在肩上的毯子，即便根本連自己的指尖都感覺不太到，「現階段想這些還太遠，先照小Phi的提議做吧，你們各自能安全接觸的有誰？列個表整理一下，先確認他們在不在特別監控名單上。」

「老大。」洛基捏了捏他的手腕，「現在這個Team的最高守則是『不許逞強』，知道嗎？」

「這……不算是逞強。」也許有一點，不過和其他人平時的逞強程度沒有差多少，「只是面對一下自己，你也這麼做過。」

他一手搭著鈴鐺的肩膀，一手攬著洛基的腰，「來吧，盡快把蝦仔帶出來，雖然他大概是我們之中最不嬌貴的人，但他這麼好動，不能讓他在小小的監牢裡待太久。」

「啊，而且蝦仔感覺其實有點小潔癖。」洛基說：「在我那過夜的時候，他早上刷完牙第一件事竟然是幫我打掃。」

「那不是因為你太少打掃了嗎？」小Phi問，「不過有時間的時候，蝦仔洗澡意外地慢。」

「原來不是只有我這麼覺得？」Sue說：「他跑完步沖澡是很快，但晚上睡前洗澡可以洗個半小時。」

「……你們為什麼都對蝦仔洗澡的習慣這麼了解？」小小露出詭異的表情，「我只知道他意外挑食，別人做的還是會吃下去，可是表情很明顯就是不喜歡。」

「不過他很能忍，也不覺得自己是在逞強。」Sandy嘆口氣，「跟某人一樣。」

「『某人』在反省了。」

洛基斜了他一眼，「是嗎？那你發抖是畏寒還是其他原因？」

鄭楚仁微微苦笑，看來他的信用在短期內是恢復不了了，不過就連他也不是很相信自己不會重蹈覆轍，有些習慣不是一天兩天就能改掉的。

「我說的仇人是我父親曾經請來教育我的矯正官。」

但一步一步來，他至少可以先試著坦承。都這麼多年了，他對他們每個人的背景都瞭若指掌，卻只有Sandy親眼目擊過而知道他的過去，讓許至清知道時也只是為了分散他的注意力。他總是這樣，對自己的事情用一句「年少輕狂」輕描淡寫地帶過，明明並不是不信任他們。

「條件足夠之後我打算利用他一下，雖然心裡會覺得有點噁心，但不算太糟糕。」

他曾讓小霜接受他們和她的加害者達成交易，又迫使許至清和自己最恨的人合作。現在不過是輪到他而已，更何況那個人已經遠遠不是他最大的惡夢。

「我會盡可能改掉壞習慣，但也許還是會有忘記的時候。」他側頭靠著鈴鐺的肩膀，讓鈴鐺驚訝地看了過來，「還請你們看緊我。」

不能再讓同樣的事情發生了。

Film No. UNKNOWN
Title 青山依舊

第 26 章

海盜電臺

「七之七到十之九街區的各位聽眾早安，我是大家最喜歡的主持人Sandy。這段時間大家想我了嗎？消失這麼長的時間還真不好意思，希望沒有讓各位太擔心。啊，不過像大家這樣隨緣聽，大概也搞不清楚我有幾天沒廣播了，事實上我也不清楚『各位』有多少人，不過現在聽著我說話的你或是你們，希望這樣的對話時間對你們來說也是個寬慰。

「大家有注意到最近網路上經常看到的tag『真心話大挑戰』嗎？我看到的時候真的很感動，感覺像是聽見了這個城市、這個國家真正的聲音。不知道大家有沒有聽過一個理論——人類天生就是『信任』的動物，我們正是為了能夠團結合作，才會演化出眼白明顯的眼睛。

「這樣的眼睛讓我們能看出彼此的情緒，也獲得了判斷對方是否值得信任的能力。所以人類能透過合作建造出少數人搭建不出來的造物。我們能演進成現代這樣專業分工的社會，在不同的領域達成巨大發展，這一切都必須以信任作為基礎。即便有被騙的可能，即便偶爾會受傷害，信任得到的好處是勝於懷疑的，只有這樣我們才會演化至今。

「可是在這個國家，信任卻變成了奢侈，變成無所顧忌的人才能給予的東西，多可惜啊，連對身邊的人說真話都得瞻前顧後，這是我們被奪走最珍貴的財富。可是能夠依賴的盟友真的這麼少嗎？平時聽見、看見的言論真的代表了多數嗎？有人告訴我想做正確事情的人比想像中要多，我想要相信他，就算想要改變的人不一定比安於現狀的人要多，但至少那些毫無同理心的聲音絕非壓倒性多數。

「在保護自己安全的前提下，說出沒能說出口的真相吧，同時也好好地去聽，也許境遇和你類似的人比想像中要多，你並不是孤單一個人。接下來這個移動電臺也會請到不同的人說出自己的故事，今天就從我開始吧。」

把廣播發射器藏好，Sandy跟著人群離開商場的空中庭園，回到一樓和洛基會合。

「人回去了？」

洛基點點頭，「她還給我看了她女兒現在的照片，小孩真的長得好快啊，都進小學開始背課文了。」

「你非得用這麼絕望的角度形容嗎？」Sandy哭笑不得地說：「走吧，還有五封信要送。」

「老大效率也太誇張了，怎麼能馬上聯絡到這麼多人？」

Sandy安靜了一會，「畢竟他曾經年少輕狂嘛。」

「大家好……嗯，不好意思，我有點緊張，我還是第一次這樣把我們家的經歷說出口。我先生……他是個很平凡的老師，要說有哪裡和其他老師不一樣，大概就是他直到教師生涯的最後依舊很認真吧。他就是那種就算學校要他不要管束特定的學生，依舊會追著那些學生要他們好好念書的人，其實我到現在都懷疑是不是因為這樣，他才會由於教了課綱允許範圍之外的內容被檢舉。

「原本我還以為這不是什麼大事，最多被學校警告兩句，沒想到最後會鬧得這麼嚴重。雖然判了緩刑，但光是這個記錄就讓他在找工作時處處受阻，只能找到一些零工，不過日子還算過得下去，我們很努力地積極去面對。真正讓我們感到痛苦的是孩子出生之後幾年發生的事情，我們發現她被老師虐待已經有一段時間，和學校反應之後最初得到的是『愛護孩子可以，但不要太神經質了』的回答，接著是『請不要這樣汙衊我校職員』，然後是『緩刑的意思知道吧？要是鬧起來，吃虧的可是你們』。

「我先生啊……他腦子特別硬，覺得不對的事情就是不對，已經做出的決定就不願意改，最後在試圖蒐集證據的時候被逮捕了，連家都沒來得及回，我也不被允許和他會面，直到現在還是只有交換過書信。也許我該為了還能這樣交流感到慶幸吧，可是他因此錯過了好多重要的日子，孩子的、我的、他的，他曾在信裡說害怕會和孩子成為陌生人，信紙上還有被眼淚沾溼的痕跡。我……除了答應求婚的那一天沒有見過他哭的樣子，更是沒有見過他因為悲傷而流淚。」

從二樓翻到一樓地面，Sue順勢起身，沿著窄巷跑到街口，直接鑽進小小慢速開過的車裡。

「還好嗎？」

「嗯，沒想到會突然有人上門。」

「我剛剛聽了一下，是樓下住戶報的警，說隔壁鄰居在呼救，應該是家暴案件，不知道他們上門問話是真的在查案，還是做做樣子。」

Sue皺眉看向窗外。

「妳要是現在跳車我會很困擾的。」

「……我不會跳啦。」

「以防萬一嘛，晚點讓Sandy轉達一下，也許她認識的那個警察可以幫忙注意。」

「現在我們沒有餘力管這件事。」

「所以才讓別人去管啊，Sandy 也說要替那個警察找點事做，不然接下來就要爆出劫獄失敗的新聞了。」小小遞了一根棒棒糖給她，「謝先生怎麼樣了?」

「精神不錯。」Sue 頓了頓，「壯了很多。」

小小莞爾，「真是個說到做到的人。」

「我兒子喜歡男孩。比起我，他似乎更沒辦法面對這樣的自己，在拚命抗拒和用不符合自己個性的方式接受之間搖擺，白天還在找氣質比較陰柔的同學麻煩，夜晚就去同類人常去的酒吧買醉。這些都是我事後才發現的，他什麼也沒有跟我說，大概是不信任我吧，畢竟在他成長過程中，我缺席了太長時間，而且也沒有一個父親該有的樣子。

「因為參與世人眼中不入流的遊行而入獄，在入獄前因為同樣的原因被妻子要求離婚，出獄之後又有好一陣子渾渾噩噩，沒有好好照顧兒子。都一把年紀了，卻喜歡裝扮成女性。我還記得他第一次發現時對我說的話——『真難看。』

「大概不僅是指外表吧，他否定的是毀了這個家庭的謊言和真相，不管做什麼，我總是慢了一步，無論是面對自己，還是想起作為父親的職責。就算在他因為沒有道理的惡意死去之後醒悟過來，又能做些什麼呢?我沒能保護他，也沒能讓應該負責的人付出代價，若不是有人相助，也許我兒子就會變成零星報導中的一個數字，被整個世界淡忘。真難啊，要作為一個家長保護自己的孩子，原來是這麼困難的事情。」

一坐進後座Phi便脫下了身上外送員的衣服，抱著副駕駛的座椅往前靠，「明明是這麼亮的顏色，穿了反而會被旁人忽視，人真的好奇怪。」

鈴鐺騰出一隻手揉了揉他的頭，「還好嗎？」

「嗯，年輕人的行動力真的好強喔，她說隨身碟裡面有十一人份的錄音。」

「你才十九，不是九十。」

「我心智年齡測出來是四十二歲喔。」Phi的表情嚴肅起來，「可能不用幾天我們就得改變作法了，現在平信已經禁止夾帶文件以外的東西，新聞也整天都在宣導不要以身試法，這次那些人的反應真快。」

鈴鐺安靜了一會，「往好的方面想，這代表他們很擔心這件事會鬧大吧。」

「我第一次聽你說出『往好的方面想』這幾個字欸。」

鈴鐺拍了下他的頭。

「爸爸入獄的時候我還沒上小學，那時候不太能理解發生了什麼事，只是看到他被幾個沒有見過的同事從家裡帶走，媽媽一直抱著我，所以我沒有看到他上警車的樣子，也不知道他因為『汙辱警方』被打斷了一隻手。之後媽媽一直表現得很鎮定，直到晚餐時間我問她『警察叔叔什麼時候要帶爸爸回家？』在她崩潰之後我才知道她說的『不回來了』不是往常的『今天回不了家』，而是這幾年、也許這輩子都回不來了。

「以前爸媽都跟我說『遇到壞人記得找警察叔叔阿姨幫忙』，學校老師當然更是這麼教的，但在那之後，媽媽告訴我『遇到警察記得馬上打電話給媽媽，絕對不要上車』，還有在年紀大一點之後的『放學後馬上回家，不要讓警察注意到你』，以及『不要相信媽媽以外的人，知道嗎？』

「我們從原本的家搬到狹小許多的套房，媽媽一連換了好幾份工作，好一段時間才終於穩定下來。工時很長，薪水不高，我想打工幫忙，可是她每次都嚴正反對，等我背著她試著找了零工，才知道她反對的理由。原來無力還手的人，會吸引到這麼多剝削和惡意，也許在學校的處境就應該讓我意識到這點。大家不都是這麼說的嗎？學校是社會的縮影。

「不敢主動接觸別人，不敢讓主動接觸的人靠近，被欺負了不敢反抗，也不知道該對誰說。一般人是怎麼交朋友的呢？這不是賭博嗎？賭對方會在麻煩來臨時拉你一把，還是反過來落井下石，甚至是主動陷害。如果受苦的只有我也就算了，我不想牽連到媽媽，還有獄中的爸爸。

「我只是想當一個普通人，普通地上學、交朋友、打工、念書、和朋友出去玩。我怨過出生在這樣的家庭，怨過爸爸的選擇，可是到了最近才知道，原來當一個普通的孩子一點也不普通，而是種奢侈。」

鄭楚仁難得在茶館對街踟躕了一會。

再拖下去也沒有意義，他過了馬路，進門之後跟著服務生一路到二樓的專用包廂。陳晏誠和蕭郁書都在，沒有抬頭看他，而是把茶海往他的方向推，一語不發地分著茶點吃。鄭楚仁在他們對面跪坐下來，替他們斟滿茶杯，接著直接飲盡茶海裡的茶湯。

陳晏誠深深嘆了口氣，「你以為你幾歲了？」

「抱歉。」鄭楚仁說，從他們眼前的碟子捏起一塊麻薯，「讓你們擔心了。」

「擔心什麼？」陳晏誠輕哼，「我可是放任你去跳火坑了，還能擔心什麼？」

蕭郁書呿了聲，「你們什麼都沒讓我知道，我擔心個屁？」

「郁書。」鄭楚仁和陳晏誠同時開口。難得幼稚起來的蕭郁書用中指比了個閉嘴的手勢，「這些帳之後再算，我也不管你們原本劃清界線的約定還是默契。我只問一句，你需要幫忙嗎？」

鄭楚仁手指敲了敲桌子，「噠噠、噠噠」，然後他閉上眼睛，緩緩低下頭，「謝謝。」

「雖然不知道是不是真的會有人想聽我這個老頭子說話，不過活到現在我什麼也沒有，就只剩說不完的故事。前半輩子我只是再尋常不過的上班族，每天朝九晚七八九十，雖然經常加班，但至少都有加班費。忙碌的工作讓我沒有成家的餘力，事後回想起來大概是種幸運吧。能為這無聊的日子增添色彩的就是電影了，不管是追求刺激的動作片還是開場五分鐘就能嚇走一票觀眾的邪典電影，我基本上都來者不拒。

「現在的年輕人可能很難想像，那時候還沒有太多審核機制，什麼奇奇怪怪的內容都能出現在電影院裡、在電視上播出，國內也還能看見不少針砭時事或打破主流框架的創作。以現代的眼光也許會覺得品質參差，但可以看見背後鮮活的，屬於創作者的意志和價值觀，無論是否荒誕，無論是否離經叛道，現在想起來我依舊很懷念那段時間，也很慶幸自己囫圇吞棗地看了這麼多作品。

「如果人生是一部電影，這大概就是第一幕屬於我的動機鋪陳吧，讓我的故事走進第二幕的觸發點則是內容審查機關的正式建立。能從外頭引進的作品愈來愈少，國內創作的空間也愈來愈緊縮，個性愈是強烈的愈是容易被禁止，最後只剩下最為保守的故事。這些變化我都看在眼裡，痛在心裡，即便只是個觀眾，也許正因為是個觀眾，我無法打消做點什麼的念頭。

「內容審查機關、藝術從業人員評級規則，還有一個個廢除，只剩下中央藝術大學和分校還存在的影視和其他藝文科系。我走上過街頭，被逮捕被毆打過，最後因為參與走私身陷囹圄。大多人也許很難想像那個環境，原本設計來容納八個人的牢房裡擠著將近二十個人，共用一個經常堵塞的馬桶和洗手臺。每間牢房都有一個領導者，負責和獄方接觸，要是得罪了他，就連生病也拿不到藥——提供藥物是獄方會為病人做出的唯一施捨。

「想像在那樣的環境待上一年，接下來想像在那樣的環境待上十年。隨著被逮捕的人愈來愈多，監獄也愈來愈擁擠，環境愈來愈惡化。這些改變我也都親身經歷過，一開始入獄的還是我這樣的走私商，或是走上街頭的人，之後有作家因為寫了一本書入獄，再之後有老師因為在課堂上說了一句話入獄，再更之後有人因為網路上一則訊息入獄。

「他們有些才剛成家，有些才成年不久，就這樣被迫拋下了妻兒、父母、其他親友。相對來說我算是幸運的，我什麼也沒有，也什麼都不會失去。」

這麼小的東西原來有那麼大的力量嗎？小霜把玩著口袋裡的訊號發射器。因為之前的經驗，她對Caroline的做事方式多少有點了解，但並沒有接觸到具體細節，像是影片完成後到底是怎麼播出的這件事。在訊號被接收之前用更強的訊號取代，除去技術層面的細節原來是如此單純的原理，就算個人沒辦法發出如中央電視臺那樣強大的訊號，只要距離夠近，便可以取而代之。

畢竟愈近的聲音聽得愈清楚，就算只是低聲細語，若是貼著耳朵說就能驅散其他訊息。

「小——白露。」

「嗯？」

「這件事可以交給其他人做，妳不需要自己來。」

「交給別人做，難道結果就跟自己沒有關係了嗎？」

「我……」

「我也不是要闖進發射站，沒那麼嚴重。妳接著去幫其他人吧。」

轉了轉腕上的手錶，小霜提起包包下了車。她已經明白能選擇自己的道路是多難得的事，接下來她也會好好走下去。

「那時候我剛上大學沒多久，直屬學長問我喜不喜歡漫畫，我回答喜歡，他就把我拉進了社團。我大概神經有點粗吧，過了幾個星期才意識到參加的不是經過正規登記的社團，而是學生私下組成的同好會。合法的作品、非法的作品、未經審核偷偷從國外帶進來的作品，在那之前我只是聽過同學討論，並未親眼見識過，感覺就像發現全新的世界，心中想著這是不對的，卻忍不住好奇心。

「之後社團是怎麼曝光的，我其實到現在還是不清楚，也不知道為什麼受到的懲罰會比其他成員都要嚴重，有人只是被學校記了警告，有人被開除學籍，有人緩起訴但要做社區勞動，只有我被判有期徒刑兩年。是背景的差別嗎？還是有人把流通違禁品的罪行都推到了我身上？我不知道，也不想去猜測，就算得到答案也改變不了我的處境。

「入獄前我和家人斷絕了關係，雖然是自己提出來的，還是忍不住感到難過，也許還有一點被拋棄的憤怒。真是軟弱又偽善，自顧自地決定自我犧牲，卻又在對方接受時心生怨懟。我是不是希望他們出聲反對呢？是不是希望他們冒著被牽連的風險和官方起衝突呢？我不知道，但在服刑過程中有太多時間去想這個問題，即便了解自己軟弱的一面只會覺得更加可悲而已。

「兩年聽起來不長，但發生在身上時才曉得什麼叫度日如年，也只有在終於回歸社會之後，才曉得自己確確實實失去了這段時間，還有兩年裡能發生多少變化。我開始會為了一些可笑的事情崩潰，像是朋友的婚訊，像是哪個名人過世的消息，甚至是經常造訪的自助餐店倒閉。監獄會改變一個人，過去經常聽見這句話，我曾以為那只適用於重刑犯，可是這段時間，我漸漸清楚認識到過去的自己已經不復存在。

「我會有這樣的下場是自作自受嗎？最近我經常想這個問題，不過沒有答案，也許我也不想得到答案。因為無論是肯定或是否定，都只會更加難受而已。」

身為女孩子的好處，蘇寧禕想，就是可以成群結隊一起去上廁所，也不會有人覺得奇怪。

「玲玲，我背後的釦子勾到頭髮了，妳幫我弄一下好不好？」

只要找個藉口甚至可以進同一個隔間。

要不是擔心其他學生打小報告，她們也不用這麼麻煩，但經過方老師的事情之後，她沒辦法不對曾經當成朋友的人起戒心。在他們擅闖記者會之後有人靠近也有人遠離，可是即便是主動靠近的那些人，她也不敢去相信，總是會想到那個成為頭條之後她才知道名字的男人給的忠告——「**這是他們慣用的手法，必須小心謹慎。**」

從雪玲的姊姊的朋友那邊得到消息時她也沒有馬上相信，直到對方給她們聽了錄音的原始檔，並露出手腕上的疤。蘇寧禕還是第一次清楚認識到自己是這廣大世界的一部分，先前她被動接受了似乎在做著很厲害事情的人幫助，現在她有了主動做出貢獻的機會。

雖然只是當一個中間人，只是作為整個網絡的一個點。

「妳也塞太多東西了……運動胸罩的廠商一定沒有想到產品會被拿來當口袋用。」

「這個開口設計不當暗袋也太可惜了。」

「妳也不怕跳課間操的時候掉出來……話說我們能不能交換一下工作？我和陳同學都被警告畢業前不准談戀愛了。」

「妳這是想害他被警告不要腳踏兩條船嗎？」

「他那個樣子，誰會相信他敢劈腿？」

「妳好過分——」

全校廣播的聲音突然響起。喇叭在外頭的走廊，廁所裡聽得不是很清楚，但蘇寧禕可以抓到片段的幾個詞，拼湊出這段時間一再再聽見的故事。過去她沒有想過那些新聞上看見被逮捕的都是某個人的家人或朋友，他們大多並不是如新聞所說，因為對現實不滿而想要報復社會，只是像她和她的朋友，為了某個在乎的人追尋真相。彷彿未曾意識到存在的紗被揭開了，她看見好多以前沒有注意到的事情。

「沒問題嗎？占用廣播太危險了吧？」

「陳同學偷偷換了老師的隨身碟，後面的事情都跟他沒關係了。我看過他練習的樣子，很厲害喔，他好像一直都有在研究魔術，所以手很靈巧。」

「妳真的不想跟他談戀愛嗎？」

這樣想也許有些奇怪，但這是從國中以來，蘇寧禕覺得自己最像學生的一段時間。

「喂？聽得到嗎？這樣子訊號可以傳到多遠啊……嗯？三公里？真的假的，也太遠了吧？可以調弱一點嗎？啊，也對喔，這樣是比較安全沒錯，可是我怕訊號會跟別人打架，畢竟我這麼廢——痛！你很暴力欸！

「好好好，進入正題進入正題，今天要跟各位說說我朋友的故事——是真朋友，不是無中生『友』。一開始跟他還不熟的時候，我真的覺得他超——級孤僻，感覺頭上隨時都有一團烏雲在跟著，明明就坐在我前面，但整個學期只有傳考卷跟作業的時候會跟他對到眼睛，說一句『謝謝』。

「後來有一天他突然買了我喜歡喝的奶茶，上面寫了THX三個字。THX耶！不是Thank

you或是Thanks，而是感覺超潮的THX，我那時候就覺得好酷啊，想跟他當朋友，但撞了好幾個月的牆才成功讓他對我敞開心房。

「不過知道他的事情之後，我也不是不能理解他為什麼這麼難親近，他的家人被身邊的人陷害，一個丟掉升學機會，一個被抓去關，要是我也會很難再相信別人吧，原本我們學校好像想不顧成績把他刷掉，還是有人幫忙求情才讓他進來的。為什麼有些人得過得這麼辛苦呢？真的認識他就會知道他是個大好人，雖然很慢熟，但是其實對重視的人很體貼，我好希望他可以過得輕鬆快樂一點，卻不知道該怎麼做才好。

「話說回來，我還是不知道他當初為什麼向我道謝……嗯？因為聽到我幫他說話？等等！我都不知道這件事，為什麼你會知道？他最愛的人不該是我嗎？你這可惡的第三者——噫我錯了別搔我癢哈哈哈哈——」

樓筱雯在麵店門口站了好一陣子才進門。

「歡迎光——啊。」陳羽心的母親安靜了一會，正要再度開口時被前來結帳的客人打斷，「那個，妳先坐，我等一下就過去。」

樓筱雯點點頭，挑了角落的兩人座窩著。

掛在牆壁上的電視不像大多店鋪那樣轉到新聞臺，而是播放著網路上的做菜教學影片。樓筱雯有點驚訝，陳羽心曾形容她的父母為科技白痴，從她那樣的人口中說出來不會是誇飾，不過在場的客人看起來都見怪不怪了，顯然已經這麼做有一段時間。

「筱雯。」陳羽心的母親拿著菜單和筆走到桌邊，「好久不見，那個……」她和從後方的廚房探出頭的丈夫對視一會，「妳……現在還喜歡吃牛筋嗎？」

樓筱雯眨眨眼，抿著唇點點頭。

「好、好……讓叔叔特別幫妳多加一點，很快就來了，如果很餓可以多拿一點小菜——」

「那個，」樓筱雯清了清乾澀的喉嚨，「我是來把……把應該還的東西還給你們的，不用那麼麻煩。」

「別這麼說。」粗糙但溫暖的手用力拉住她的手腕，「如果妳不趕時間，吃完麵陪我們聊一聊吧。」

模糊的視線看不清楚眼前的婦人是否也紅了眼眶，她發現了嗎？樓筱雯抓緊大腿上的背包，不明白自己到底露出怎麼樣的表情，才會讓陳羽心的母親急著把她留下來。

「陪我們聊一聊吧？好久沒有和妳說話，我們錯過了好多事情。」

過了好一會，樓筱雯才點了頭。

「現在有人在聽嗎？也許沒有人聽會比較好吧，今天我原本打算要做一件高風險低報酬的傻事，不過被一碗牛肉麵阻止了，美食的力量真的很大，光是想到以後再也吃不到這麼好吃的麵，就足夠讓我改變主意。開玩笑的，其實我捨不得的是麵店的老闆跟老闆娘。也不對，其實是他們叫外援罵了我一頓。

「每個人到底是為了什麼活著呢？最近我經常想這個問題，為了家人？為了朋友？為了事業？為了夢想？沒有在乎自己的家人朋友，沒有夢想也沒有人生目標，這樣的人應該為了什麼繼續不快樂地活下去呢？要是某個笨蛋還在，她大概會說『這個世界還是有很多美好的地方』吧，而且她還是真的相信這一點。

「可以讓世界明亮一點的人因為只會造成痛苦的人不在了，為什麼那種垃圾還能繼續活著，甚至是擁有自由呢？最近我偶爾也會想也許自己是應該接受矯正，我做事的手段總是太偏激了。

「哎，要是真的有人在聽，忘掉我剛才說的那些廢話吧，抱歉汙染了你的耳朵。不過如果可以的話，請好好看著自己周遭，看著自己的朋友，看著自己的家人，請在他們陷入危險之前拉住他們。就到這裡吧，我要去當送報工了，希望最終不會是白忙一場……希望就算妳不幸再次誕生於這個國家，到時候周遭的環境能夠比現在要溫柔一些。」

「……七之七到十之九的各位聽眾早安，我是大家都不認識的主持人Andy！不好意思，其實我不知道有誰能聽到我說話，我的名字也不是Andy，只是想學這段話很久了……」

「……我有個大我好幾歲的哥哥，從他大學畢業前被捕以來，已經四年多沒見過他了……」

「……從出生以來我就沒有見過媽媽，之後爸爸也為了她不見了……」

「……被盤問幾次之後我開始動不動懷疑自己是不是被監視著，不敢跟任何人靠近，回了家也安心不下來……」

「……我應該被這樣對待嗎？就因為上一輩『做錯了事』，我們全家都應該這樣受苦嗎……」

「……我只是希望自己和在乎的人能夠過得安穩……」

「……每個人都是某個人的家長或孩子、兄弟或姊妹、朋友或愛人，有在乎他們的人，有他們在乎的人……」

「……為什麼不能改變呢，這個社會？可以的吧？可以變得更好吧？」

鄭楚仁抬頭看著許至清在最後一個自由的夜晚待著的房頂，那時候他在想些什麼呢？有沒有一刻感覺到猶豫或害怕？或是捨不得拋下這段時間建立起的聯繫？

他還沒能來得及看見這片野火，沒能來得及聽見這個城市、這個國家真正的聲音。鄭楚仁有很多話想對他說，想讓他知道他們都錯了，不只是他們不該試圖擔起整個Caroline的重量，Caroline也應該好好面對可能得到的盟友。

讓他知道自己並非單方面把他們當作家，他們也視他為這個家不可或缺的一分子。

讓他知道自己對鄭楚仁而言也很重要。

「準備好要去見你那個良心發現的仇人了？」站在他身邊的Sandy問：「作為認識你最久的老朋友之一，我跟著去不過分吧？反正他也不是不知道我這個人的存在。」

鄭楚仁輕哼，敲了下她的肩膀，「走吧。」

Film No. UNKNOWN
Title 青山依舊

第 27 章
再見

比起跟二十多個人擠在十五人的牢房裡，許至清對這個昏暗的單人間算是很滿意了，不然繼續浸在各種不堪描述的氣味中，他大概會忍不住把自己打昏，期待身體和大腦能在沒有意識的時候讓他嗅覺麻痺。

不過真正讓他難以接受的是牢房詭異的階級制度和潛規則，獄方不僅在每間牢房中選擇最凶悍的一個當頭，給予較大的睡眠空間並免除沒道理的夜間站崗傳統，還默認了因此衍生出的欺壓行為。這樣管理起來難道會比較容易嗎？這是把獄警一部分的工作分出去了？

還好進來的不是鄭楚仁，許至清實在很難想像他跟二十幾個人擠在一起入睡的樣子，更難想像他在這麼多人面前擦澡，使用骯髒的衛浴設備。怎麼說呢，雖然鄭楚仁作為一個富人家的孩子並沒有受到善待，平時也過得簡樸，可是在日常生活中還是有很多挑剔的地方，像是牙刷和牙線有特定使用的品牌，寢具每幾天就會換洗一次，飲食上更是均衡得讓人髮指。

這些小小的任性和堅持都是許至清希望他能保留下來的，他不屬於這種地方，許至清也不希望他得對誰低聲下氣來換取相對和平的生活。

當然許至清自己也適應得比預期中要不好，否則就不會故意挑撥他那間牢房的領導者——其實也不過是不遵守站崗的安排，還有在獄警巡過來時先一步開口要了止痛藥而已，要說是故意不如說是遵從本性。他知道獄方至少會保障自己的安全，在推擠中暗自把肩膀弄脫臼，在不確定該怎麼處置他的情況下，他暫時被轉移到了少數的單人間。

大概是不想讓他過得太舒服，沒有提供給他原本能夠作為唯一「娛樂」來源的書，不過那些跟中央宣傳文宣沒有兩樣的故事到底是娛樂還是折磨，這可很難說，把那些文字稱之為故事都言過其實。

在這樣一成不變的空間中，為了消磨時間不斷讀著以洗腦為目的寫出的文字，是否會讓人在不知不覺中接受那些說法呢？許至清沒有答案，至少這樣悲劇中的悲劇並沒有發生在父親身上，父親被剝奪了聲音，剝奪了對音樂的熱愛，但沒有被剝奪獨立思考的能力。

爸爸在看守所待了多久呢？許至清記憶中從父親被逮捕到審判出爐的時間並不長，畢竟罪證確鑿，很多正確但違法的事情父親都是光明正大地在做。他記得Phi曾說看守所的環境比監獄要更加惡劣，如果真是這樣就好了，即便現在想這些已經無濟於事，他還是希望父親受過的苦愈少愈好。

今天的午餐和晚餐就和昨天、大前天、這整個星期一樣，是白飯和邊角部位煮成的蔬菜碎肉湯，鹽下得不少，混在一起吃還可以接受，早上加菜的蘿蔔泡菜意外新鮮，是這幾個星期以來吃過最好吃的東西——除了檢方來和他談條件那天帶的便當。鄭楚仁要是看到了，大概眉頭都要皺到擠在一起了吧，就連洛基在其他人不在時也不會吃得這麼隨便。

大家現在在做什麼呢？有沒有好好吃飯，好好休息？只要鄭楚仁在，他們至少就不會偷懶靠泡麵和水餃過日子，不過休息就不一定了，鄭楚仁自己就不知道這兩個字怎麼寫。**「我沒事喔。」**許至清抱著腿的手在膝蓋內側寫著，**「不用擔心，我沒事的。」**

就算寂靜讓每一次呼吸和每個小動作都顯得太過響亮，他還能用自己的聲音填補空白，許至清回想曾和父母一起看過的電影，昨天是父親客串了龍套演員的殭屍末日片，今天輪到母親的朋友執導，但在發行之前就被禁播的英雄片。說實在就算是許至清小學時期相對開放的環境裡，那樣明顯批判當局的故事能通過審核的可能性本來就不高。

「第一幕，呂教授在丈夫要被逮捕時覺醒了超能力，把警察全部趕走之後一手抱著丈夫，一手抱著兒子，一家三口飛到山林裡，建立起祕密基地。」

在那裡他們遇到了幾年前就覺醒的二十二歲青年，還有他負責後方支援的老朋友，接著開始到各地幫助需要幫助的人——因為身體構造與他人不同而受到攻擊的[illegible]孩，被父親和兄長長期暴力對待的少女，經歷了喪子之痛的男人，受到坐擁權力的人脅迫的姊弟檔，他們的傷痕讓他們獲得不同的特殊能力，Caroline 就此誕生。

「第二幕，祕密組織的成員開始打擊不公不義，在整個島上布下了希望的種子，直到邪惡的掌權者發起圍剿行動，讓他們不得不暫時撤退，好重整旗鼓。」

在最後的對峙來臨之前，幾個人聚在一起說了平時沒說出口的話，做了平時不敢做的事，希望不要留下任何遺憾。呂教授的兒子在父母鼓勵下表達了隱隱約約意識到的好感，那個人也許會回應他的感情，也許會像是電影裡那樣，捧著他的臉給他一個吻。

「第三幕，在一般大眾的支援下，組織最終打敗了當局，讓每個人獲得為自己的未來做決定的力量。組織成員就此過著平凡的生活，超能力也漸漸消失。」

因為超級英雄能夠以一敵百，能夠正面對上權威並取得勝利，才可能迎來這樣的結局。許至清好笑地勾起嘴角，要是這個世界上真有超能力，大概也只會淪為少數人壓迫多數人的工具吧，畢竟力量本身沒有是非善惡，這樣想起來也許這個平凡的現狀還好一點，至少他們不是毫無反抗的可能。

要是監視的人現在正好轉到這裡，不知道會有什麼想法，會懷疑他差不多要無聊到崩潰了嗎？還是會覺得精神受到粗糙的故事汙染了呢？啊，如果之後故事說得具體一點，但每次都故意不說清楚結局，聽見的人會不會覺得難受？不過那也要他故事編得夠引人入勝才行，或者要狗血一點，讓人一邊罵一邊想聽下去，老實說他不是很擅長，會演戲說謊跟會說故事是兩回事。

等胃裡的湯水消化得差不多了，許至清開始晚上固定的運動時間，雖然空間很小，理所當然也沒有器材，但能做的訓練足夠他每天輪著做。一方面是出於習慣，一方面是想讓身體累一點，晚上比較不會睡不著，同時也不想丟掉母親教會他的自律。

最後的收操伸展是哼著父親的歌做的，這大概是單人牢房的另一個好處，這幾天他已經從第一張專輯唱到第四張，都是死忠粉絲才會聽過的作品，畢竟那時候父親還不怎麼紅。不知道這樣算不算是強迫監視的人聽了禁歌？許至清的大腦開始浮現不著邊際的想法，說不定獄方還得開會決定他哼歌時監視人員是否得切到其他地方的音訊，還有事後錄音應該怎麼處理，畢竟嚴格來說那也算是重製違禁作品。

好像現在法學院會出現的考題，不能爭辯真正重要的社會現象，就只能討論這種沒有意義的枝微末節了。

「1015號，你的律師來了。」

「『我的』律師？」

「手。」

上次也沒說是他的律師，這次又想提什麼交易了？許至清讓獄警替他上了銬，跟著對方走到同樣的房間裡，大概是案件性質特殊，每次有誰來探訪他都會被帶到這，而非同時會有許多人使用的律師接見室。

他的訪客沒有像約定成俗地那樣坐在背對門的座位，確保門外的人能夠清楚看見他這個嫌犯的動作，而是坐在前幾次屬於他的位子上，翹著腳盯著門口看。

面貌打扮毫無疑問是女性的形象，卻不是在這樣的地方會作為這種角色出現的類型，頭髮剪得很短，靠近耳朵的部分幾乎削成平頭，妝容比起看守所更適合搖滾樂手的舞臺，身上雖然穿著正式的套裝，可是略寬的袖子隨意地上摺拉起，將看起來不便宜的布料擠出了好幾道皺褶。能用這樣的形象得到在此刻負責接觸他的工作，家裡不可能沒有一點背景。許至清沒有立即入座，而是看帶他過來的人一眼，對方搖搖頭，對他比了個坐下的手勢。

「我以為你不會在意座位安排這種小事情，許先生，竟然還先尋求了許可，真叫人失望。」

這麼明顯的挑釁，許至清並沒有配合的興致，「『我的』律師突然來訪有何貴幹？」

對方聳聳肩，「每個被告總要有一個辯護人，不是嗎？」

「如果這個問題對妳來說很難回答，不如從自我介紹開始？」

「哈，你這表情順眼多了。敝人在下我姓蘇名晨，今天受某個可悲的老頭之託，來這裡向你提出一個正常人都不會拒絕的交易。」

「我前不久才拒絕了一個據說只有瘋子才會說不的交易。」

「我知道，我消息還沒有那麼不靈通。」蘇晨翻開原本就放在桌上的文件夾，裡頭列了一串第二個字被星號取代的人名，「曾經是矯正官中的金字招牌，被『指導』過的孩子好幾個都在成年之後功成名就，他對你很感興趣，也相信自己能改變你，怎麼樣？你想離開這裡嗎？」

長長的名單末尾貼著一張標籤紙，熟悉的筆跡寫著「鄭＊仁」。

許至清有意控制著呼吸，強迫自己移開視線，好觀察眼前的人。他在這裡得不到外頭的消息，不清楚圍繞著自己和Caroline的言論有什麼變化，只能從上次向他提出的交易看見一點端倪——他在他們眼中是顆有價值卻麻煩的燙手山芋。

「我的事情有棘手到需要用這種辦法安撫民心嗎？」

「怎麼不猜是這位前矯正官突然職業病發作，想要引導你走上『正途』呢？」

「他要做，難道其他相關人士就會接受？」

「多方博弈的過程也許和你有關，卻不是你需要知道的。」蘇晨輕巧地將標籤撕下來夾在手指之間，「最終這個提案被我帶到你面前，只要你接受了，就可以從這個地方走出去。當然，你不會像是其他接受矯正的未成年人那樣保有一定程度的自由，而是會住進寬敞許多也舒適許多的監牢，同樣會有監視設備，矯正官會依照自己的判斷為你安排『課程』，直到他和其他人認定你不會再對社會造成危害為止。」

許至清輕哼，「沒有時間上限？」

「許先生，您知道像您這樣的案子通常會被判幾年嗎？」蘇晨的語氣突然認真起來，「五年算少的，最高可能判到十年，這種時候，難道不該抓緊任何提前重獲自由的機會？」

她把手蓋在許至清手上捏了一下，趁隙將標籤塞進他虎口，許至清皺著眉對上蘇晨的眼睛，如果這是他們的希望，如果這是他們這段時間努力的成果……

「我需要做什麼？」

「做好心理準備，明天會有車過來接你。」蘇晨揚起嘴角，一邊說一邊起身，「很高興認識你，許先生，還有……」她回頭看了他一眼，「如果會再見就再見吧。」

許至清收緊拳頭，把那個人的名字緊握在手中。

雙手被銬在身後，許至清被帶到了看守所門口，到馬路之前的一小段路排著一道人牆，後方則是記者和早已架好的攝影機。真是大陣仗啊，這是打算一路拍攝到他走進未來不知道要待上多久的矯正地點嗎？

鏡頭前他應該呈現出什麼樣的形象呢？是短短時間已經飽受折磨的可憐人？還是環境惡劣依

舊勇敢抵抗的烈士？許至清掃過一顆顆鏡頭，最終選擇如平常那樣挺起胸膛，彷彿沒有受到任何影響般踏出穩定的步伐。他不想讓伙伴在看見時擔心。

一輛警車在面前停下，接著有過幾面之緣的面孔出現在打開的車門之後。許至清靜靜地看著謝廷下車，對站在許至清身後的同僚點頭致意。又或者這個小動作其實是對著他做的，無論如何，許至清必須承認自己緊繃的身體放鬆了一些。

不待身後的人催促，許至清矮身鑽進敞開的後座車門，另一側已經坐著又一名警察，加上駕駛就是三個人了，這樣的陣仗與其說是為了防備他，不如說是在鏡頭面前演戲——許至清上車時就注意到了，座位後方和後照鏡旁邊都裝著小顆的攝影機。

「許先生，麻煩轉過來一下，我幫您改把手銬在前面。」

許至清和謝廷對上一眼，轉過身方便對方做事。

謝廷重新扣上的手銬鬆上許多，沒有讓金屬邊緣咬進皮肉裡，如果當初是由謝廷來為父親上銬，就不會讓父親手腕受傷了吧。不知道是不是也想到他父親，謝廷沒有立即抽身，而是碰了下他手腕上的紅痕。注意到另外兩名警察已經望過來，許至清開口點醒謝廷：「多謝，這樣要是出了車禍，我至少會有一點生存機會。」

謝廷不明顯地扯了下嘴角，回到副駕駛座。

一路上沒有人說話，謝廷也沒有再給予他更多關注，至少表面上是如此，而是拿出電話傳起訊息。許至清看向窗外，前後有警用機車開道，還有另一輛警車緊跟其後，其他車輛都離得遠遠的，路邊的行人大多也下意識在警車經過時撇開頭，像是擔心多看一眼都會惹上麻煩。

可是如果連看都不敢看，那還能做到什麼呢？許至清側頭向上望，大多數家戶的窗簾也都是拉起來的，不過有少數人站在窗邊或是陽臺上，頭部隨著視線轉動，他們……許至清愣了會，一時之間不確定是不是想多了，直到經過更多行人、店鋪、住家，他才意識到自己先前漏看了什麼。

圍巾，是藍色的圍巾。

冬末的天氣依舊寒冷，戴圍巾的人不算少，藍色也是相當尋常的顏色，可是那些沒有移開視線的人，那些在警車停下時也跟著停下腳步的人，那些看起來似乎本來就守在路口的人，每一個都戴著藍色的圍巾。

然後他注意到了藍色的絲帶，綁在電線桿、行道樹，甚至是監視器上，像是一簇簇小小的藍色火花。

什麼啊，是誰想到這個主意的？要是在很久以後，這件事能成為報紙或課本裡的一個小方格，撰寫人該如何解釋這個選擇背後的理由？太任性了，那麼努力讓那麼多人響應的一件事，竟然還要藏著只和他共享的祕密。真的太任性了。

許至清緩緩吐了口氣，努力壓抑胸口翻湧的熱度，但視線還是兀自模糊起來，他眨去淚水，放棄了抵抗。算了，就把這當作關押幾個星期後再度看見陽光的感慨，把這當作堅強的面具出現裂痕的表現，要是大家看見了，也會知道他有注意到他們的訊息。

「需要紙巾嗎，許先生？」謝廷打破了沉默。許至清搖搖頭，「暫時也停不下來。」

「您被逮捕的時候沒有哭。」

「這年頭警察也兼職記者了嗎？」

「只是出於我個人的好奇心，抱歉。」

翻譯過來就是擔心他的心理狀況，可是沒辦法明說，只好這樣拐彎抹角地問。

「沒什麼，只是突然覺得天空很藍。」許至清瞥了他一眼之後便繼續望向窗外，「看守所牢房的窗戶都被擋起來了。」

「喔。」

「先前有人沒有經過正規程序，違規透過窗戶和外界溝通。」

「差不多快到了。」

車子經過封閉社區的大門——駐守的不是一般警衛，而是配著槍的警察，這是許至清知道存在但沒有接近過的地方，據說住的都是些退休的大人物。視線所及是清一色五層樓的獨棟住宅，每棟房子都有自己的前後院。他們停在離門禁不遠的地方，接著步行到真正的目的地，駕駛留在車上，謝廷負責押著他走，最後一個人則是在一旁負責警戒。

如果光看表面，也許這個地方可以被用「和平」來形容，遠離市中心的喧囂，四處種著綠樹和花草，每個家看上去都經過精心打理，住戶在路上遇見時不僅會打招呼，甚至還會停下腳步寒暄。

這些人的互動有幾分真誠，許至清並不清楚，可是能認出幾個曾在新聞看見的面孔，他們談笑的樣子只讓他覺得刺眼。

謝廷上前按了門鈴，往話筒說「你好」，之後鐵門緩緩敞開，他們繼續往裡頭走。庭院的造景一眼看去就寫著昂貴兩個字，草坪和灌木都修剪得很整齊，一樓的落地窗不如說是一整面玻璃牆，一眼就能望進裡頭寬敞的客廳，絲毫不像是應該出現在這個國家的住家。

即便有外牆和樹木，裡頭也能拉上窗簾遮擋，窗戶本身就是建築結構上的弱點，在隱私保護上也做了沒有什麼意義的犧牲，這大概就是權勢帶來的餘裕吧，或者是特意為了矯正目的做出的設計？畢竟二樓以上就沒有這樣大片的窗戶。

「接下來我們就不進去了。」謝廷解開了他的手銬，「祝您好運，許先生。」

許至清對著自己的手皺起眉，但很快地舒展開來，雖然沒有想到會那麼快解開手銬，但也不算太奇怪，無論如何他都只是個手無寸鐵的平凡人，這個社區則是隨時都能叫來持槍的警察，即將見到的矯正官應該也有自己的保鑣。

回頭目送謝廷和另一名警察離開，許至清推開意外沉重的門，一抬頭就對上幾臺監視器，光是客廳就裝了四臺，餐廳和廚房也沒有留下什麼死角，通往房間的走廊大概也有鏡頭，只是燈關著看不清楚。「砰。」門在他鬆開手之後關上，還自動上了鎖，許至清壓了一下門把，反鎖，從裡頭也打不開。

一、二、三、四……許至清站在原地數了一分鐘，沒有任何人出現，也沒有聽到什麼動靜。

他甚至都要懷疑這是不是一場騙局，等會整棟房子就會燒起來或是發生氣爆，乾淨俐落地解決他這個麻煩。

不過這種蠢事大概就算是最尸位素餐的高層也做不出來，他天馬行空的想像沒有成真。許至清先是在客廳繞了一圈，雖然只看見電梯，但不大可能沒有樓梯，大概是在角落那扇上鎖的門後。

接著他走到餐廳、廚房，再轉進走廊，往裡頭的房間走。一開燈果然看見了更多監視器，走廊深處的兩扇門都沒有上鎖，左邊是書房，右邊是臥室，臥室裡有單獨的衛浴，也是整層樓唯一沒有看到鏡頭的地方，不過不排除可能藏著針孔，也不確定有沒有收音裝置。

所有用品都是全新的，像是樣品屋或是準備好讓人入住的飯店，這是今後生活的地方嗎？對一個犯人來說確實是過於豪華了，比公家機關都還要密集的監視器倒是很符合他的想像，此時此刻大概就有人看著他的一舉一動，只是不知道為什麼還沒有接觸的打算。

是想花點時間觀察他嗎？許至清回到客廳，脫了鞋坐在沙發上。後方的書架擺著一排印刷較為精良，但翻起來內容和看守所提供的「娛樂」差不多的書。眼角餘光注意到天花板正對著他的鏡頭稍微調整了下角度，大概是想看清楚他的表情，許至清挪動了下，鏡頭也跟著稍稍轉動。

闔上書，許至清站起身，對著鏡頭揮揮手，「聽得到我說話吧？說真的我不知道這有什麼好看的，要不勞駕您下個樓，告訴我您想看點什麼樣的表演？」

他沒有立即得到回應，但沒過多久停在五樓的電梯便開始向下移動，四、三、二。電梯還沒完全降下，許至清就已經透過透明的玻璃門認出那道身影。「砰咚。」原本他的心就和面容一樣平靜，沒有壓抑情緒的必要，但此刻得用盡全部的自制力，才能維持好原先的表情。

門緩緩打開，一雙磨損嚴重的皮鞋踏了出來。明明是個大老闆，怎麼就不知道要為自己買一雙新皮鞋呢？許至清安靜而隱晦地深吸了口氣，抬頭對上鄭楚仁收拾好所有情緒的臉，沒有忽略他抱在胸前，不斷在手臂上敲打著的手指。

「許先生。」鄭楚仁用比平時要更低沉的聲音說：「請跟我來。」

「去哪？」

「上樓。」

「見誰？」

「蘇暮暉，蘇先生。」

「不用上銬？」

「制伏人的方法有很多種，每種都不會讓您好受，誠心建議您不要做沒有意義的反抗。」

手指敲打的頻率更快了，許至清沒有回嘴，跟著鄭楚仁進電梯。玻璃門緩緩關上，發出細微的喀噠聲，接著開始向上移動。一離開一樓的區域，鄭楚仁便展開雙臂抱上來，比任何時候都要用力，按在他背上的手彷彿都要隔著衣服留下印痕，胸口隨著呼吸微微顫抖。

許至清震驚地差點叫出來，然後柔軟的嘴唇貼上耳朵，用幾乎和呼吸一樣安靜的聲音說：

「電梯他會搭，沒有監視器。」

五層樓的透天從外頭看上去很高，此刻許至清卻徒勞地希望這是百層樓的大廈，能給他們更多一點時間。鄭楚仁很快就放開他，整理好衣服之後踏出電梯，站在外頭等他跟上。許至清碰了下今早被要求換上的灰色囚衣，然後是沒辦法每天洗而有點油膩的髮梢，過去的經歷讓他為了避免拖他人下水而保持距離，卻未曾像現在這樣讓他覺得會弄髒在乎的人。

「這邊請，許先生。」

許至清吐了口氣，跟著鄭楚仁一起走進看上去和大門口一樣厚重的房門。門邊站著一個保鑣，隔著一面玻璃則是類似於病房的空間，上半部調成靠背的床上坐躺著外表六十多歲的男人，胸口的導管連接到床邊機器，旁邊站著戴著一副藍色手套的中年女性，還有另一名保鑣。雖然這位蘇先生看起來孱弱得許至清就算三天沒吃飯也能輕易制伏，鄭楚仁藏在口袋的手卻攥成拳頭，呼吸也有些亂了。

許至清不知道在場有多少人注意到鄭楚仁的反應，但他向前跨一步，直視著蘇暮暉走到鄭楚仁斜前方，「你就是我今後的私人典獄長？」

「……今後你會用『您』和『蘇先生』來稱呼我。」他的聲音像是從上個世代的收音機傳出來，即便整個空間足夠安靜也幾乎要消散在空氣中，「你獲得了一個許多人都得不到的機會，許閔文的兒子，希望你不會辜負我的期待。」

「那麼您的期待是什麼，『蘇老先生』？」

「你就和他們說的一樣乖戾，不過沒關係，我見多了像你這樣的人。」

「不好意思，我沒聽清楚您的話，麻煩再重複一次。」

「楚仁。」

鄭楚仁不明顯地僵硬了一下，從牆邊的櫃子裡拿出一個黑色項圈——電擊項圈，不知道是以寵物用的市販商品改造，還是特地為了用在人身上做出來的。許至清的視線從鄭楚仁泛白的手指掠到蘇暮暉臉上，不熟悉的恨意突然湧現，他得閉上眼睛才能避免露餡。

冰涼的金屬電極貼上脖子，項圈在修長手指的調整下收緊。不到會勒出痕跡的程度，但每次吞嚥喉結都會感受到些許阻力。鄭楚仁曾被迫著戴上的就是這種項圈嗎？他睜開眼睛，對上鄭楚仁閃爍的視線。鄭楚仁在眼前按下了手中的遙控器，他卻連一點小小的靜電也沒有感覺到。

真是的，這是要他怎麼演？雖然不久之前才被電擊槍擊中過，但對這種項圈的強度絲毫沒有概念。悶在胸口的情緒稍微消散了一些，許至清一瞬間收緊頸部和肩膀的肌肉再放鬆，用口型說了「笨蛋」。

鄭楚仁不明顯地白他一眼，其中夾帶的複雜情緒是許至清過去從沒見過的，這下他腦中的清單又多了一筆資料。

「接下來你的矯正計畫會由我的助手進行，記得你的一舉一動都被看著，不要抱著僥倖的心態試圖反抗，或是試圖從這裡離開。每個月也會有人來評估你的狀況，如果想早點重獲自由，最好的作法就是配合我們學習，改掉壞毛病，成為能夠好好融入這個社會的公民。」

哈，只有義務沒有權利的人還算是公民嗎？許至清雖然在心裡反駁對方，但沒再開口回應，只是不置可否地聳聳肩。蘇暮暉又對鄭楚仁使了個眼色，鄭楚仁立即推著他離開。

拉開足夠的距離之後鄭楚仁捏了下許至清的手腕，等進電梯後湊到他耳邊說：「項圈抱歉。」

「沒關係，是你替我戴的。」許至清回道：「不過好歹也真的電我一次，不然我演不好。」

鄭楚仁瞪了他一眼，但沒有時間再多說什麼，電梯已經要降到一樓。他們回到不知道多少人的監視之下，鄭楚仁也收起所有情緒，帶著他往後面的房間走。

「明天正式開始課程，你可以先收拾打理一下，換洗衣物已經放在衣櫥裡了，浴室也有盥洗用具。為了安全，我會把你反鎖在臥室裡，還請理解。至於項圈的部分不用怕碰水，九點睡覺時間前會替你摘下來，隔天早上再戴上。」

說話間鄭楚仁把他推進房間，關好並鎖上門。衣櫥裡清一色的灰衣黑褲，許至清帶了一套進浴室，看著鏡中有點狼狽的自己。項圈在脫下上衣之後顯得更加微妙，他不願去想五樓的男人當初是出於什麼心態在鄭楚仁腿上鎖了個項圈，不過至少不像他直接掛在脖子。就如先前所說，如果不是鄭楚仁替他戴的，許至清不會這麼容易接受。

久違地沖了澡，他花了比平時都要更長的時間刷洗身體，準備的盥洗用具中沒有刮鬍刀，也許和監獄一樣要看著他刮完之後把刮鬍刀收走吧，他用拇指按了下牙刷的刷毛，不自覺笑起來，牙刷、牙線、牙膏都是鄭楚仁慣用的牌子，衣服大概也是鄭楚仁準備的，雖然只是素面T恤和黑色棉褲，但質料穿起來很舒服。

明明做好獨自撐過這段日子的準備，沒想到最終卻讓鄭楚仁成了他的「教育者」，不得不面對過去的惡夢。許至清抹了抹臉，這大概是Caroline其他人在表達對他設想的未來的拒絕，不過他卻無法抑制地感到慶幸和寬慰。

就算義無反顧地離家出走，他的家也會立刻追上來。

「近距離觀察過後你有什麼想法，楚仁？」

「我能有什麼想法？」

「如果你父親當時沒有插手，也許你也會變成那個樣子。」

「那還真是多謝他了，下次我會記得多燒點紙錢，讓他在下面的日子好過一點，等你死了，我也會記得把這整棟屋子燒給你。」

「……你還是和以前一樣。」

還是和以前一樣？不，若是以前的他，這時候大概已經掄著椅子往這個人的頭上砸，之後想辦法從五樓窗戶逃出去。曾經他沒有理由面對蘇暮暉，也沒有理由壓抑恐懼和厭惡，他是在逃離這個透明且沒有人看著的牢籠之後，才明白了真正的愛是什麼。

不是以「為你好」為名的否定，不是以「沒有選擇」為藉口的背叛，不是以「教育」為遮掩的折磨。許至清這個時間肯定已經醒來了吧，也許正在臥室裡運動，等著他過去開門。

他曾藉著蘇暮暉的名義要過一次看守所的監視錄影畫面，在茶館和大家一起看了許至清的一日，在場除了陳晏誠沒有一個人眼睛是乾的，就連和許至清沒有過交集的蕭郁書也流了淚，大概是觸景傷情。

真是了不起啊，許至清如此努力地維持著相對正常的生活，即便條件如此糟糕，依舊有好好吃飯、運動、睡覺。鄭楚仁必須承認自己無法做得和他一樣好——心理狀態可以調整，生活習慣卻沒有那麼容易改變。

套句小Phi說的話，就是「能每天早上起來晨跑的果然都不是凡人」。

「你還有什麼想說的就快點說，再五分鐘我就下樓了。」

「你非得算得這麼精？」

「每天十分鐘，不多不少。」鄭楚仁看了眼錶面，「還有四分鐘。」

「你父親也是這樣，我在他身上總是討不到便宜。」

「是嗎?他在死前怎麼就沒有榨乾你的利用價值，之後斬草除根？」

「先不談他做不做得到，如果這麼做了，你現在就沒辦法利用我的感情達來到目的。」

「麻煩不要褻瀆了『感情』這個詞。」鄭楚仁交握著雙手阻止自己透露太多情緒，「三分鐘。」

蒼老的臉上浮現出悔意，鄭楚仁撇開頭，無論有幾分真心，對方這樣的表現只會讓他作嘔。

接下來三分鐘在沉默中緩慢流淌而過，時間一到，鄭楚仁便頭也不回地往外走。外套內袋放著的偵測器依舊沒有反應，就如同許多年前一樣，蘇暮暉不會在自己的生活空間設置任何監視設備，免得被他人利用，其中也包含現在他移動時必須使用的電梯。

鄭楚仁手指敲了敲大腿，除非蘇暮暉要見許至清，否則他沒有理由將人帶進電梯這個盲點中，在一樓的監視之下能做的也有限。雖然許至清臥室的浴室同樣沒有錄影錄音裝置，但他沒有理由進去，而生活用品雖然是他開的清單，不過也不是親自放的，若要藏紙條或是其他訊息有被發現的危險。

和蘇暮暉談交易時他還是畫了一道界線以策安全，說出的動機是「**許老師幫過我，我想報答他**」，要求是「**我要參與整個過程，由你主導我不放心**」，交換條件則是每天早上十分鐘的一對一會面，還有他不會做出讓其他人懷疑蘇暮暉立場的事。

但合理的範圍內他可以動手腳，幾分鐘就夠了，只要向許至清傳達接下來的計畫，剩下的都可以等到離開這裡再談。

拿出鑰匙開門，許至清果然已經醒了，打著赤膊在床邊狹小的空間做伏地挺身。不是凡人，小Phi的評價不能再更準確。鄭楚仁壓下嘴角，重新將項圈繫在許至清脖子上，接著退出房間，「衣服穿上就出來。」

許至清慢條斯理地套上T恤，跟在鄭楚仁身後走到餐廳，他們的早餐已經用升降機送下來，兩顆饅頭，兩杯豆漿。許至清看起來有點詫異，大概沒有想到他們的餐點會是相同的。

鄭楚仁指著對面的椅子，接著解釋：「伙食會隨著表現調整，如果你的教育沒有進展，我也得負一部分責任，所以接下來的時間我都會和你吃一樣的。」他在許至清面前立起一個平板，「八點到八點十分是每天的早餐時間，期間視線請不要移開，否則會給你相應的懲罰。」

他點了下螢幕開始新聞轉播，現在「正好」在報導許至清破例成為矯正案件的事，以及蘇暮暉的豐功偉業。請到蘇暮暉曾經的矯正對象來現身說法時，許至清低低地哼了聲。鄭楚仁把項圈的遙控器放在桌上，指尖敲了敲桌面。

「先前我沒有說清楚，但這段時間禁止說話，沒有下一次。」

從眼神鄭楚仁就知道他打算開口，果然許至清在喝了口豆漿之後拉長語氣說：「不可笑嗎？把將人折磨出陰影的行為稱之為成就——」

鄭楚仁在他面前「按下」按鈕，許至清頸部的肌肉一抽，表情因為不存在的疼痛和憤怒緋緊。明明知道對方並沒有真的被電擊，過往的記憶卻如同幻肢痛一樣，讓鄭楚仁的大腿下意識僵硬起來，喉頭被罪惡感堵住。他吞下沒有用處的情緒，仔細看著眼前的許至清。

頭髮似乎是進看守所沒幾天就被剃成了平頭，但他五官夠立體，看起來倒像是自己選擇了這個髮型，許老師的歌唱生涯中也有一段時間把頭髮剪得很短，不過相較之下許至清整個人氣質更剛硬一點。真正不適合他的是嘴上稀疏的鬍渣，過幾天讓他刮吧。鄭楚仁想著接下來的安排，心跳漸漸穩定。

「你正是那些成就的獲益者，許先生，現在請安靜吃你的早餐，眼睛不要離開螢幕。」

許至清瞥了他一眼，咬下一口饅頭細細咀嚼。都這種時候了還擔心他，真是個笨蛋。

蘇暮暉的教育方式和過去沒有太大不同，唯一的區別大概是為了避免鄭楚仁放水太明顯，將他和許至清的食宿待遇一定程度綁在一起，因此許至清吃得比當時的他要正常了些。

說到底不過就是靠著懲罰來讓矯正對象認錯，無論是大腦為了生存真的產生變化，還是讓人不敢不去演出一個完美的模範「公民」，最終都是殊途同歸。蘇暮暉取得的成果比許多人好，不過是折磨手段更多樣了點，還有接觸到的孩子許多本來背景就非富即貴。

「早上的課程很簡單，看完這本書，把它應該被列為禁書的理由寫下來。」

許至清仰頭看他，「要是我寫不出來？」

「關禁閉三個小時。」

「三個小時之後還是寫不出來？」

「再關三小時。」鄭楚仁敲敲桌子，「如果寫出來的理由明顯有問題，就改到你寫出滿意的答案為止。」

他已經在暗示許至清選擇後者了，不過他也知道許至清從來就是個反骨的人。

「這本書我看過，我認為不該被禁，你關我吧。」

鄭楚仁壓抑住嘆息，領著許至清到書房裡，接著將他推進固定在牆邊的鐵櫃中。身形顯然比未成年時的他要高大許多的許至清肩膀貼著櫃子兩側，連站直都有點困難，更別說是像過去的他那樣蹲坐下來。鄭楚仁抿起唇，遲遲無法將門關上，他相信在黑暗裡待上三小時對許至清而言不是問題，但在這樣狹小的空間……

「蘇先生還真是個奇人。」許至清突然開口說：「能想出這麼多不會留下明顯傷痕的懲罰。」

「許先生也是個奇人，總是在自願受罰。」

許至清聳聳肩，對上他的視線說：「我不怕黑，也很耐站。」

「……三小時。」

還要反過來讓他放心，真是個大笨蛋。

許至清在裡頭站三小時，鄭楚仁也在外頭站了三小時，聽著許至清刻意在櫃門上敲出的節奏。他有些後悔先前想得不夠遠，沒有設計出類似摩斯密碼的暗號讓大家學。聽不大出來是什麼歌，不過大概又是許老師的作品，鄭楚仁同樣裝出不耐煩的模樣，一邊看手機一邊用腳在地上打拍子。

等鄭楚仁將門打開，許至清甚至還能露出微笑，偷偷扯了下他的袖口。鄭楚仁押著他回到客廳，這次許至清動了筆。寫的當然不是這個故事應該被禁的原因，而是正經八百的讀書心得。在被鄭楚仁退件之後，他改寫了份針對故事節奏的批評。

推遲兩小時的午餐同樣伴隨著強制觀看的新聞，下午在閱讀洗腦用教材中度過，晚飯和盥洗過後，則是接下來每天睡前都要做的懺悔時間。

鄭楚仁不用想也知道許至清不會配合，畢竟那正是他們會走到這裡的原因之一。許至清的懲罰是在就寢時間被束縛在床上，戴耳機一整夜聽著針對他的否定言論，這大概是曾經最讓鄭楚仁覺得惱人的懲罰方式，他本來睡眠品質就不算好，聽著厭惡的人不斷說著「男孩子就該像個男孩子」或「你父親以你為恥」，對入睡更是沒有幫助。

用固定在床上的束帶綁住許至清的手腕和腳腕，鄭楚仁沒有弄得太鬆，免得真有人來突擊檢查，但也注意沒有收得太緊——在此之前他還拿他們之中最細皮嫩肉的洛基，還有骨架和許至清最接近的小Phi實驗了一下，Sue雖然肌肉含量比較高，可是她已經太習慣忍耐。

期間許至清的表情一直很緊繃握緊著拳頭，鄭楚仁趁隙捏了下他的手指作為安撫，不過他的怒意只是變得更加明顯。鄭楚仁原本還在思考這到底是演技還是真實情緒的表現，直到許至清一邊怒瞪著房裡的監視器，一邊隱晦而輕柔地擦過鄭楚仁的手腕，他才意識到許至清在為他生氣。

現在想起來，從昨天開始到今天一整天，許至清已經好幾次為過去鄭楚仁曾經遭受的待遇，對那個不會有所保留的加害者露出了這樣的神情。是故意讓自己經歷這些懲罰嗎？鄭楚仁怔然地想，他大概不該因此感到寬慰，除了鎖在腿上的項圈，這些具體細節就連陳晏誠也不知情。那是他人生中最醜惡的一段時間，他自己已經學會了面對，至今卻未曾展露給其他人看到。

掩飾著內心的波動，他接著把耳機固定在許至清頭上，不過他並沒有汙染許至清耳朵的意思。明顯在等著聲音放出來的許至清瞥了他一眼，眼裡的寒冰被無奈取代。出於安全鄭楚仁不好直接替換掉音檔，但調整音量總可以做到。

「希望明天你可以少找點麻煩，這也是為了自己好。」

許至清動了動嘴，沒有發出聲音，口型也沒有明顯到鄭楚仁能夠讀出他說了什麼。鄭楚仁皺起眉，從許至清一瞬間露出的笑容來看，他可以合理懷疑許至清是故意的。

「明天見，許先生。」

許至清點點頭，到鄭楚仁退到門邊關燈之前，都沒有把視線從他身上移開。

鄭楚仁並不抽菸，但需要的時候是個好用的工具和藉口，拿出不知道多久以前從鈴鐺那邊沒收的菸和打火機，他繞到後院的樹下，背對著監視器點燃。這一片小庭院曾經是他表現良好時的獎勵，當初他就是趁著這個機會從這裡翻牆出去，因為手腳嚴重不協調，還把自己摔出了一大片瘀青。

如果是Sue或許至清，翻出去大概都不需要兩三秒吧。三年多前Sue曾經教過他們翻牆的訣竅，希望有必要的時候至少能增加逃跑的成功率，洛基意外地很快上手，手長腳長的小小也沒多久就學會了，Sandy則是經過好一陣子一對一特訓，才把一次成功的機率提升到七成。當時還沒被允許正式加入的小Phi對這個祕密特訓並不知情，至於鈴鐺和他直接被屏除在外，畢竟鈴鐺通常是開車的人，也擔心他摔壞自己，鄭楚仁則是有更多更好的選擇。

不過他其實在從這裡逃走之後的那段時間，就已經逼自己學會了翻牆，也教會了自己開鎖，不管是水泥、磚塊、鐵絲網，他不會允許自己再被任何牆壁困住，除非為了誰自願停留。

「鄭先生。」原本守在門外的保鑣之一走了過來，對鄭楚仁點頭致意。他看了對方一眼，陳晏誠挑的人真的各個都氣質誠懇，也不知道是哪裡的水養出了這麼多老實臉。

「不無聊嗎？」鄭楚仁開口：「守門守一整天。」

「準確來說是半天。」男人搖搖頭，「想到站著的每一秒都有錢拿，突然就覺得不無聊了。」

「你倒是誠實。」

「過獎。鄭先生呢？工作還順利嗎？」

「這位許先生確實是……需要一點時間改變心態。」鄭楚仁嘆口氣，「我之前也跟他們說過事情沒這麼簡單，起碼要讓他清楚認識到自己的狀況，不過這是蘇先生交給我的職責，我會和他好好談的。」

「在這樣的環境下每個人都會特別警戒吧。」

「沒辦法，他畢竟是特殊矯正對象，監視錄影畫面會經手好幾個人。」

「鄭先生覺得要花多久時間才能開始看到成效？」

「誰知道呢？我是希望不要超過一個月，光是想到要吃這麼久的饅頭和白粥就反胃。」

「希望您能得償所願。」

「謝謝。」鄭楚仁掐滅了菸，「我回去了，免得你還得看著我。」

「這是我的職責。」男人笑了笑，「晚安，鄭先生。」

鄭楚仁擺擺手，沒有再多說便進屋。話傳到了，現在他要做的就是等待。

Film No. UNKNOWN
Title 青山依舊

第 28 章

承諾

如果早上起來第一件事情是在另一個人身上繫上電擊器，晚上做的最後一件事情是將另一個人束縛在床上，整天下來每一份工作都是為了破壞、重組、扭曲另一個人的想法，不是性格變得偏差，就是會讓自己忘記折磨的對象是同類吧。

無論好事壞事，只要給予足夠時間，最終都會成為習慣。施加在他人身上的惡會成為例行公事，施加在自己身上的惡會成為看不見的網。鄭楚仁三十多年的人生中見過許多人成為這種習慣的俘虜，自己也帶著不少難以甩開的包袱，沒有什麼人是不會改變、不會墮落的，善是一次次有意識做出的固執選擇。

如果此刻扮演這個角色的人不是他，是否能在監視的壓力下堅持立場？如果並未和許至清發生過交集，他是否會把短時間的傷害視為必要之惡，將曾受過的折磨施加在另一個人身上？如果未曾逃離過這裡，他是否連這些問題也不會有？

他不是喜歡思考沒有發生的過去的人，不過在前幾個睡不好的晚上，腦中的思緒偶爾會被這些假設糾纏住。熟悉的環境勾動了曾經的無助和恐懼，如果不是為了許至清，鄭楚仁大概這輩子都不會回到這個地方，但也正因為有許至清在，他才能理智地面對這一切。

畢竟帶著明確任務的他沒有餘裕浪費心力，在帶許至清回家的那天來臨前，自己得盡所能地護著他。

這幾個星期沒有太多意外，兩次有人在夜半時刻闖進許至清的臥室檢查他的狀況，不過沒有熟睡的鄭楚仁及時將音量調整過來。第二次發生的隔天許至清就堅持不讓鄭楚仁冒這個險了，在他照慣例替許至清戴上耳機後威脅地盯著他，在他裝作沒看懂時張口咒罵蘇暮暉。

顯然許至清在忽視噪音方面也比過去的他要擅長，第一天還能看到一點沒睡好的陰影，之後沒有再被影響過。

每天鄭楚仁都在等著外頭的伙伴傳話，這是他過去並不熟悉的角色，他不習慣扮演停留在原地的觀察者，等待其他人做好必要的準備工作，等待他們帶來對話的機會。

真正的盟友、虛假的商業伙伴，他總是在翻動人際網絡的線，試圖導向希望的結局。這是第一次當一個單純的演員，單純地面對著每一刻的變數，像是要如何面對此刻交到自己手中的武器，要怎麼做才能在攻擊許至清的同時不讓他受傷。殘酷大概真的是人類天性的一部分，否則很難解釋怎麼有人能將其磨練得如此上手。

下樓之後他沒有立刻去替許至清開門，而是走到外頭抽了根菸，口袋裡的隨身碟像是要在大腿上燒出一個洞，如果這麼做能有什麼意義，他真想直接把隨身碟丟出去讓車輛輾過。

「鄭先生，難得在這個時間看到您。」

鄭楚仁吐了口氣，「今天換早班？」

「小陳他家裡臨時有事，我就替他代班了。」

來了嗎？鄭楚仁看了對方一眼，捻熄抽到一半的菸，「辛苦你了，不過確實是應該優先照顧家庭。」

「不會。」男人笑了笑，「希望問題今天就能解決。」

「祝他好運。」鄭楚仁勾起唇，揮了揮手便回到屋裡。

今晚。即便談話過後他們依舊在這個牢籠中，依舊得花上好幾個月，甚至幾年的時間贏得自由，但至少許至清能成為主動參與的那方，至少他們能偷來坦然對話的片刻。

鄭楚仁來到許至清門前，敲了兩下門板之後走進門，熟練地解開束縛許至清四肢的綁帶。低頭拿下耳機的時候，許至清微微瞇起了眼，說：「菸味。」

「……坐起來。」

如同過去幾週把項圈戴在許至清脖子上，鄭楚仁先一步回到客廳，落在大腿邊的手又碰了下口袋裡的隨身碟。

他有多少試探空間？能夠承擔多大的風險？至今幾個懲罰他做過假、放過水，但還沒有完全拒絕執行過。蘇暮暉會怎麼反應？會為了保護自己替他掩飾嗎？也許他可以用對許老師的複雜感情作為藉口，就算此刻有其他人在看著他們，他曾為許老師奔波的事也並不完全是祕密。

「蘇老先生又有什麼新招了嗎？」許至清突然開口：「我昨晚才在想他終於江郎才盡了。」

鄭楚仁側過頭，對上許至清認真的神情。他總是這樣，即便在這樣的處境下依舊注意著鄭楚仁的情緒，想著要如何替他分擔。鄭楚仁刻意地翻了個白眼，「也許我該提議在課程裡加上國文補習時間。」

「我的成語可是跟大師學的，不要汙衊他。」

是啊，洛基可不是成語大師嗎？鄭楚仁和許至清交換了一個眼神，接著立即板起臉，將他們今日的早餐放到餐桌上。
「早餐吃完開始，希望你能控制住自己的脾氣，不然這就是你今天最後一餐，就寢時間之前都不用從書房出來了。」
許至清挑起眉，鄭楚仁知道他聽懂了。
十分鐘過得太快，鄭楚仁走到客廳，將隨身碟插進筆電裡，點開檔案。每一步都盡可能地拖慢了速度，徒勞地希望筆電能在此時當機，至少拖個幾分鐘的時間也好，但這樣的巧合不會在需要的時候發生。影片很快地開始播放。鄭楚仁沒有看著螢幕，而是看著許至清的表情，許至清眼角抽動的瞬間，鄭楚仁知道他已經意識到接下來將會看到什麼。
光是用聽的鄭楚仁就覺得難以忍受，他只能想像許至清此刻的感覺，因為這個太過擅長忍耐的青年將自己的臉固定成了沒有情緒的面具，看似平靜的雙眼幾乎一眨也不眨地盯著螢幕，呼吸的節奏沒有一點變化。若不是從筆電傳出的聲音，鄭楚仁甚至可以相信許至清看著的不是折磨一個人的過程，更別說是他父親被一點一點奪走聲音的記錄。
沒有人應該目睹至親遭受這樣的對待，但鄭楚仁無法輕易地阻止這一切。不是因為他們的處境，而是因為許至清沒有一刻移開的視線。他想將筆電闔上，想將許至清帶得愈遠愈好，可是最終做選擇的並不是他，而是許至清。現在他能做的只有陪著許至清。
從早晨到中午，整個空間裡都只有許老師愈來愈啞的聲音，還有再也壓抑不住的痛呼。其餘的一切彷彿都凍結了，許至清一直維持著相同的坐姿，唯一的動作只有頻率不高的眨眼和呼吸帶來的些許起伏。

那些人預期許至清會有怎麼樣的反應呢？無論他們是怎麼想的，這大概都不是想達成的效果。就連鄭楚仁都做好了用禁閉代替這場心理折磨的準備，可是從他們認識以來，許至清就沒有停止讓他感到驚訝過。

一直到影片撥放完，許至清才轉過頭，用太過平常的語氣問：「午餐時間？」

「是。」鄭楚仁站起身，「下午還請繼續配合。」

「……啊。」許至清對上他的眼睛，過了一秒、兩秒，接著拿起筆電就往牆壁砸。

鄭楚仁暗自鬆了口氣。

如同過去幾個星期那樣在許至清進去之後關上鐵櫃——想想其實很可怕吧，這樣的行為竟然會成為日常，甚至是相比之下較能接受的處境。

鄭楚仁同樣待在書房裡，拉開椅子坐了下來，拿出手機開始回覆工作上的訊息，給自己一個留下來的藉口。這段時間會繼續聯繫他的人大多是為了公司的事情，最初也有幾個合作伙伴旁側敲擊過他近日的動向，還有他和蘇暮暉的聯繫。

在這個國家從商就是如此，一旦達到一定的規模，最終都必須為了保護自己和利益跟政府高層牽扯上關係，會有人冒著惹上麻煩的風險聯繫鄭楚仁也不讓人意外，不過所有邀請都被他用「近期不方便」帶過。

半個小時過去，鄭楚仁用食指在桌面上敲了一下，打開方才順手帶進來的筆電，慢條斯理地整理電子信箱，回覆過去並不一定會逐一回覆的信件。不過他的注意力有大半都在許至清壓抑的呼吸和敲打櫃子的聲音上，他得想像等會要和許至清說的話來抑制住翻騰的情緒。

一個小時，這次鄭楚仁用兩根手指同時敲在桌面上，接著繼續回他的信。一個半小時，先用兩根手指敲，接著一根。許至清低低地開始哼起歌，氣息聽起來平穩許多。

兩個小時，鄭楚仁心不在焉地接了祕書的電話。他知道現在時間還太早，談話的機會不等到天暗不會到來，一向有耐心的他此時卻忍不住心理的焦慮，即便就算順利和許至清談話也不過是正式走到了起點，他還是希望能將整個時間線提前愈多愈好。

等終於能把許至清放出來，他有意放慢了速度，給許至清一點適應亮度的時間。許至清額頭上有些許壓出來的紅痕，看起來精神不是很好，但眨了幾次眼之後便恢復平時的清醒，看不出一點受到早上目睹的畫面和四小時禁閉影響的跡象。

鄭楚仁暗暗嘆了口氣，偷偷扯了下許至清的衣角，很快反應過來的他往鄭楚仁的方向倒過來，鄭楚仁終於能給他一個遲來的擁抱，即便只有幾秒的時間。「坐。」鄭楚仁在迅速退開之後把椅子推到許至清面前，「我會鎖上門，你就在這裡待到九點。」

許至清盯著他看了半秒，接著直接席地而坐，對鄭楚仁咧了下嘴，又一次用這樣的方式告訴鄭楚仁他沒事，沒有必要因此覺得有罪惡感。鄭楚仁用輕哼取代嘆息，離開書房鎖上門。

也好，也許這樣能讓樓上的人認定跑下樓查看的急迫性沒有確保蘇暮暉沒事要高，給他們多一點談話的時間。樓梯間通往客廳的門也是鎖著的，雖然保鑣都有鑰匙，不過多少可以拖延對方的腳步。

真的能順利做到嗎？這不是一般的住宅區，鄭楚仁雖然和大家一起討論過幾個方案，但實行起來難度和風險都不低。當然前段時間他們得以凝聚起來的力量比任何時候都要大，不僅是一直以來暗地支持的協力者，還有從未想過能成為助力的人。

不過擔心是鄭楚仁的本能，尤其是冒險的人不是自己的時候。他知道這整件事已經不再只是Caroline的戰鬥，更不是他一個人的征途，但理解和能將心態立刻調整過來是兩回事。

書房鑰匙收在右邊口袋，從客廳沙發回到書房，只要一個轉彎，和五個大步伐。許至清剛剛坐在書桌前面的地板上，只要他不移動就不會被門打到，不過不能排除許至清聽見腳步聲起身的可能性，常理來說應該會扶著書桌站起來，進門之後往左找人就對了。

把手機放在桌上，鄭楚仁隨手拿起預定明天要給許至清讀的書翻閱，心臟不受控制地加速起來，他得有意識地將呼吸放得更深更緩，至少讓身體冷靜一些，外頭的天色漸漸暗下來，鄭楚仁做好隨時起身的準備。

「啪嚓。」室內室外所有的燈在同時閃爍之後倏地熄滅，鄭楚仁給自己一秒確認監視設備也都停止了運作。他立刻往書房跑去，開門攬住了許至清。

許至清說不怕黑的時候並不是在逞強，他是真的不怕黑，也不怕狹窄的地方，甚至小時候經常躲在一些奇奇怪怪的空間或角落，讓父母拿他沒辦法。對他而言不自由從來都是源於心裡的感受，而非生理上受到的箝制，和父親玩躲貓貓時他可以在衣櫃裡窩上半天，母親拚命為了父親奔波他卻幫不上忙的時候，就算在樓頂奔跑也只感覺得到藍天的重壓。

閉上眼睛，他甚至可以想像自己並沒有被關著，只是故態復萌地將不能再用嬌小形容的身軀塞進衣櫃裡，等著誰來找到他。事實上也不需要找，鄭楚仁就在外頭，坐在書桌邊辦公，雖然是鎖上櫃子的人，卻也是帶給他自由的人。

黑暗中他可以不用壓抑情緒，不用控制表情，不用想著要拒絕給予某些人看見他崩潰的滿足感。這大概也不算是崩潰吧，對大多數人的標準來說，也許他此刻的表現還能用冷靜來形容，一直以來許至清都有自己的猜測和奢望，那段影片不過是印證了他的惡夢。

最絕望的時刻早就過去，那些過往也許能成為傷害他的武器，卻無法將他擊垮。當然這不代表他不憤怒，不代表他想看見、聽見父親痛苦的時刻。監獄環境也許對許多人來說比看守所要好，但對受到特別監控的父親而言，這個差異顯然沒有太大的意義。

「噠——噠。」鄭楚仁的手指在桌面上輕輕敲打，一個半小時過去了。許至清向後靠，後腦抵著有點冰涼的鋼板，小聲地開始哼起歌。

「噠——噠——。」兩個小時，鄭楚仁講電話的聲音沒有大聲到讓許至清能辨明每個音節，但作為陪伴已經足夠。

「噠——噠——噠——噠。」三個小時半，許至清有那麼一瞬間失去了意識，他都有點佩服自己能在這樣的情況下睡著，哪天就算被關進棺材裡活埋，大概都能先睡個半天，等到其他人找到他。

「噠——噠——噠——噠——。」四個小時，許至清在鄭楚仁放慢速度開鎖時閉上眼，等到櫃子的門打開之後再緩緩掀開眼皮，給自己適應光線的時間。

腿部肌肉有點僵硬，不到無法支撐自己重量的程度，但鄭楚仁刻意扯了他一下，許至清會意地往他身上倒，讓鄭楚仁接住他，偷來這幾個星期以來的第一個擁抱。只有兩三秒的接觸，只交換了幾個呼吸，卻驅散了他沒有意識到累積了多少的疲憊。

好像在偷情，許至清好笑地想。

「坐。」鄭楚仁把椅子推到他面前，「我會鎖上門，你就在這裡待到九點。」

許至清直接坐在地板上，伸長雙腿開始伸展僵硬的身體。鄭楚仁輕哼了聲，走出去鎖上門，腳步聲一點一點遠離，似乎是在客廳或餐廳停了下來。

他還好嗎？許至清壓著膝蓋想。上午他沒什麼餘力去注意鄭楚仁的反應，一時忘了父親對鄭楚仁而言也很重要。如果五樓那個糟老頭是在清楚這點的前提下將影片交給鄭楚仁，許至清難以想像在鄭楚仁是他的矯正對象時，他能做到什麼程度。

為了將許至清帶出來，鄭楚仁做了什麼樣的交易呢？他計畫的終點在哪裡呢？許至清從來到這裡之後就一直在想這個問題，要他承認自己錯了是不可能的，鄭楚仁也應該知道。即便那樣的謊言也許不會直接傷到誰，但那些曾受到Caroline鼓舞的人聽見了會怎麼想呢？那些冒險讓他能離開監牢的人會怎麼想呢？

就算理智能夠理解，情感上還是會覺得受傷吧，許至清沒有過被自己的英雄用妥協「背叛」的經驗，但他知道在這樣的世界裡，這樣的事情每天都在發生。有些謊他拚了命也要讓所有人聽見，有些謊怎麼樣也不能說。

還有哪條路能走呢？大家是怎麼想的呢？許至清允許自己嘆了口氣，雖然這段時間鄭楚仁一直在身邊，他依舊忍不住奢望他們能有機會好好說幾句話，就算只是幾分鐘也好。

偶爾，很偶爾，也許這一生只發生過這一次，他的奢望成為了現實——不是奇蹟，而是某些人努力達成的結果。時間在伸展和思考中度過，頭上的燈光突然閃了一下，接著「啪」地一聲熄滅。許至清詫異地抬起頭，眼前漆黑一片，門的方向也沒有看見應該從門縫滲進來的光，顯然外頭的燈也同時關上了。

是停電了嗎？他靠觸覺找到書桌，扶著站起身。熟悉的腳步聲迅速靠近，他突然意識到自己從未見過鄭楚仁跑起來的樣子，可惜現在也看不見。接著門撞上了牆，鄭楚仁的雙手找到他，把他拉進懷裡，「我們大概只有四五分鐘，我長話短說。」

聲音不像是平時那樣刻意壓低，夾帶著沒有比較也許不容易發現的溫柔。鄭楚仁曾說已經不知道什麼叫做他真正的聲音，但至少許至清能聽出他在自己和大家身邊時語氣的不同。

「他們都平安無事，我們想辦法把你弄到了這裡，現在需要你為自己和我們演一場戲。不需要認錯，只要讓自己看起來不再是威脅就好，做得到嗎？」

「像是我爸出獄時那樣？」

「……是，就像那樣，我知道你不會喜歡順那些人的意，但——」

「好。」許至清收緊不知何時同樣環住鄭楚仁的手臂，「這個謊我可以說。」

鄭楚仁明顯鬆了口氣，「我們需要一個暗號，我需要知道你是在演戲，還是真的撐不下去了，只要讓我知道什麼是你無法承受的，我就會替你躲掉。」

「像安全詞？」

「至清。」

許至清眨了眨有點發燙的眼睛，「每天晚上只要我有對你說『晚安』，就代表沒事。」

「需要逃跑的時候呢？」鄭楚仁捏了下他的後頸，「不准說不需要，大家交代我不能讓你再繼續逞強。」

「彼此彼此。」

「現在這裡能真的傷到我的只有你。」

許至清吞下不合時宜的笑聲，太狡猾了，在這種時候說出這樣的話，這叫他怎麼反駁？「髒話。」他穩著聲音說：「只要我罵出髒話，就代表真的受不了了。」

「你果真是呂教授教出來的。」鄭楚仁揉揉他的頭，沒有把手拿開，指尖輕輕撫過還沒長長的頭髮，周圍安靜得許至清能聽見細碎的聲音，「我會帶你離開這裡，至清，我們一起回家。不管得花上多長的時間，我會一直和你在一起，直到我們能好好和大家道歉，讓他們原諒我們為止。」

回家。許至清在跳入火坑時並非抱持著永遠回不了家的心態，卻也難以真正想像回到大家身邊的畫面，腦中能勾勒出的未來是模糊而抽離的，像是自己不在場的夢境。可是在鄭楚仁說出「回家」兩個字時，那看似虛幻的未來卻被賦予了實體。

「……不是『為止』。」許至清頓了頓，「要一直和我——和我們在一起。」

「會的。」鄭楚仁像是解散Caroline那天時吻了下他的額頭，「和大家，也和你。」

這次許至清沒忍住笑了出來，得把臉往鄭楚仁肩窩埋，免得笑聲被誰聽見。「這個時機太奇怪了。」他說，抵著鄭楚仁的胸口無法停止地抖動著，「真的太奇怪了。」

鄭楚仁也笑了，短促的氣息印在他的皮膚上，「跟爬山比起來哪個比較奇怪？」

「我爸連這都跟你說了？」

「呂教授跟我說的。」

「要不是我媽就喜歡有點笨拙的人，我也許就不會來到這世上了。」

「嗯，幸好。」

比起從一樓搭電梯到五樓的片刻，這已經是很長一段時間，但人也許都是貪心的，許至清只想在鄭楚仁懷裡再待得久一點，只希望這得來不易的喜悅和真實能再延長一些。

可是現實不會為了誰駐足，他們鬆開手，各自後退了一步。完全的黑暗中許至清連鄭楚仁的輪廓也看不清楚，更別說是表情。真可惜啊，沒辦法看見他這時的模樣。

「晚點見。」鄭楚仁頓了會，用平時的語氣說：「不要逞強。」

「你也是。」許至清抹了下眼角，「晚點見。」

門關上並上鎖的聲音，然後是愈來愈遠的腳步聲。許至清靠著牆蹲坐在地上，抱著膝蓋深吸了口氣，不斷被心臟撞擊著的胸腔像是要炸開一樣，他不知道自己比較想笑還是想哭，最終兩個一起做了，淚水一顆顆落在手背上，綻出一點一點的暖意。

上一次謝幕後他離開了大家身邊，但這一次，鄭楚仁會在他下臺時對他說：「至清，回家吧。」

這樣就夠了，這樣便足夠他無所畏懼地繼續走下去。

Film No. UNKNOWN
Title 青山依舊

第 29 章
尾聲

他在同樣的時間醒來。

雖然是和過去一個月同樣的時間，但比起最初的習慣已經晚了好幾個小時。即便四肢從幾個月前就不再被束縛住，頭上也沒有戴著耳機，他依舊花了幾秒的時間回過神來，撐著手肘坐起身。

他盯著自己的手看了會，被咬得凹凸崎嶇的指甲彷彿屬於另一個人。他的身體也是，明明變得比過去要消瘦，同時活動起來感覺卻變重了，像是長時間強迫自己不再挺直的背增加了重力的影響。

他拖著腳步走進浴室，許久沒有修剪的頭髮凌亂地蓋住大半張臉，茂密不起來的鬍渣看起來有些可笑。他拿起洗手臺上的刮鬍刀，這是兩個月前評估之後出現在浴室裡的，也許是單純覺得他已經沒了攻擊性，也許是某種試探，也許更是期待他會把刀片用在自己身上。

要整理一下嗎？他想了想，最後還是將刮鬍刀放了回去。簡單漱洗過後，換上昨天拿到的外出服，坐在床腳等著房門打開。

「喀、喀。」從腳步聲就知道來的人不對，但他沒有做出反應。走進視線裡的是一雙穿著跟鞋的腳，沒有厚繭也沒有傷疤的手勾著他的下巴讓他抬起頭。是在一年多前只有過一面之緣的「律師」，叫什麼來著？他只確定對方姓蘇。

「恭喜你，許至清。」

他沒有回答。

「鄭先生一早就去做總結報告了，所以最後的送行就由我代勞。」

掩飾住心底的失落，他在蘇什麼的律師指示下伸出右腳。

「腳鐐防潑水但不能浸水，麻煩避免泡澡或游泳。」蘇律師站起身，「這是充電器，每天必須連續充電一個小時，不要用延長線，否則電量可能不夠，建議充電時可以把電線在腳上繞一圈，免得你一時忘記，把充電器扯壞了。」

腳鐐確實不算緊，可以插進大概兩根手指，畢竟是要長時間戴著，總得要讓他能夠清洗底下的皮膚。

「你可以在大樓內部和旁邊小公園的範圍裡移動，如果有意願工作，請聯絡監管中心，有必要他們會派人陪同去面試，之後你可以在工作時間移動至工作地點，但下班之後必須立刻回家。如果需要買東西或生活雜貨，請使用網購或外送服務，如果有其他特殊理由需要離開限制地點，請事先向監管中心取得許可。」

這些細節鄭楚仁都在昨晚告訴許至清了，因此他聽得不是很認真，忍不住想著鄭楚仁的「總結報告」是什麼，又會忙到什麼時候。

「一年觀察期間若違反了規定，就不是送來矯正這麼容易了，還請你多加注意。」

其他人又在哪裡呢？什麼時候能見到大家呢？

「此外不要忘了電子腳鐐的維護費用，請每個月準時繳交。」

分離的時間比認識的時間都要長，他們見到他的時候，還會像從前那樣嗎？這麼說起來，他也從大家身邊奪走了鄭楚仁一年半的時間，該怎麼賠他們才好？

「好了，走吧。」

也許等見到面他才會有答案吧。

在兩名警察的陪同下，蘇律師送許至清回了「家」，他在大樓門口站了好一會，回想起當初他和母親在這裡等待父親的時候。

理智上他是明白的，沒有人能在這裡等他，他們都沒有正當的藉口可以像自己和母親那樣，在大庭廣眾下緊抱久別的至親——他和大家畢竟沒有血緣關係，沒有共通的歷史，臺面上不過是陌生人，也必須是陌生人。但情感不講道理，他依舊有些失落。

用還給他的磁釦開門走進去，一樓的管理員換成了生面孔，會客區多了個魚缸，其餘的倒是沒有什麼改變。他對沒有在看他的管理員點了點頭，叫了電梯下來，褲管隨著步伐向上滑動，露出腳踝上的腳鐐。他低頭一看，最後還是沒有做什麼。

從電梯出來的女人瞥了他一眼之後略顯倉促地拉著孩子離開，他頓了一秒之後走進電梯，按下自己的樓層。陌生，一切感覺都如此地陌生和不真實，他緩緩吐了口氣，不用幾秒就能走完的路走了好一會，在門前停下來。

曾經是歸屬的空間在現在的他眼中會是什麼樣子？會感覺到同樣的陌生，還是感到懷念，還是會意識到在見到最重要的人們之前，他永遠也無法真正回到家？

慢慢地轉動鑰匙，一次、兩次、三次，拉開外側的玻璃門，推開內側的木門，電燈的開關沒有反應，他愣了會才想起來總電源應該被關掉了。但在扳動開關之前許至清先聽見了呼吸聲，非常微弱，但在實際上和預期中的寂靜襯托下，就和深夜的驚雷一樣無法忽視。

他轉過頭，和站在沙發邊的洛基對上眼睛。

然後躺在沙發上的Phi猛地坐起身，動靜弄醒了睡在同一張沙發上的Sue，鈴鐺和Sandy則是從裡頭的房間走了出來，拖著眼睛都沒睜開的小小。

「呼。」許至清一瞬間只能聽見自己的呼吸和心跳聲，眨個眼洛基就突然撲了過來。穿著襪子的Phi驟然跑起來時滑了一下，直接撞上洛基的背，連忙摀嘴悶住一聲痛呼。Sue、小小、Sandy、鈴鐺，許至清被一雙雙手臂擁抱住，只能努力維持呼吸。

然後他聽見了細碎的哭聲，斷斷續續的，彷彿快要沒水的筆畫出的線，直到哭聲只剩下氣音，他才後知後覺地意識到在哭的原來是自己。

他應該問「你們怎麼會在這裡？」，應該說「對不起。我想你們了」，他動了動嘴巴，沒有發出聲音。

一年半份的思念和思考反倒令腦袋一片空白，許至清努力地維持著呼吸，努力地睜著眼睛，害怕這一切會在視線切斷的瞬間消失不見。洛基吐了口氣，板著臉捏住他的臉頰，不斷動著的嘴似乎是在用口型罵他「笨蛋」。

Phi一邊皺眉一邊圈住他的手腕，拇指和小指相抵，對小小揮了揮手讓她看過去，Sue撩起他的衣服，似乎是在檢查有沒有傷，Sandy則是盯著他腳上的腳鐐研究。鈴鐺撥開他有點長的瀏海，拍了拍他的頭。

許至清眨去淚水，好好地看著每一個人，過去一年半被珍惜地收在腦海角落，連拿出來回想都害怕造成扭曲的記憶瞬間清晰起來，和現實中的他們連接在一起。髮型、身材、面孔，他們都有些變化，卻也一點都沒有改變，即便是歲月帶來的成熟最為明顯的Phi，哭起來也是同樣的表情。

「喀噠。」

他抬起頭，裡頭的房間傳來不明顯的動靜，讓他一瞬間全身肌肉緊縮，但又在認出這段時間和他相伴的腳步聲時放鬆下來。昨晚才和許至清道了晚安的鄭楚仁站在牆邊看著他——或者應該說是他們。

「我檢查過了，腳鐐沒有麥克風。」他用一貫平靜的語氣說，但許至清早已學會從對方湖面般的眼裡看見他真實的情緒。

「你不早說！」洛基第一個用克制的音量叫出來：「我都要憋到缺氧了！」

「蝦仔，你是不是變得比我還要瘦了？」Phi擔憂地問。

小小罵：「老大你也是！說好了要好好照顧蝦仔跟自己，結果你們一起變成竹竿是什麼意思？」

「別太苛責老鄭了。」Sandy拍拍她的肩膀，「他也說他們可能得為戲減重嘛。」

「至少沒有受傷。」Sue吐了口氣。

鈴鐺點點頭，「不過頭髮該整理一下了，還有鬍子，你真的不適合留鬍子。」

「嗯。」洛基一本正經地說：「比我的腿毛還要稀疏。」

許至清吐出一聲帶著泣音的笑，聽起來卻更像是在喉頭就散開的氣息，幾乎沒有發出聲音。

「呼。」他慢慢穩住呼吸，感覺臉上的肌肉如復健般緩緩移動，抵抗著習慣的阻力，每次眨眼過後視線都會迅速地再度模糊起來，他只能眨了又眨，努力維持著嘴角弧度，細微動著的嘴無聲吐出所有人的名字。

鄭楚仁大步走了過來，展開雙臂抱住他們，像是一直以來為他們支撐起天的大樹，卻也終於學會了將重量壓在他們身上，讓他們反過來支撐著他。

接著他捧起許至清的臉，輕輕吻了下他哭到發燙的眼角。

「我們回家了，至清。」

「……謝謝。」好一段時間沒有好好使用的聲帶不聽使喚，許至清得用盡全力才能將聲音凝聚成詞句，「謝謝你們。」

回應他的不是更多溫情或眼淚，而是洛基拐著他脖子丟出的問題，「我就說！我就說他們有問題！從實招來，你們是什麼時候搞在一起的？在監視之下怎麼偷情的？」

Sandy嘆口氣，「你的用詞，洛基。」

「欸？在一起？」

「小Phi，鈴鐺跟小小是不是沒有好好教你這些？男孩子要學會保護自己，不能隨便讓別人親，知道嗎？」

「他都能說出一百種動物求偶的方式了，還需要我跟鈴鐺教？」

「我不是——洛基就很常親大家臉頰，親眼睛也不是親嘴——」

「小Phi啊，臉頰是臉頰，眼睛是眼睛，就算是親手都比親臉頰曖昧喔。」

「為什麼？」

他們還是他們，是許至清不敢多想卻無法停止渴望的家。

晚一點許至清會問他們是怎麼溜進這裡的，得到這個套房老早就偷偷被和隔壁打通的答案。再晚一點他們會發現許至清有點失語的症狀，用各種他想像得到和想像不到的詞語罵了所有牽涉其中的人一輪。

再更晚一點，他們會坐在不該坐八個人的餐桌邊，一邊吃飯一邊說起許至清錯過的改變——用同一個名字在各地低調活動的不同團體，成為幫助者的被幫助者，監獄和矯正體系沒有停歇的爭鬥，發生動盪的檢察機關，分別減輕或加強了懲罰力度的不同領域。

然後許至清和鄭楚仁會兩個人到一旁談論他們的過去，還有想像中的未來，最後回到孩子般睡在一塊的家人身邊，和他們擠根本不夠大的地鋪。

此時此刻，許至清只是靜靜聽著大家的聲音，看著鄭楚仁臉上從出現以來就沒有散去過的笑意。

雖然這個如同記憶床墊的大環境殘酷依舊，每分每秒還是有人為了正當目的遭受不正當的懲罰。雖然未來一年許至清連出門買菜也做不到，更別說是要成為伙伴的助力，對誰伸出援手。但他找回了無可替代的自由——即便行動依舊被箝制，可是能想他所想，不用再掩蓋真正的許至清。

接下來每一天，他會繼續做自己能做到的每一件事。耐心地、謹慎地、不懈地，直到下一個戰場出現。

——《海盜電臺》（下）完

Film No. FUTURE
Title 尾聲之後

01

淤泥

「你最近收穫不少啊，小謝。我知道大家都是為了混口飯吃，但別忘了我們分局的目標，要是拖垮了總業績被究責可是得不償失。」

「組長您說的是。」

「最近有一批裝備需要汰換，不過上頭發下來的預算大多用在這段時間的維穩事務上了，你會願意幫忙吧？畢竟組裡很多人都有家庭需要照顧，我們得讓大家能安心工作才行。」

「明白。」

「我就知道你明事理，相信以後能走得更遠。話說回來，你最近舊傷怎麼樣？連續下了好幾天的雨，應該不大舒服吧？」

「我的身體狀況不大會受到天氣影響。」

「是嗎？那就好。當初出事時還有很多人為你惋惜，不過也是因禍得福，現在你不需要像以前那樣出生入死了，同時你在做的依舊是對國家極度重要的工作。」

「是。」

「希望你不要忘了這點。」

「不會。」

「你可以走了，讓小莊進來。」

謝廷退到門邊鞠躬，即便腰部隱隱作痛也沒有表現出來，維持著同樣的姿勢撐了一秒、三秒、五秒，最後才在男人的哼氣聲中打直身體。這是一門他沒有想過得鑽研的學問——應該對誰低頭，應該怎麼去低頭。他曾經即使面對掌握生殺大權的上位者也不會藏起一身的反骨，只因為有父母的老友保護，在周圍還存在著抱持正義感的戰友時，他得以當想當的那種人。

可是沒有什麼是不會變的，對洪流之下試圖逆行的異類來說更是如此，謝廷至今還是不知道當初的意外只是單純的意外，抑或是一種警告，但探詢真相已經沒有意義，放棄了原則的人沒有回頭的可能。

辦公室的同事都在埋頭工作，一個個如同工蜂般透過臨檢和民眾的檢舉滿足分局對業績的胃口。前段時間供給遠遠大過需求，維穩組的成員難得不需要為了達標在街上騷擾一般人，隨便選一所大學都能找到非法活動的線索，很大一部分都和許至清那段「演出」有關，謝廷因此沒能抓好收賄放人的平衡。

他希望這場藍色的溫火能夠持續延燒下去，就如同他曾經希望許閔文引發的反動不會有消失的一天，但現實殘酷得一視同仁，他依舊看不見那太過正直的一家人所希冀的未來實現的可能性。

「怎麼樣，被警告了？」

「老樣子。」謝廷收拾好東西，「我走了。」

「又去酒吧？」

「嗯。」

走進Spark，謝廷選擇角落的老位子坐了下來，看著人們用酒精讓自己忘記不能說出口的真相。這裡也是一樣，曾受惠於許閔文的影響力，卻一點痕跡也不敢留下，在起訴的消息釋出之後立即閉店整修，拆除舞臺，改變裝潢，連名字也改掉了，像是在求饒，或是在宣示忠誠。

不再是謝廷第一次感受到靈魂被音樂震懾的舞臺，也不再是第一次真正見識到許閔文影響力的地方——彷彿受到愛戴的仁君，來自不同地方不同背景的顧客主動圍成人牆，擋住前來逮捕他的警察。衝突一觸即發，是許閔文阻止了他們，帶著笑容說這不是第一次了，他很快就會回到這裡，再一次為大家唱歌。

一次又一次，謝廷也曾不理智地相信許閔文最終總能脫身，不是看不見寫在牆上的注定，只是錯把暗自的希望當成了對未來的揣測。

「謝先生。」

「滾。」

來人長著一張謝廷不想看見的臉，拉開他對面的椅子坐了下來。

「只要你回答一個問題，我就會離開。」

「我和你沒什麼好說的。」

「拜託你，謝先生。」

「坐好，我沒有看別人下跪的興趣。」謝廷揉揉太陽穴，「他被送到那裡是好事。」

羅宇盛眉頭深鎖，顯然無法相信一對一矯正能比牢獄好到哪裡。一開始謝廷的反應也是一樣的，他鮮少有機會接觸到脫離矯正體系的年輕人，但有時候零星的樣本已經足以呈現整個結構的病態。

不過這是許至清真正的伙伴努力達成的結果，將陪伴許至清度過這段時間的那個人也堅定得讓他不得不打消疑慮。更何況他還有什麼選擇呢？即便自認為了得到改變的力量犧牲了原則，他做到的事情依舊少得可悲，只能爭取到送許至清一程的機會。

「……得多久？」

「沒有人能確定，但至少會比原來要快。」

「好。」羅宇盛垂下頭，才五十多歲，看起來已經無異於身形佝僂的老人，「好。」

謝廷無端地感到憤怒。

明明為了安危出賣多年朋友，明明將自己和家人擺在許閔文和他的家人之上，最終卻活得像是行屍走肉。這樣許閔文的苦難算什麼？這樣呂亭文和許至清的經歷又算什麼？謝廷寧可看到羅宇盛像是其他寡廉鮮恥的劊子手那樣逍遙度日，這樣他就只是個虛偽的惡人，從未真心對待過他的受害者。

這樣算什麼？

「既然有答案了就滾，沒事我不想看到你。」

羅宇盛沉默地點點頭，撐著桌子站了起來。虛浮地走兩步路之後他頓下腳步，視線掃過這個曾為舞臺的座位區。天花板還可以看到當時的舞臺燈，許閔文會抱著吉他靠著高腳椅，藍紫色的燈光為他鑲上一圈色彩，平時溫和的性格在張口唱歌時突然鋒利起來，彷彿這是他一生的戰場。

那是只留在少數人記憶中的景象，光是他正式的作品和演出記錄就已經很難取得，更別說是在星火駐唱的日子，或是出道後寥寥幾次回到這裡唱歌的時候。

謝廷別過視線，不想在羅宇盛臉上看見懷念和罪惡感。這大概是他軟弱的表現吧，許至清都能主動面對害了自己一家的人，謝廷卻連直視對方也不願意。許閔文曾說他很堅強，他沒有機會告訴對方他不是堅強，只是因為天真而固執了許久。

「你用背叛換來的人生，」他說：「給我好好珍惜。」

羅宇盛在走離前應了聲。

衝動喝下的酒無法軟化意識中尖銳的記憶，謝廷在喝醉時總是如此，不聽使喚的只有身體，鈍化的只有接觸外界的感官，本來就關在腦中的意識卻依舊清晰。

他叫車回家，沉重的心跳責備著他的草率，謝廷狼狽地扶著牆，盡可能快速地來到家門前，途中還摔了一跤。鑰匙插了幾次才成功開鎖，他在進門之後整個人撞上門板，「砰」地一聲砸在耳膜上，讓他一時之間有些昏眩。

他已經好一段時間沒碰過酒，在出事過後更是沒有在外頭喝過，動作遲鈍地鎖上門，他靠著門板滑到地上，太陽穴一陣陣抽疼著。

房裡一片昏暗，連外頭的月光也被窗簾擋住照不進來，只有浴室的燈滲出門縫。他花了幾秒考慮是否要開燈，最終還是沒有站起來，而是閉上了眼睛。好累，他沒來頭地想，不是做了太多事情，而是不知道能做什麼。

「為什麼還在當警察？」腦中是許至清的聲音，還有他和父親肖似的上半臉。「我沒忘記自己要的是什麼。」他沒有笑的時候氣質更像他母親，謝廷只在許閔文被送回家時遠遠見過呂亭文，如果眼神有實質的溫度，負責送人的警察早已化為焦炭。

「我們家寶貝小時候一直以為我會用魔法，是不是很可愛？」許閔文這麼說時表情又是歡喜又是悲傷，「如果我的歌聲真的有帶來和平的能力，即便唱到喉嚨壞了我也甘願，可惜藝術終究只是藝術，一個人終究只是一個人」，之後那被人說應該保險的聲帶也確實壞了，卻沒能換來什麼，付出和所得從來就是不平衡的。

一命換不了一命，五年光陰換不了五年和平。

為什麼在當警察？曾經的謝廷會說體制內依舊有許多好人在，說他們能夠從內部拔除根深蒂固的腐敗和殘虐。為什麼還在當警察？現在的謝廷沒有答案，只是無法放棄用違背原則換來的一點力量。

摸出公事包裡的手機，他按下開機鍵，接著就看見一連串通知。局裡的訊息、拉關係的邀約、有意疏離的母親傳來的問候。他吐了口氣，花了點時間回覆長官的訊息，委婉拒絕大多數的邀請，盯著那一句**「連假回來嗎？」**發了許久的呆。

最終他還是把回覆的責任交給未來的自己，提起公事包站了起來，摸黑往床的方向走。這是個除了床和生活必需品幾乎什麼也沒有的家，要絆倒也沒有東西可絆。臉朝下倒在床上，他伸手從公事包裡摸出了一個牛皮紙袋，十萬，一般人幾個月的薪水，他卻能輕易用幾句話換得。

也許對那些家世顯赫的人來說也是這樣，許多人怎麼也奪不回來的自由，他們卻能用一點零頭輕易買到。

「叮。」手機收到新的訊息，謝廷按了按眼角，瞇眼看著螢幕。

「離婚手續已辦妥，陳小姐請我代為向您道謝。」

他吐了口氣，也許這種時候應該要覺得自己的選擇是正確的，都是因為犧牲了心裡的安穩，才能在此時避免慘劇發生。但他的手段並不光彩，也只適用於沒什麼權勢的加害者。以私印書籍得利的證據作為威脅手段來解決家暴案件，這樣在整體來說，他做的到底是一件好事還是壞事？對這個國家的影響到底是正面還是負面？

「不是什麼大事，我也已經收到了報酬。」他打好字送出，把臉埋進枕頭裡。

躺了好一會睡意卻拒絕造訪，謝廷撐著昏沉的腦袋，從床頭板夾層中摸出早已停產的音樂播放器，接上耳機戴好。多年沒聽見卻在好幾個晚上伴他入睡的聲音唱出舒緩的旋律，閉上眼睛，他還能清楚回想起第一次聽見許閔文現場演出的感動，還有最後一次聽見許閔文哼歌時的無力。

被關在拘留室的許閔文依舊笑著，笑著感謝他偷偷帶來食物和飲水，笑著告訴他以後別再這麼冒險了，笑著說可惜他們一直沒有吃到飯。謝廷當時撕下一小片麵包說「就當我們約吃飯成功了」，許閔文看了他好一會，只說出「至清」之後就沒了聲音，他知道許閔文想問什麼，也知道為什麼最終沒有提出請求。

但就算許閔文有問出口，謝廷也會在不久之後變得自顧不暇。「辭職吧。」那時母親在病床邊這麼對他說，謝廷的回答是「妳先回去」，之後沒有通知她一聲便自己辦了出院，成為幾乎和失蹤人口沒有兩樣的兒子。

現在他已經從頭到腳陷進了泥淖，即便想奮力掙脫，踏出的每一步也都會留下髒汙的痕跡。

「叮。」連續幾聲通知成功將他從思緒中拖了出來，謝廷皺著眉翻過身，拿起手機解鎖。

「陳小姐堅持要好好表達謝意，但她不方便自己出面，因此由我來代勞。

「朋友開了間餐廳，我想會合您的胃口，還希望您賞光。

「請不要覺得有負擔，這些年我也受到您很多關照。

「最近收到了不錯的茶，舒緩神經的效果不錯，我會一同帶上。」

他不知道這世態下的記者是否都得學會繞著彎說話，但蕭郁書一直都深諳此道。謝廷嘆了口氣，最後投降地回了**「好」**。

「叮。」**「請趕緊休息吧，我們都不是能消耗身體的年紀了。」**

我們？謝廷微微苦笑，把手機丟在一邊，再次閉上眼睛。

許至清接受矯正的一年半短暫卻又漫長，蕭郁書會在每幾個月一次的會面為他捎來消息，像是擔心他會做出什麼魯莽的行為。不過是蕭郁書多慮了，謝廷不是看不清現實的人，也知道自己沒有資格介入許至清伙伴的計畫。他曾經試過要成為他人的英雄，最後迎來了慘痛的失敗，現在那已經不是他能夠扮演的角色。

得知許至清終於能回家的那天，謝廷同樣守在對街，看著他走進公寓。消瘦的背影和一年半前那個挺拔的年輕人是如此地不同，讓謝廷無法不想到連走也走不穩的許閔文，還有像是要把他藏進懷抱中的妻兒。這次許至清沒有家人迎接，謝廷卻也無法補上那個位置，只能遠遠地看著。

那個人呢？心中燃起沒道理的不滿，但更多是針對自己的無力。然後他看見一個高挑的「女人」駐足於公寓大門外，轉過頭往謝廷的方向看，彷彿能透過貼了隔熱紙的車窗和他對上視線。

三分鐘後，當那道身影同樣消失在公寓中，謝廷收到了未知號碼傳來的訊息。

「想偷看就不要被發現，您已經不是菜鳥了。」

驚詫地「哈」了聲，謝廷雙手交疊搭著方向盤，將額頭靠了上去。

是他想錯了，許至清不再只是一個人。

——尾聲之後01〈淤泥〉完

Film No. FUTURE
Title 尾聲之後

02

恢復期

鬧鐘。
許至清伸手一拍，艱難地撐起上半身，呆坐了好一會。陽光從刻意沒有完全拉上的窗簾邊照射進來，在棉被上畫出一長道金色。把手放在上頭，可以感覺到幽微的暖意。
「早安。」他低聲說，揉著眼睛站了起來。
電子鐐銬下落到腳踝，不用幾天他已經習慣腳上掛著累贅的感覺。打了個呵欠，他在漱洗過後盯著鏡子看了看，修剪沒多久的頭髮乖順地垂在額前，臉上稀疏的雜毛也刮乾淨了，雖然臉色還是有些憔悴，但多少找回了曾經的自己。
他在初春進入華美的牢獄，現在已經是隔年的秋天，天氣還沒真正轉涼，晴天時依舊如同夏日那樣帶著能把人包裹住的熱度，就像是初見時在頂樓一起烤肉的那一日。
許至清在用完早餐之後到公寓旁邊的小公園繞著慢跑，速度和快走其實差不多，但他知道身體的復健急不來，得循序漸進地找回刻意丟棄的力量。直到衣服被汗水浸溼，頭皮感覺到血管的脈動，比起呼吸更應該說是在喘息，許至清慢下腳步，緩緩地走了公園半圈，接著在花圃邊坐下。
大家都起來了嗎？在做些什麼呢？現在他們並不住在一起，而是散落於這個街區附近，Phi和小小同住，和鈴鐺又當起了鄰居，Sue和洛基一屋，Sandy則是繼續過著她以車為家的生活。
鄭楚仁的情況比較複雜，他不好以自己的身分正大光明地住在許至清隔壁，所以屋主另有其人，鄭楚仁則是對方分分合合的「女友」，每過一段時間會帶人回家過夜，不分性別、不分年齡、長相每次都不同。

許至清聽到時真不知道自己該不該笑，一方面是佩服鈴鐺的化妝功力，一方面懷疑大家想出這個計畫是在挾怨報復。

「嗶。」遠端操縱的警示聲提醒他不要在外頭待太久，即便是允許範圍內的公園。

許至清吐了口氣，起身回到公寓。他可以感覺到管理員的緊繃，還有其他住戶的側目，偶爾也會得到同情的視線，相通的是每個人下意識和他拉開的距離。父母還在時也是這樣，即便是再沒有注意新聞的人，也能從他人的反應和閒話得出不該接近的警訊。等到一年後被允許自由活動，也不知道會有多少人還記得他。

接下來是每日的充電，他坐在書桌邊，拿起昨天看到一半的書，在文字中度過規定的一小時。這種時候總會深刻感受到腳上這圈塑膠是鐐銬，將他限制在這棟公寓中，也像現在這樣，將他限制在插座邊。

在固定的時間吃午飯，在固定的時間繼續鍛鍊身體，之後又到公園晃了一圈，許至清彷彿提前進入了退休生活，不到三十歲卻活得像個老人。鄭楚仁說他們已經在尋找適當的工作了，重點是要篩選出不會讓監管中心起疑，但也能讓其他人安全接觸他的職場。許至清希望那天能早點到來，他似乎在離開矯正處之後變貪心了。

並非不滿足於短暫的相聚，可是每次分別都會讓他感到失落。在其他人面前他將這份心情藏起來，他能給予的幫助已經很有限，不希望自己成為拖慢大家腳步的累贅。要是他們知道了許至清的想法，大概會狠狠罵他一頓吧。

「至清。」

「……啊。」

一進門便看見曾經朝夕相處的面孔，許至清大腦反應過來時，身體已經自作主張地小跑步到鄭楚仁面前。姍姍來遲的理智讓他克制地抱了鄭楚仁一下便放開，嘴角拉起笑容，一邊側過身一邊說：「留下來吃晚餐嗎？我中午做了燉肉。」

「至清。」鄭楚仁從他身後抱了上來，雙手在他腹部交握，「你瞞不過我。」

「你什麼時候改名叫蛔蟲了？」

「需要什麼就說，做得到的我和其他人都會去做。」

「就是做不到我才不說。」

「你不說怎麼知道我們做不做得到？」

「我又不是笨蛋，而且這也只是暫時的，我等得起。」

鄭楚仁的嘆息撒在耳後，環著他的手臂收緊了一點。曾經許至清的身材比鄭楚仁要厚實許多，鄭楚仁也只是比一般成年男性要消瘦些許，但現在他們擁抱起來都能感覺到兩具骨架在相撞。未曾完全消散的歉意再度浮現，許至清不願再糾結自己的選擇是否是錯誤的，可是刻意迴避一個念頭是世界上最徒勞的嘗試。

「至少說給我聽。」鄭楚仁低語：「不用擔心我心裡會有負擔，能做的我會做，做不到的會推遲到能做到的那天，這只是在安排時間表而已。」

這個人似乎總能將情感上無比複雜的事情，用客觀的語言說得再簡單不過。許至清在他懷裡轉過身，對上鄭楚仁沒有波瀾的眼睛。在這樣的現實下他不需要更多，也不能要更多，但他想要什麼呢？

當洛基帶著八卦的笑容問他和鄭楚仁的進展，當Sue花一整個下午在他窗邊組合出小小的多肉造景，當鈴鐺動作輕柔地替他修剪頭髮，當Phi帶著作品上門諮詢，當小小因為他睡不好而陪著他拼了一夜拼圖，當Sandy讓他一起寫廣播用的文稿，還有他們每一次依依不捨地離開時，以及鄭楚仁為他挪出的每一刻，許至清心中總會湧現不現實的冀求，即便被理智否定依舊頑固地生根發芽。

「我——」喉頭一緊，許至清搖搖頭，累積起來的纏結思緒無法化為聲音。他皺起眉，按著自己的脖頸，像是這樣就能把話語擠出來。

鄭楚仁圈住了他的手腕，拇指輕輕按在他的脈搏上，「你說你做了燉肉？我來煮飯。」

有了個再也藏不住事的對象，許至清不知道自己是否應該感到安心。

「洛基今天去看方老師了，雖然原本的補習班被勒令停業，不過他過去一年累積起來的人緣不錯，學生也信任他，有幾個家長聯合起來請他私下教課。」

「要是被發現，方老師會被單獨究責吧？」

「沒事，其中一個家長是方老師以前的學姊，他們有『請朋友幫忙教小孩』這個藉口，其他孩子只是順帶來聽課的。」

「酬勞怎麼辦？」

「臺面上他是另一個家長的私人助理。」

「好迂迴啊。」

「這也沒辦法。」

「蘇寧禕他們的社團怎麼樣了？Phi說他要跟小小去上『社課』？」

「偵測器給他們了，多少有份保障，原本他們想查教授濫權逼迫學生參加臨床試驗的事，不過牽涉的利益比較大，Phi讓他們先幫忙當眼線，其餘的小霜會負責。」

「沒問題嗎？」

「有些錯犯一次就夠了，她和黃小姐都是，市長千金現在也只是人脈網絡中的一個點而已。」

「現在大家是用什麼名字？上次好像沒有提到。」

「Blue Rainbow，你別那個眼神，不是我想出來的。」

「但一開始是你們起的頭。」

「是『我們』，現在這個名字也不屬於誰了，每個人都在和伙伴實現自己的正義。」

「……這是好事對吧？」

鄭楚仁撐著下巴，另一隻手撥了下許至清的頭髮，「是我很久以前就應該考慮的路，不過現在也不算太遲。」

「是『我們』。」

「你第五年才加入。」

許至清踢了下鄭楚仁的腳，鄭楚仁笑彎了眼，在許至清能把腳收回去之前勾住他的小腿。狡猾，許至清想，揉了揉發燙的臉頰。

鄭楚仁用只煮了白飯為理由擔下洗碗的工作，但對許至清堅持待在廚房瞎忙的舉動沒有多問，顯然已經了然於心。在鄭楚仁到來之前太安靜的空間多了碗盤輕敲的脆響，還有因為開得小而音調特別高的水流聲，填滿了許至清空了幾天的胸腔。

他忍不住伸手碰了下鄭楚仁的上臂，接著爬到肩膀，停在頭髮剪短後露出的蒼白後頸。用「輕鬆」這個詞來形容並不適合，不過這段時間鄭楚仁肩上的重量明顯少了一些。

這棵頑固的大樹學會讓其他並肩而立的伙伴一起承擔責任，這片樹林又一起明白了看似荒蕪的土地也能開出花的道理，這些變化都是在許至清看不見的時候發生的，他一時之間還無法完全跟上他們的腳步。除了好好休養之外他還能為其他人做什麼呢？

幫忙整理資料、幫忙出主意、幫忙寫稿，但離不開這裡的他需要其他人主動尋求他的幫忙，無法再像過去那樣確保亂吃東西的慣犯規律飲食，陪著盯著螢幕煩惱的伙伴熬夜，主動擔下風險較高的任務。他知道自己有點鑽牛角尖了，也知道自己只是需要時間調整過來。

「你真的有在增重嗎？」

「有。」鄭楚仁瞥了他一眼，「你呢？」

「我已經重了一公斤多喔。」

「是嗎？」鄭楚仁擦乾手，轉過身把許至清抱了起來，「感覺不大出來。」

「等練回來就換我扛你了，當麻袋扛。」

「我很期待。」鄭楚仁走沒幾步就把他放了下來，「骨頭還是滿重的。」

許至清噗哧一笑，整個人癱在鄭楚仁背上，讓他拖著走，但又忍不住偷偷幫忙，實在無法安心讓另一個人承受自己全部的重量。這大概是許至清怎麼也無法根除的習慣，也未曾認真想過要根除，即便在不知從何而來的心理障礙阻止他開口求救之前，逞強就已經寫入了本能，畢竟他是靠著逞強走到這裡的。

把許至清帶到床邊讓他坐下，鄭楚仁拍拍他的頭說「我去隔壁沖個澡」，但在起身之後改口：「我去拿衣服過來沖澡。」

「我——」許至清頓了頓，「主臥室的浴缸很大，坐得下兩個人——」他摀起臉，「我不是……這不是那種邀請，只是還很小的時候經常跟爸媽泡澡，我還滿喜歡那種感覺的，但一個人泡很無聊——」他呻吟了聲，「沒事，裝做我什麼都沒說。」

鄭楚仁的笑多了分用另一個聲音說話時帶著的勾，像是刮搔著耳朵那樣讓他頭皮發麻。「泡澡純聊天？」他把許至清的手從臉上拿開，「好，我沖一下就過來，麻煩你放熱水？」

「你就不能失憶個五秒嗎？」

「不能。」鄭楚仁親了下他的額頭，「給我五分鐘。」

鄭楚仁穿著浴袍出現時許至清已經泡在熱水中，正在思考自己到底是衝動還是少根筋，以及到底對自己和鄭楚仁的自制力多有信心的問題。不對，他確實對鄭楚仁的自制力有信心，畢竟這是個盯著他的嘴唇看了半天後還能只親額頭的傢伙，自己對性的需求也不算高，這讓他在一年半的矯正中少了一個可能困擾著其他人的麻煩。

在被釋放前的三個月，蘇暮暉曾經透過鄭楚仁詢問他是否有這個需求，可以特別安排女人來獎勵他的安分。許至清沒能掩飾住厭惡，也在鄭楚仁眼中看見了同樣的情緒，他不知道蘇暮暉的意圖，也許是對他的性向有所猜測，才故意那樣噁心他——雖然就算許至清對女性有興趣，也依舊會對這樣的「獎勵」感到噁心。

熱水隨著鄭楚仁的浸入包裹住許至清的肩膀，他往後挪動些，給鄭楚仁多一點空間，戴著鐐銬的右腳搭在浴缸邊緣，免得泡到水裡。鄭楚仁修長的腿折了起來，只露出有些蒼白的膝蓋，和許至清同樣曲起的左腿微微相貼。

也許是他們一起度過了連真心話都鮮有機會說，每一次觸碰都得偷來的時間，有時候許至清會矛盾地滿足於最點到而止的肢體碰觸，卻又一刻也不想失去那一點連結。一個眼神，一個話語間的停頓，一個不明顯的小動作，細沙般稍縱即逝的情意不經意堆疊，直到某一次和鄭楚仁對上視線，許至清才突然意識到自己已經被填滿淹沒。

「老大。」他喊：「鄭楚仁……楚仁。」

「蝦仔。」鄭楚仁學著他頓了頓，「許至清……至清。」

嘴角兀自彎成笑容，許至清潑了鄭楚仁一臉水，被報復地揉亂頭髮。他聽見自己的笑聲在浴室裡迴盪，陌生得像是來自另一個人。

「你們都不在的時候我容易胡思亂想。」許至清終於回答了鄭楚仁先前的問題，雖然並不是正面回答。「在看守所時我一廂情願地認為已經承擔起所有危險，你們只要在一起就一定不會有事。在蘇暮暉那裡你總是在我視線中，我相信你已經把一切安排好，也相信如果有誰出事了，我能從你臉上看出來。可是一個人待在這裡的時候，我從醒來的那刻就一直在擔心。」

他吐了口氣，「是不是很傻？明明在我加入之前，你們就已經過了好幾年彼此照顧的日子。」

「什麼都不做很困難，這我明白。」鄭楚仁捏了下他的膝蓋，「可是光是見到你都能讓大家打起精神，至清，不管是你的意見、你的陪伴，還是你過得好好的這件事本身，對我們來說都很珍貴，這跟認識時間的長短沒有關係。」

「我知道，我也知道自己已經很幸運了。」

「我這麼說不是要你壓抑自己的心情。」

「我沒有壓抑自己。」許至清在鄭楚仁的注視中微微低頭，「就一點點。」

「之前是誰要我別什麼都自己扛的？有什麼問題我們可以一起解決，就像剛才說的，你不用擔心我會有負擔。」

鄭楚仁一把將他拉近，許至清下意識撐著鄭楚仁的腿，岌岌可危的右腳在鄭楚仁肩上找到了支撐點，被攬住的後腰讓許至清險險維持住平衡。

幼時的經驗並沒有錯誤，在這樣親密的情境中，有些話會變得好說出口許多，但父母是父母，鄭楚仁是鄭楚仁，許至清也已經不是對另一個人的身體毫無意識的年紀。明明在溫熱的水中還是覺得皮膚相貼的地方要燒起來了，許至清突然有點不敢看鄭楚仁，卻又怕閉上眼睛只會讓感官更加敏銳，只好別過頭盯著牆。

「……你——我不是擔心你有負擔，我只是……呃……大腿……有時候你兩三天沒過來……你大腿為什麼這麼滑？」

鄭楚仁挑起單邊眉毛，「我腿上有疤。」

「啊，因為那個時候？這裡——不對，我不是故意要摸——」

「故意摸也沒關係，泡澡不是純聊天也沒關係……對了，你的大腿也很滑。」

鄭楚仁笑彎了眼，許至清不是很認真地掐了下鄭楚仁的肩膀，放棄用已經昏頭的腦袋繼續這場對話。

「就喜歡逗我。」

「嗯，歡迎你逗回來。」

摀住鄭楚仁黑亮的眼睛，許至清吻了上去。

清晨醒來時房裡只剩下許至清一個人，他總是讓鄭楚仁直接回隔壁睡，但鄭楚仁總會堅持留到許至清睡著再離開，空了幾個小時的那一側床沒有留下體溫，只有幾根比他要長一些的頭髮。

這是不是也會成為風險呢？需不需要每天換床單，或是讓鄭楚仁戴浴帽？許至清被大不敬的想像逗笑了，同時也拿自己的草木皆兵沒辦法。為了安心下來，他還是拿著吸塵器把整個家都吸過一輪，還好他沒有其他鄰居，不用擔心被人投訴噪音汙染。

「早安。」他對不在這裡的人說，一邊伸懶腰一邊走進浴室，洗臉洗到一半，才在抬頭時後知後覺地發現自己忽略了什麼。

鏡面上是用口紅留下的工整字跡，像電報一樣簡單寫著「早安，看電鍋，7pm 回」。

拇指抹過「早」字長長的尾巴，許至清兀自笑了起來，親吻染上紅色的指腹。

——尾聲之後02〈恢復期〉完

Film No. FUTURE
Title 尾聲之後

03

未來的某日

「小許，下午兩點半第二包廂有一組特別的客人要過來，你去準備一下。」
「是。」
「總共要八副餐具。」
「好的。」
「等一下就由你負責服務他們，可以吧？」
「可以。」
下午兩點是休息時間，現在少數還沒離開的客人都已經在結帳了，不知道怎麼樣的人才會讓餐廳特別開放下午用餐，也不知道怎麼樣的人才會在這種時間吃燒烤。許至清一邊清理桌面一邊豎起耳朵，聽著包廂外幾個外場同事的對話，有人同樣好奇著下午包場貴賓的來頭，不過大多是在討論空班時間要做什麼。
話說回來，這還是他得到這份工作以來第一次被要求加班。
他是在兩個月前開始上班，雖然這間燒烤店在監管中心提供他選擇的名單內，不過實際上是鄭楚仁和其他人幫忙安排的。監管中心的人只在面試時跟著來過，和老闆詳談之後就沒有再出現，至少許至清沒有發現監視他的人。
用餐時間的忙碌程度不低，老闆的要求也頗為嚴格，不過許至清上手得很快，目前也沒有受到什麼不公平的待遇，最多就是偶爾會被其他員工用好奇或緊張的眼神看幾眼。至於顧客則是不大有機會認出他，畢竟他被要求上班時間得戴著口罩，而且通常負責的是清潔和換烤網的工作。

更重要的是他有了出門的機會，雖然被規定不得搭乘大眾交通工具，只能走二十分鐘的路程上下班，不過已經足夠讓心情明朗許多，更別說不時會用各種打扮「路過」的伙伴。

許至清遇到洛基戴著長髮假髮，親暱地挽著鈴鐺的手臂喊「老公」時差點笑出聲，Phi被Sue像是勒索一樣按在車邊時，他也有點忍俊不禁。鄭楚仁說他們是抽籤決定人選的，具體來說要怎麼個路過法，就由抽到的組合決定。

「他們好像都以為自己在演搞笑小品，」鄭楚仁一邊搖頭一邊翻了個白眼，「我也管不動了。」

不過他們都明白大家是想逗他開心，順帶讓許至清好好訓練了一下撲克臉。

收拾好包廂，許至清回到外頭就被老闆找了過去。休息室空間不算寬敞，大半被L形的沙發占據，平時會在這裡吃飯或小睡的人都不見蹤影。

「別緊張。」老闆笑著說，在沙發上坐下，「不會有需要你跳窗的時候，我只是想跟你談談。」

許至清還是選了個能看著門也方便離開的位置站著。

她是個氣質溫和的中年女性，外表大概五十多歲，微鬈的頭髮交雜著好幾絲白。許至清每次看見她，她都穿著襯衫和圍裙，口袋裡插著兩支筆和一根湯匙。許至清曾目睹她一邊講電話一邊要拿筆寫字，結果不小心拿成湯匙的現場，讓他不免在心中覺得和對方親近了一點。

針對她的身分鄭楚仁沒有說得太具體，只是告訴許至清可以保持適度的戒心，但也不用刻意去懷疑她，還有她和鄭楚仁曾經參與其中的社運團體有些淵源。

「這個月感覺怎麼樣？」她問：「有沒有遇到什麼問題？」

許至清搖搖頭。

「其他員工裡有人騷擾你嗎？」

「沒有。」

「雖然你打卡時間都是正常的，但聽廚房的人說你經常提早到店裡幫忙？應該不是其他人要求的吧？」

許至清眨眨眼睛，「我在這裡沒有受到任何不公正的待遇，老闆，我只是時間比較多。」

「這樣啊。」老闆摸了摸下巴，「那麼請你到的時候就打卡，我會付你加班費。」

「不用——」

「這是原則問題。」她揮了揮手，露出淺笑，「去第二包廂吧，晚上放你假。」

許至清疑惑地看了她一眼，最終還是沒有多問。

包廂外擺著上餐用的推車，頂層堆著好幾盤肉，中層裝著配菜，最下層則是烤網和換烤網的器具。許至清上前的同時看了看周遭，外場沒有留下任何人，大門關上了，營業中的告示牌朝著內側，就連燈也都是關著的，從外頭看進來就是一副休息中的樣子。

奇怪。他的視線掃向幾臺監視器，在這樣光線不足的狀態下，攝影機應該會亮起紅燈才對，是關上了嗎？包廂的隔音做得很好，從外頭完全聽不見裡面的聲音，他皺起眉先將推車移到一邊，謹慎地將門拉開一條縫隙。

然後就對上了兩隻眼睛，兩隻萬分熟悉的右眼。他立刻一手拉門，另一手拉著推車，進了包廂之後立刻關門鎖上。

「Surprise！」洛基抱住他，帶著他轉了半圈，「你怎麼都沒被嚇到？我還特別慫恿小Phi加入，結果你連跳都沒跳一下。」

許至清還說不出話，直接伸手攬住原本站在洛基身後的Phi。

「我就說蝦仔不會被嚇到。」Phi說：「就算嚇到了也看不出來。」

然後他放開他們，大步上前擁抱正要起身的Sue和Sandy。

「畢竟是我們家蝦仔。」Sandy煞有其事地點點頭。

Sue幸災樂禍地說：「洛基賭輸了。」

許至清接下來抱住的是幫大家倒飲料倒到一半的鈴鐺和小小。

「之前吃火鍋的時候是不是也這樣？」鈴鐺問。

「蝦仔Free Hug時間。」小小嘻嘻笑著，把他推到已經站起來張開雙臂的鄭楚仁懷裡。

「原本還想等你生日。」鄭楚仁親了下他的太陽穴，「但再等下去，我怕某些人的表演會愈來愈浮誇，而且都答應過你了。」

「等這件事結束之後，大家再一起烤肉吧。」原本許至清預見的未來不一定有自己，誰能想到他們真能一個不缺再度聚首呢？他倏地蹲下來，抱著膝蓋緩了好一會，鄭楚仁就這樣陪著一起蹲著，手臂像錨一樣壓在他肩上。

太過強烈的快樂也能讓人胸口發疼，尤其是在一點溫暖都彌足珍貴的時候。儘管腦中有個角落在擔憂如此齊聚的風險，忍不住回想兩個月的工作時間中觀察到的所有細節，想確定這確實是個安全的空間，但大家一定都是做足了準備才來的吧，他們之中沒有人會抱持著僥倖的心態。

抹了抹眼角，許至清抬起頭，揚起寬闊的笑容，「洛基賭輸了什麼？」

原本的賭注是輸家要負責當桌邊代烤的服務生，不過洛基對時機的掌握遭到許至清以外眾人的嫌棄，這個懲罰因此不了了之，夾子自然而然到了鈴鐺和鄭楚仁手中。

原本許至清還想自願服務，用這是他本職工作為由據理力爭，但鄭楚仁乾脆行使否定權，說他們第一次歡迎會已經讓許至清服務過了，至少這次要讓他當個只需要張口的閒人。

「我平時已經夠閒了。」許至清抱怨。

鄭楚仁又夾了一片肉到他面前，「別以為我不知道這種店忙起來工作量多大。」

「難道你以前還在燒肉店打過工嗎？」

「嗯。」鄭楚仁撥開洛基伸進烤網的筷子，「橫膈膜要全熟，洛基。」

「你比我更需要多吃一點。」許至清趁機把肉片夾到鄭楚仁碗裡，接著立刻端起盤子逃到

Phi和鈴鐺身後，「老大還沒恢復到之前的體重，而且他之前也太瘦了。」

「原來我們一起洗澡的時候你都在注意這個，所以現在的我對你比較沒有吸引力嗎？」

許至清被口水嗆得咳了起來，洛基發出鬣狗般的笑聲，被Sue一把摀住了嘴。

「啊，難道我們以後都得聽老大跟蝦仔調情嗎？」小小誇張地怨嘆，雙手按在Phi的耳朵上，「怎麼我身邊就沒有其他值得信任的好男人呢？好女人倒是很多，還有一個經常壞掉的洛基。」

「鞋能跟偶在一起系他們性欲。」洛基艱困地在Sue的箝制下說：「偶可四大家的開腥狗。」

Sue按在他嘴上的雙手跟著肩膀一起顫抖，伴隨著努力壓制住的笑聲。其他人也跟著笑了起來，連鄭楚仁都掩著嘴假咳了幾聲，只有沒聽清楚的Phi狀況外地轉著頭，一邊把小小的手拿開一邊嘟囔：「我不是十二歲，是二十一歲。」

十九歲，二十一歲。許至清加入Caroline時其他人的生日都已經過了，隔年他又恰好錯過洛基二月的生日，然後在結束矯正時再度錯過Sandy九月的生日。雖然除了年紀最小的Phi之外，兩年並不會帶來太多的變化，但許至清還是覺得惋惜，他想像大家曾為自己做過的那樣好好慶祝每個人的存在。

「好可惜啊，又錯過了你們的生日。」許至清說：「太不剛好了。」

Phi回過頭看他，成熟不少的臉龐露出少年氣依舊的笑容。「沒關係，還有下次嘛。」他把一尾剝好殼的蝦放到許至清拿著的盤子裡，「你逃到這裡是沒用的喔，蝦仔。」

小小用手肘戳了自家弟弟一下，「小Phi啊，你要是變成霸道總裁，人設就跟老大重複了。」

「真霸總應該要直接把蝦子塞蝦仔嘴裡吧？」Sandy咧著嘴說：「或是用嘴餵？」

鄭楚仁斜了她一眼，「我們演出費很貴的。」

許至清笑到咳了起來，鈴鐺連忙遞了杯水給他。

雖然並非兩個月都沒見過面，但每次都是個別和每個人接觸，讓許至清依舊覺得少了些什麼。看見大家的瞬間就明白了，他先愛上的畢竟是這整個集體，是他們之間緊密的牽絆，即便在逐漸和每個人親近起來之後，這一點依舊沒有改變，他深愛著這些人在一起時的氛圍，就算只是看著他們笑鬧也讓他覺得滿足。

一場知道什麼時候會結束的美夢，卻比過去一年半的現實要更加真切。許至清明白自己並不比父親堅強，只是幸運太多，許多人努力地將他本來應該獨自面對的漫長折磨變成了暫時的箝制，有個人努力為他擋下絕大多數的傷害，透過片刻的眼神和接觸給予安慰。到了現在最親愛的人們依舊想著他，不斷創造著陪伴他的機會，只希望他能好過一點。

「那個，」許至清猶豫了一會，「你們能不能每個人都請我幫一個忙？」

鄭楚仁臉上立刻浮現了然，其他人也沒有花太多時間就理解了他的言外之意，他們對看幾眼，一下子兩三個同時張嘴，又同時沒了聲音。許至清莞爾，把手搭在Phi肩上，「如果可以的話，就從Phi哥開始吧。」

「欸？我嗎？」Phi抓抓頭，「嗯……我想研究好吃的健康餐要怎麼做，蝦仔你可以跟我一起開發食譜嗎？低普林的那種。」

「你不如直接把鈴鐺的名字說出來算了。」小小嘖嘖兩聲，接著轉向許至清，「我想要可以吃的盆栽，請拯救我們幾個黑手指吧，我們連辣椒都種不起來。」

「啊，換我了？」鈴鐺苦惱了好一會，「那……圍巾？」

「大叮噹！」洛基突然站了起來，「你怎麼可以跟我搶這個？你明知道我對某個小氣——大氣鬼拒絕分享蝦仔的禮物很不滿！」

鈴鐺狐疑地看著他，「……大氣鬼？」

Sandy插話：「洛基啊，大氣並不是更小氣的意思，你應該知道吧？這樣變成在誇他了。」

「取綽號是一種感覺，你們不懂我。」洛基裝出一副可憐兮兮的模樣，對許至清伸長了手，「蝦仔，你最愛我了對不對？我的圍巾要比他們兩個的都要長。」

許至清握住他的手捏了下，失笑道：「好，不過我動作很慢，可能要等一陣子。」

「你太放縱他了，蝦仔。」Sandy搖搖頭，「我就繼續請你幫忙看廣播的稿子了，請誠實地鞭打我。」說完她用手肘抵了抵Sue，「輪到妳了喔，不是猶豫了很久嗎？」

「我不是——」Sue吐了口氣，捏著溼紙巾的手明顯透露出侷促和遲疑，最後她拿出一張紙條，大步走到許至清面前塞進他口袋裡，接著便匆匆跑了回去，「等我們離開再看吧，看完就銷毀掉，回覆讓老大給我。」

「蘇蘇，妳想跟蝦仔交換紙條日記就直接說嘛……唉唷！」

許至清收好紙條，對遭受肘擊的洛基拋去安慰的笑容，帶著盤子回到鄭楚仁旁邊，乖乖接受一夾子的烤肉。「謝謝你們。」他對著所有人說，想了想之後小聲承認，「我每天都很想你們，大家一定要照顧好自己。」

他微微低下頭，「我還想和你們一起吃好幾次烤肉，煮好幾次火鍋，慶祝好幾次生日，我——」他抬眼看了看其他人的表情，擔心這句話會因為他過往的舉動成為傷害，但還是想再次說出口，「我愛你們。」

鄭楚仁的手貼上他的後頸，粗糙而溫暖，帶著讓人安心的重量。

「我們也，呃，愛你。」Sandy 清清喉嚨，「這麼直接說出口還是滿不好意思的。」

「會嗎？」洛基捏起拇指和食指，「我只是有那麼一點點 PTSD，不過我早就原諒你啦，本來還想讓你罰寫 Team 一千遍的，看在你可愛的分上放過你。」

「你對老大也這樣說。」小小出聲揭穿，「你就是那種嘴上說要處罰但罰不下手的老師。」

「誰叫我心地這麼善良呢？」洛基對她拋了個媚眼，「話說回來，老大你就不對蝦仔提要求嗎？」

許至清轉過頭對上鄭楚仁的視線，他曾經用冷冽來形容的眼睛微彎，滿滿都是暖意。搭在他脖子上的手輕輕捏了下，鄭楚仁勾起嘴角，語調一聽就知道他是笑著的，「那就不是你們該聽的了。」

許至清懷疑自己的脖子會燙熟鄭楚仁掌心。

離開前每個人都再度給了許至清一個擁抱，Phi 湊到他耳邊小小聲說了「愛你」，小小親了他的臉頰，鈴鐺用厚實的手拍了他的背兩下作為替代，Sue 則是用拳頭敲了下他的胸膛，被洛基吐槽像是不知道怎麼表達感情的運動系男大生。

「再等一等，蝦仔。」Sandy 說：「我會看緊他們的，你不用太擔心。」

洛基揉了揉他的頭髮，把他整個人拉進懷裡，「好好把自己的健康養回來，我愛你喔。」

最後鄭楚仁沒有再多說什麼，只是用鼻尖蹭了蹭他的臉。許至清站在包廂外看著他們從後門離開，昏暗的餐廳裡依舊沒有其他人，安靜得讓他能清楚聽見他們的腳步聲遠去。

他拿出紙條展開，上頭寫著——**「對不起，這段時間我們獨處時我都沒怎麼說話，大概是覺得曾經在心裡放棄你的我沒有資格關心你吧。洛基已經罵過我別想太多了，希望以後還能跟你一起去跑步，到時候想多聽你說說自己的事。謝謝你平安回來，蝦仔，沒有你這個家是不完整的。」**

走回包廂，許至清把紙條撕碎燒了，看著大家替他收拾好的桌子。

他可以清楚回想起他們的笑聲，還有看向他時溫暖的表情。雖然不知道下次這樣相聚是什麼時候，理性來說就連會不會有下次都還是未知數，但許至清剛才還是對他們說了「下次見」，鄭楚仁也對他說了「明晚見」。

他不想再因為害怕而不去希望了。

他想再次期待起明天。

——尾聲之後03〈未來的某日〉完

——《海盜電臺》全文完

後記

首先，感謝看到這裡的各位。

雖然對現在許多讀者來說二三十萬字也許不算什麼，但這真的是我寫過篇幅最長的小說了，題材也完全不在舒適圈裡，開始連載之前也是放了好一陣子才又撿起來，每個章節每一段都寫得艱困，也經常懷疑還在追連載的人數有沒有超過一隻手能數出來的量。最後花差不多一年的時間終於寫完，期間收到編輯的訊息時真的心臟都要跳出來，完全沒有想到會有出版社對這個故事有興趣。

最初發想的雛形其實更英雄主義一點，大概是歐美影集那種一個人能駭進時代廣場所有電子看板、能翻倒整個走廊的追兵那種程度，結果不知不覺變成了現在這樣，人物設定上可能還有一點當時的影子吧，不過整體基調現實了不少。應該說連載過程中這種現實跟理想的拉鋸一直在繼續，構想階段有時候許至清在進去之前就被撈出來了，有時候他入獄時間比父親更久，有時候Caroline所有人成功斷尾逃生，只是分開了一陣子，有時候結束在所有人永無止盡的逃亡。

現實中殘酷的結局大概比懷抱希望的結局要多，但我還是沒能這麼狠心，找了一條不同的出路。直到現在我還是會懷疑這樣的發展是否足夠有說服力，也許這個以現實為起點的故事最終還是帶著幾分童話，不過個性使然，我很難選擇一切最終都徒勞的悲劇，至少不是作為結尾。

總之要再次感謝讓這個故事能成書的每個人，感謝負責的編輯和出版團隊，感謝繪製封面的麥克筆先生和設計的瀨佐老師，感謝應邀推薦的王君琦教授和李衣雲教授，還有班與唐老師和劉芷妤老師，感謝特別書寫了推薦序的何玟珒老師，最後當然還是要感謝陪我一路走到這裡的讀者。

願這片土地永遠不會失去難能可貴的自由，晚安，祝好運。

克里斯豪斯

高寶書版集團
gobooks.com.tw

YS 024
海盜電臺（下）

作　　者　克里斯豪斯
繪　　者　麥克筆先生
美術設計　瀨佐Sarie Lai
編　　輯　薛怡冠
排　　版　彭立瑋
企　　劃　黃子晏

發 行 人　朱凱蕾
出　　版　英屬維京群島商高寶國際有限公司台灣分公司
　　　　　Global Group Holdings, Ltd.
地　　址　台北市內湖區洲子街88號3樓
網　　址　gobooks.com.tw
電　　話　(02) 27992788
電　　郵　readers@gobooks.com.tw（讀者服務部）
傳　　真　出版部　(02) 27990909　行銷部 (02) 27993088
郵政劃撥　19394552
戶　　名　英屬維京群島商高寶國際有限公司台灣分公司
發　　行　英屬維京群島商高寶國際有限公司台灣分公司
初　　版　2023年4月

國家圖書館出版品預行編目(CIP)資料

海盜電臺（下）/克里斯豪斯著. -- 初版. -- 臺北市：英屬維京群島商高寶國際有限公司臺灣分公司, 2023.04
面； 公分. --

ISBN 978-986-506-662-8(上冊：平裝). --
ISBN 978-986-506-663-5(下冊：平裝)

863.57　　112001231